Niemandsstadt

Tobias Goldfarb hat Internationalen Journalismus in London studiert und als Journalist und Hörspielautor unter anderem für den WDR und das Deutschlandradio gearbeitet. Als Autor und Regisseur hat er Theaterstücke für zahlreiche Bühnen verfasst und inszeniert. Auf der Jagd nach neuen Geschichten wandert er gerne durch die schottischen Highlands, die Brandenburger Lowlands und andere Gegenden mit möglichst weiten und spektakulären Himmeln. Tobias Goldfarb lebt mit seiner Familie in Berlin. »Niemandsstadt« ist sein erster Roman für Jugendliche.

TOBIAS GOLDFARB

NIEMANDS STADT

ROMAN

THIENEMANN

Teil 1

Josefine

Drüben

Manchmal weiß ich nicht, ob ich gerade drüben bin. Es gibt gewisse Anzeichen – ein leicht klebriger Film, der über den Dingen liegt, eine andere Qualität des Lichts, Regen, bei dem sich ab und zu ein Tropfen vom Asphalt löst und zurück in den Himmel fällt. Wenn ich in geschlossenen Räumen bin, ist es einfach. Ich schalte das Licht an. Drüben wird es nie sofort hell, es gibt immer eine kleine Verzögerung, fast wie bei den Energiesparlampen, die es früher gab. Aber doch ein bisschen anders. Das Licht schleicht sich schnell ins Zimmer, als wäre es gerade aufgewacht und wollte wiedergutmachen, dass es ohne Erlaubnis eingenickt war.

Natürlich funktionieren Smartphones drüben nicht. Aber ich habe meins sowieso selten dabei. Ich weiß, dass meine Eltern dann sehen können, wo ich gerade bin. Wahrscheinlich lässt sich diese Funktion irgendwie überlisten. Ich werde Eli fragen. Das hat keine Eile. Ich habe nicht die Absicht, mich herumzutreiben, wenn ich nicht drüben bin. Wenn ich drüben bin, bin ich unauffindbar. Nehme ich an.

Wenn ein Drache am Fernsehturm vorbeifliegt, ist es einfach. Dann bin ich drüben. Wenn die Steinplatten der Gehwege auf Lava schwimmen und sich in den Ritzen kleine Dämonen tummeln, bin ich drüben. Dämonen sind nicht so schlimm, wie alle denken. Frau Granitz aus dem dritten Stock ist viel schlimmer.

Wenn ich in der S-Bahn sitze und keiner redet, bin ich nicht drüben. Wenn ich in der S-Bahn sitze und mir gegenüber hat jemand eine gespaltene Zunge, bin ich entweder drüben oder es ist wieder irgendwo eine Messe für Piercing und Body Modification. Wenn einer seine Mütze abnimmt und auf dem Hinterkopf ein zweites Gesicht hat, bin ich drüben. Wenn sich zwei leidenschaftlich küssen, bin ich höchstwahrscheinlich nicht drüben. Wenn aber einer der beiden dabei Blut saugt, bin ich drüben.

Niemandsstadt

Es ist meine Stadt und es ist doch nicht meine Stadt.
Es ist die Stadt drüben, auf der anderen Seite.
Die Stadt, die nirgendwo und überall ist.
Die Stadt, die ist und gleichzeitig nicht ist.
Es ist die Niemandsstadt.

Angst

Ob ich drüben Angst habe? Natürlich habe ich Angst. Aber ich habe auch Angst, wenn ich nicht drüben bin. Ich bin ein Angsthase. Ich würde gerne behaupten, dass das der Grund ist, warum mir nichts passiert. Stimmt nur leider nicht. Mir passiert ständig etwas. Ich breche mir dauernd die Knochen, meistens kurz vor den Sommerferien. Ich bin diejenige, die zu spät in den Bus steigt und deren Rucksack von der Tür eingeklemmt wird, sodass die Tasche bis zur nächsten Station draußen mitfährt und ich drinnen ausgelacht werde. Während ich Todesangst habe. So etwas würde mir drüben nie passieren. In der Niemandsstadt wird man zwar ab und zu von jemandem gebissen, aber ausgelacht wird man nie. Jetzt, wo ich darüber nachdenke, muss ich sagen, dass ich drüben ziemlich häufig gebissen werde. Während mich, wenn ich nicht drüben bin, fast nie jemand beißt, erst recht keine wildfremden Leute irgendwo in der Stadt.

Hier

Hier bin ich Josefine. Ich glaube, meine Eltern fanden den Namen irgendwie niedlich, als sie sich vorgestellt haben, dass ein kleines Baby zufrieden in der Wiege liegt und lächelnd an ihren Fingerchen nuckelt. Sie haben mich »Finchen« genannt, weil das so nett klingt. Damit müssen sie aber ziemlich bald aufgehört haben, denn anstatt zufrieden zu lächeln und an den Fingerchen zu nuckeln, habe ich als Baby hauptsächlich geschrien. Etwa zwanzig Stunden am Tag, wenn man glaubt, was meine Eltern sagen. Zu so einem schreienden Bündel mit hochrotem Kopf passte Finchen nicht mehr so gut, also sind sie zu »Jo« gewechselt. So nennen meine Eltern mich fünfzehn Jahre später immer noch: Jo. Kurz und knackig. Klingt nicht nach Angsthase, obwohl ich ja einer bin. Inzwischen würde Finchen vielleicht sogar besser passen.

In der Schule habe ich aber einen anderen Spitznamen: »Josef«. Ich bin ein Mädchen, das aussieht wie ein Junge, und Josef genannt wird. Josef wie in: Alter Mann mit Bart und Hut, der irgendwo in den Bergen ein Bündel Reisig durch eine verschneite Landschaft schleppt.

Drachen

In der Niemandsstadt gibt es Drachen. Sie kommen nicht oft in die Stadt, sie machen ihr eigenes Ding, ab und zu sieht man ein paar in Richtung Ostsee durch die Wolken ziehen. Manchmal macht einer eine Zwischenlandung in der Spree. Das ist immer ein ziemliches Spektakel, selbst für drüben. Ich habe aber noch nie erlebt, dass Drachen etwas angezündet hätten.

Ich finde, die Drachen sind ein gutes Beispiel, wenn man darüber nachdenkt, was die Niemandsstadt eigentlich ist. Die Drachen sehen dort genau so aus, wie man sie sich hier vorstellt. Aber warum gibt es dort welche, hier aber nicht? (Von Frau Granitz aus dem dritten Stock einmal abgesehen.)

Dazu habe ich ein paar Theorien entwickelt.

Theorie eins: Diese Seite und die andere Seite waren einmal eine Einheit. Irgendwann haben sich die beiden aufgespalten und hier erinnern wir uns noch an Dinge und Kreaturen, die längst verschwunden sind, während sie drüben noch existieren. Wie die Drachen zum Beispiel.

Theorie zwei: Es gibt durchlässige Stellen, vielleicht eine Art Membran, zwischen den beiden Städten. Durch diese Membran gelangen oder gelangten Wesen von drüben nach hier. Diese Ereignisse haben so viel Wirbel verursacht, dass man sich immer noch daran erinnert, auch wenn diese Wesen – wie die Drachen – längst nicht mehr hier sind. Andere

Wesen gelangen von hier nach drüben. Wie ich. Wobei ich weder hier noch drüben auch nur den geringsten Wirbel verursache.

Theorie drei: Die Niemandsstadt ist das, was sich die Menschen vorstellen oder erträumen. Wenn die Menschen hier von geflügelten, geschuppten Wesen fantasieren, wird es sie drüben geben. Ebenso wie blasse, vornehm aussehende Landadlige, die Blut saugen und tagsüber in Särgen schlafen. Ebenso wie pünktliche U-Bahnen, in denen es nach frisch gemähter Sommerwiese duftet. Das alles gibt es drüben, weil man es sich hier erträumt oder sich davor gruseln möchte.

Ein interessanter Punkt: Drüben träumt niemand.

An einem Sonntag im August

Ich bin ziemlich sicher, dass ich vor etwa einem Jahr das erste Mal in der Niemandsstadt war. Es war ein Sonntag im August, an einem dieser drückenden Nachmittage, an denen man sich ein Gewitter herbeisehnt, als ich nach meiner Laufrunde duschen wollte. Ich gehe jeden Tag laufen, auch wenn richtige Läufer das eher als »Watscheln« bezeichnen würden. Wenn ich im Park an einer Gruppe Enten vorbeikomme, schauen sie jedenfalls immer sehr verständnisvoll zu mir herüber: *Ja, die ist eine von uns!*

Ich laufe nicht, um fit zu werden oder zu bleiben. Ich laufe, um den Kopf leer zu bekommen. Mein Kopf ist meistens viel zu voll, wie ein unaufgeräumter Dachboden, in dem man ständig irgendetwas findet, aber nie das, was man gesucht hat.

Jedenfalls kam ich nach dem Laufen nach Hause und ein Frosch erwartete mich im Badezimmer. Er saß in der Duschwanne neben dem Abfluss, kehrte mir den glänzenden Rücken zu und starrte an die Wand. Es war ein braunes Exemplar, sicherlich ein Frosch und keine Kröte, die Haut war glatt und die Figur zierlich. Kein verzauberter Prinz, einfach nur ein Frosch. Ich beobachtete eine Weile, wie er gleichmäßig atmete. Dann hielt ich eine Hand vor ihn und stupste ihn mit dem Zeigefinger der anderen Hand leicht am Rücken an. Er sprang direkt auf meine Handfläche. Ich spürte sein kleines, schnelles Herz schlagen und setzte ihn im Waschbecken ab. Dort saß er ruhig neben dem Abfluss und sah nach oben. Ich verschloss den Ausguss, ließ ein wenig lauwarmes Wasser ein und legte Mamas Haarbürste als Kletterstein hinein. Ganz zufrieden mit meinem improvisierten Froschteich ging ich duschen. Ich dachte darüber nach, wie der Frosch in das Badezimmer gelangt sein könnte. Er war definitiv zu groß, um durch den Ausguss geklettert zu sein. Dass er durch das Dachfenster hereingestiegen war, war auch unwahrscheinlich, er hätte schon von einem vorüberfliegenden Storch fallen gelassen werden müssen. Noch unwahrscheinlicher war, dass er durch die Wohnungstür gekommen war. War er durch die Kanalisation geschwommen und aus der Toilette gehüpft? Konnte ein Frosch durch das Rohrsystem bis in den fünften Stock klettern? Während ich duschte und nachdachte, fiel mir auf, wie ab und zu ein Tropfen vom Boden der Duschwanne abprallte und zurück in die Brause sprang. Ein untrügliches Zeichen dafür, dass ich drüben war. Das habe ich aber erst später verstanden. Damals dachte ich bloß, dass ein Frosch im Waschbecken saß und mir beim Duschen zuschaute.

Stanislaus

Für meine Eltern ist nichts toller als Kultur, wobei ja gar nicht immer klar ist, was das sein soll. Mama hat als Buchhändlerin gearbeitet, Papa als Lehrer, bis beide beschlossen haben, ihren »Traum« zu verwirklichen. Dieser Traum war die eigene Buchhandlung. Im Jahr vor meiner Geburt haben sie ihn tatsächlich wahr gemacht. Als sie dann das ständig schreiende Baby, das sie eigentlich Finchen nennen wollten, im Haus hatten, war das mit dem Traum nicht mehr so einfach. Papa musste irgendwelche Jobs annehmen, weil nicht genug Geld da war und das kleine Baby, das ich war, hat im Hinterzimmer der Buchhandlung geschrien, während Mama versucht hat, ihren Kunden Bücher zu verkaufen, die einem verraten, wie man sein Leben in den Griff kriegt. Mir ist vollkommen klar, warum kaum jemand etwas gekauft hat.

Mama und Papa haben ihre Buchhandlung »Stanislaus« genannt, weil das der Name des Bruders irgendeines berühmten Schriftstellers aus Schottland oder Irland oder einer anderen verregneten Landschaft ist. Die Buchhandlung gleich nach dem berühmten Schriftsteller zu benennen, wäre wohl zu einfach gewesen. Das hätte wahrscheinlich nicht genug »Kultur« gehabt, weil man kein einziges Mal um die Ecke denken muss. Das Problem ist, dass die Leute bei »Stanislaus« nicht an den Bruder des berühmten Iren, und damit an den berühmten Iren selbst und seine Bücher denken, und so darauf kommen, dass es sich hier um einen kulturell besonders wertvollen Buchladen handelt, sondern sie denken:

a) An irgendetwas Russisches

b) An irgendetwas mit Ungeziefer

c) An überhaupt nichts

Ich weiß nicht, ob es an dem Namen liegt (meine Theorie) oder am bösen, kulturlosen Internet (Theorie meiner Eltern), aber die Leute kaufen so gut wie gar keine Bücher mehr bei Stanislaus. Zum Glück haben meine Eltern damals ein Ladenlokal in einer ziemlich billigen Gegend gemietet, die mittlerweile ein sogenannter »Geheimtipp« ist. Touristen, die etwas »Individuelles« erleben wollen, also alle, gehen Tag und Nacht durch unsere Straße und kaufen sich Souvenirs in Läden, die nicht so aussehen dürfen, als seien sie Souvenirläden. So ein Laden ist jetzt auch Stanislaus. Ein paar Bücher stauben noch auf den hinteren Regalen vor sich hin, aber meine Eltern verkaufen mittlerweile hauptsächlich Tassen, Postkarten, Umhängetaschen, Frühstücksbrettchen, Handyhüllen und Selfiesticks. Der Traum meiner Eltern ist also ordentlich in die Hose gegangen, trotzdem kümmern sie sich um Stanislaus wie um ein unglaublich empfindliches Pflänzchen, das keinesfalls eingehen darf, obwohl sie für dieses Pflänzchen in Wahrheit nur noch Spott und Ironie übrig haben.

Ich mag Stanislaus, denn ich darf ab und zu dort aushelfen. Ich mag es, die Leute anzulächeln, wenn sie schüchtern oder auch mit einer demonstrativ vor sich hergetragenen Gelassenheit das Geschäft betreten. Ich wickele die zerbrechlichen Gegenstände gerne in Zeitungspapier ein (Papa achtet sehr darauf, dass es die richtigen Zeitungen sind, mit politisch einwandfreien Leitartikeln), ich habe dann immer das Gefühl, dass ich etwas beschützen kann.

Mama und Papa sagen, um bei Stanislaus zu arbeiten, muss man irgendwie künstlerisch aussehen und außerdem Englisch sowie Schwäbisch sprechen. Ich erfülle nur eine dieser Voraussetzungen, aber bislang hat es noch keine Beschwerden über den jungen Mann gegeben, der kein junger Mann ist, der hinter dem Verkaufstresen des Buchladens steht, der kein Buchladen ist.

Souvenirs

Als ich mich daran gewöhnt hatte, nach drüben zu gehen, und durch eine Stadt zu spazieren, die mir gleichzeitig bekannt und völlig fremd war, wurde ich übermütig und kam auf die Idee, einmal ein Souvenir aus der Niemandsstadt mitzunehmen, genau wie es die Leute machen, wenn sie sich eine Tasse im Stanislaus kaufen. Natürlich wollte ich ein Andenken aus dem Stanislaus von drüben, wo ich vielleicht die Drüben-Version meiner Eltern oder sogar mich selbst antreffen würde. Dann würde die Hier-Josefine der Drüben-Josefine beim Einwickeln der Tasse in Drüben-Zeitungspapier zuschauen. Ich weiß allerdings nicht, ob es drüben überhaupt Zeitungen gibt, genauso wenig wie ich weiß, ob es eine Drüben-Josefine oder einen Drüben-Stanislaus gibt.

Den Weg zum Stanislaus würde ich mit geschlossenen Augen finden, aber in der Niemandsstadt suche ich immer noch danach. Wenn ich in der richtigen Straße bin, stimmen die Häuser und ihre Reihenfolge nicht. Dafür sehe ich an ganz anderen Stellen plötzlich das Haus, das direkt neben dem Stanislaus liegt. Ich laufe sofort dorthin, aber sobald ich angekommen bin, ist es nicht mehr das Nachbarhaus, es ist vielleicht gar kein Haus mehr, sondern ein Park. In den Parks drüben gibt es immer etwas zu entdecken, Flugkatzen zum Beispiel. Flughunde gibt es im Zoo, oder vielleicht auch in Australien. Flugkatzen gibt es nur in der Niemandsstadt.

Einmal bin ich auf einer Parkbank eingenickt. Drüben träumt man ja nicht und ich möchte auch nicht zu lange darüber nachdenken, wie man einschlafen kann, während man sowieso schon schläft, aber ich muss wohl tatsächlich kurzzeitig weg gewesen sein. Als ich wieder aufwachte, saß ein kleiner Dämon auf meiner Schulter. Anstatt etwas zu sagen, biss er mich ins Ohr. Es hat geblutet. Und als ich hier aufwachte, blutete es immer noch. Ich habe schnell ein Pflaster aus dem Badezimmer geholt und den Kopfkissenbezug in die Waschmaschine geworfen. Seitdem habe ich einen kleinen Pflastervorrat gleich neben dem Bett versteckt. Zahnabdrücke, Klauenspuren, Schrammen, blaue Flecken. Das sind die Souvenirs, die man aus der Niemandsstadt mitnehmen kann.

Freund

Dass ich mit Nachnamen Freund heiße, ist wieder so ein schlechter Witz des Schicksals, denn es gibt wohl kaum jemanden, der weniger Freunde hat als ich. Aber so heiße ich: Josefine Freund. Tochter von Anna und Reinhold Freund. Noch ein schlechter Witz: Zumindest innerhalb der Familie sind wir alle Freunde.

Wenn es jemanden gibt, den man mit viel gutem Willen und sämtliche Augen zudrückend als Freund bezeichnen könnte, dann ist das Eli. Eli und ich kommen uns nicht in die Quere, weil ich mein Leben nach innen und sie ihres nach außen lebt. Über Eli weiß jeder immer alles, weil sie ihre ganze Existenz zu einer bombastischen Seifenoper macht. Über mich weiß man nur, dass ich der komische Josef vom Tisch hinten am Fenster bin. Ich glaube, einige in der Klasse tun schon so lange so, als wäre ich ein Junge, dass sie ganz vergessen haben, dass ich keiner bin. Dann wundern sie sich in der Umkleide vor dem Sport: Wo ist denn der Josef? Und beim Schwimmen fragen sie sich: Warum hat der Josef einen Badeanzug an? Nicht, dass ich einen bräuchte. Was mich auch nicht interessiert, ganz anders als meine Mutter, die so tut, als würde sie sich keine Sorgen machen. »In deinem Alter war ich auch so flach wie du, Jo«, ist eine dieser Schallplatten mit Sprung, »aber warte mal ab. Je später die Knospen, desto schöner die Blüten. In meinem Abikleid habe ich Tweedledum und Tweedledee spazieren geführt.«

Tweedledum und Tweedledee sind dicke Zwillinge aus irgendeinem uralten Kinderbuch. Meine Mutter hat sogar dann einen Literaturtick, wenn sie damit angeben möchte, was für einen tollen Busen sie mit neunzehn hatte. Meine heißen Tweedlenull und Tweedlenix und beim Abiball ziehe ich meinen schwarzen Pulli an wie jeden Tag, vielen Dank, Mama.

Über den Zustand von Elis Tweedles kann sich jeder im Internet informieren. Dort sind sie, geschmackvoll präsentiert, und natürlich immer mit etwas Stoff garniert, hundertfach zur Schau gestellt. Wie gesagt: Sie lebt ihr Leben nach außen.

»Von meinem Dekolleté gibt es im Netz mehr Bilder als vom Grand Canyon«, ist einer ihrer Sprüche, »und natürlich ist es auch noch viel tiefer.«

Eli hat allerdings auch einen biologischen Vorteil, denn dank ihrer doppelt geknickten schulischen Laufbahn ist sie zwei Jahre älter als die meisten anderen. Und sie ist so etwas wie ein Freund. Zumindest seit der Sache mit dem schwarzen Engel.

Schwarzer Engel

Die Sache mit dem Engel begann damit, dass wir aus irgendeinem Grund im Ethikunterricht auf Albträume zu sprechen kamen. Es wurde gefragt, wer von einem seiner schlimmsten Träume erzählen wollte, und natürlich meldete sich diejenige, die ihr Leben sowieso nach außen kehrt.

Eli berichtete von einem schwarzen Engel mit einer Feder – also einer Schreibfeder – in der Hand, der über ihr kniet und ihr mit diesem ebenfalls schwarzen Gänsekiel irgendetwas in ihr Herz ritzt. Sie zeigte, wo *genau*, und da das Herz in der Gegend von Tweedledee liegt, winkten alle ab und verbuchten den schwarzen Engel unter Internet-Post ohne Internet. Dieser Engel, sagte Eli, käme immer wieder, aber jedes Mal würde sie aufwachen, bevor sie im Spiegel nachschauen konnte, was er ihr ins Herz geritzt hatte. Den Traum nahm ihr keiner ab, vielleicht hatte sie die Augen bei ihrer Erzählung auch zu dramatisch aufgerissen, aber ich wusste genau, welchen Engel sie meinte.

Der Engel steht in einem Park, der gleichzeitig ein Friedhof ist, vielleicht ist es auch ein Friedhof, der gleichzeitig ein Park ist, auf jeden Fall ist er nicht weit von Stanislaus entfernt und ich gehe oft dorthin, um auf einer Bank zu sitzen und ein wenig in die Bäume zu starren. Kleine Kinder spielen dort, Mütter quatschen und trinken Coffee to go aus wiederverwendbaren Naturfaserbechern, Bienen, von denen es angeblich jedes Jahr weniger gibt, summen durch die Luft und hin und wieder rennt eines der Kleinkinder gegen einen Grabstein und heult. Der Engel ist eigentlich gar kein Engel, sondern eine Frauenfigur aus schwarz angelaufener Bronze, die mit ihrer Schreibfeder auf ein Grabmal deutet. Es ist wohl das Grab eines Füllfederhaltererfinders, eines Lesebändchenpioniers oder von sonst jemandem, der mit Schrift zu tun hat.

Das Besondere an diesem Park, der gleichzeitig ein Friedhof ist, ist, dass es ihn hier und in der Niemandsstadt gibt, und zwar fast ohne Unterschiede. Ich bin inzwischen sehr gut darin herauszufinden, ob ich gerade hier oder drüben bin, aber wenn ich im Friedhofspark auf einer Bank sitze und in die Bäume starre, bin ich mir nie ganz sicher. Erstaunlicherweise ist der Park auch in der Niemandsstadt immer an derselben Stelle, und das schafft ja nicht einmal der Fernsehturm.

Als ich also wieder drüben war (drei Sonnen am Himmel ließen keinen Zweifel), sprach ich die Statue an. In der Niemandsstadt kann man mit fast allen reden, es ist das genaue Gegenteil zu hier, wo so gut wie jede Unterhaltung geradewegs ins Desaster führt. Ich hatte ein sehr angenehmes Gespräch mit der Dame. Sie meint es nicht böse, sie will nur ab und zu eine kleine Warnung aussprechen. Wovor möchte sie warnen? Das habe ich leider nicht verstanden. Viele Gespräche drüben bestehen hauptsächlich aus willkürlich zusammengewürfelten Wörtern. Doch immerhin habe ich verstanden, dass die Dame aus angelaufener

Bronze, der schwarze Engel, versprochen hat, Eli in Zukunft in Ruhe zu lassen.

Nach ein paar Wochen habe ich Eli dann gefragt, ob sie die Albträume noch hat. Sie hat Nein gesagt, mich ganz komisch angesehen, und noch etwas gebrabbelt, was »Danke« gewesen sein könnte, bevor ihr Smartphone ihre Aufmerksamkeit wieder verlangte.

Brüder

Ein paar Tage später kam Eli in der Pause zu mir. »Wir sollten uns mal treffen, Josefine.«

Merkwürdig war nicht nur, dass sie mich treffen wollte. Sonderbar war auch, dass sie mich nicht Josef nannte. Ich war drauf und dran, ihr den Park mit dem schwarzen Engel als Treffpunkt vorzuschlagen, aber das hätte doch zu viele Fragen aufgeworfen. Wir trafen uns in einem anderen Park, an einem Brunnen, um den lauter Märchenfiguren aufgestellt sind.

»Ich hab ein besonderes Gespür dafür, wenn Menschen Bullshit erzählen«, ließ sie mich wissen. »Und als du mir gesagt hast, dass du die Sache mit dem Engel geregelt hast, wusste ich gleich, dass das kein Bullshit war.«

Na gut, das hatte ich so zwar nie gesagt, aber recht hatte sie ja trotzdem.

»Ich bin dir also etwas schuldig. Du hast mich von meinen Dämonen befreit, also befreie ich dich von deinen.«

»Welche Dämonen?«

Sie holte ihr Smartphone aus der Tasche und tippte auf das Symbol dieser neuen App »Magick«, die jetzt alle benutzen.

»Es ist eine geschlossene Gruppe«, erklärte sie mir. »Fast jeder in der Klasse ist drin. Außer dir. Willst du es sehen?«

Ich nickte. Sie zeigte mir die Bilder. Es waren jeweils zwei Fotografien nebeneinander, die auf einer Seite mich zeigten und daneben einen Mann, der beispielsweise ein ähnliches

T-Shirt trug oder einen ähnlichen Gesichtsausdruck hatte. Die Bilder von mir waren größtenteils heimlich mit dem Handy aufgenommene Schnappschüsse aus der Schule. Das Ziel war wohl, mich in einem Moment zu erwischen, in dem ich möglichst bescheuert aussah. Die anderen Fotos stammten wahrscheinlich aus dem Internet. Sie hatten gemeinsam, dass diese Männer alle unglaublich hässlich waren. Manchmal war mir noch per Bildbearbeitung ein Schnurrbart oder so etwas hinzugefügt worden. Es gab Hunderte dieser Bilder, manche waren schon ziemlich witzig. Unter jedem Post gab es Kommentare und Unterhaltungen mit vielen Emojis.

»Weißt du, wie die Gruppe heißt?«

Ich schüttelte den Kopf. Natürlich wusste ich das nicht.

»Josef und seine Brüder.«

Aha. Eines der Lieblingsbücher meiner Mutter. Aber hiermit hatte sie bestimmt nichts zu tun.

»Ich geb's zu«, fuhr Eli fort, »es war meine Idee. Ich habe die Gruppe eröffnet. Ich habe die Sache gestartet, auch wenn ich schon länger nicht mehr poste. Ich möchte mich bei dir entschuldigen.«

Ich nickte. Was sollte ich auch sonst tun?

»Pass auf«, sagte sie, »wir machen dem Spuk ein Ende. Lächle.«

Sie hielt ihr Smartphone mit ausgestrecktem Arm. Wir rückten ganz nah aneinander, sie legte den Arm um meine Schultern. Wir lächelten, sie weitaus professioneller als ich, sie machte das Selfie. *Josef und seine Schwester* tippte sie dazu, als sie es in die Gruppe hochlud.

Ire

An diesem heißen Tag im August, vor etwa einem Jahr, als ich das erste Mal drüben war, stieg ich aus der Dusche, trocknete mich ab und beobachtete dabei den Frosch, der mit halb geschlossenen Augen durch die Pfütze im Waschbecken dümpelte. Er sah eigentlich zufrieden aus, aber was sollte ich mit ihm anstellen? Meine Eltern waren nicht da, doch sie hätten sowieso nicht viel Verständnis für einen Lurch gehabt, der nichts zum kulturellen Leben beiträgt. Aber konnten sie mir deswegen verbieten, einen Frosch als Haustier zu halten? Es konnte kein Zufall sein, dass er zu mir gekommen war. Und wahrscheinlich hatte er Hunger. Fraßen Frösche überhaupt etwas anderes als Insekten?

Ich suchte die ganze Wohnung nach einer Fliege ab, fand aber keine. Sogar im Müll nicht. Ich wollte im Internet nach Tipps zur artgerechten Froschhaltung suchen, aber das Internet funktionierte nicht. Kein Wunder, wie ich heute weiß.

»Bleib hier und bleib locker«, riet ich dem Frosch und machte mich auf die Suche nach einem Fachgeschäft für Tierbedarf. Ich war schon ein paarmal an einem vorbeigegangen und hatte eine ungefähre Ahnung, wo es sein könnte. Die Straßen schienen sich aber irgendwie verknotet zu haben, jede Ecke, die mir bekannt vorkam, war doch eine andere und bald hatte ich mich hoffnungslos verlaufen. Ich hatte hier auch das erste Mal das Gefühl, dass die Gehwegplatten unter meinen Füßen umherschwammen, was, wie ich ebenfalls jetzt weiß, gar kein Gefühl, sondern eine absolut korrekte Wahrnehmung war.

In einem riesigen Einkaufszentrum, das mir noch nie aufgefallen war, fand ich einen Laden für Aquaristik. Die meisten der Fische, die dort in den Aquarien herumplanschten, schwammen rückwärts, änderten ständig ihre Farbe und ließen leuchtende Luftblasen aufsteigen, denen sie dann selbst hinterherjagten. Dem Verkäufer erzählte ich, ich hätte einen Frosch geschenkt bekommen. Ich kaufte ein kleines Terrarium mit verschiedenem Zubehör und ließ mir Tipps zur Ernährung geben. Frösche fressen tatsächlich ausschließlich Insekten. Fliegen als Froschnahrung müssen herangezüchtet werden, der Verkäufer erklärte mir verschiedene Vorgehensweisen, eine davon bestand darin, rohe Leber auf einem Heizkörper zu lagern. Allerdings, betonte er, könne man jetzt im Sommer mithilfe eines dünnen Strumpfes auf einer naturbelassenen Wiese sogenanntes Wiesenplankton ernten. Wiesenplankton besteht aus den vielen Kleininsekten, die im Gras leben. Diese Nahrung sei sehr abwechslungsreich und mit Abstand die beste für meinen Frosch. Er kramte unter der Ladentheke herum, fand ein Paar Nylonstrümpfe sowie eine Rolle Blumendraht, und legte sie vor mich auf den Verkaufstresen. Als ich nach dem Preis fragte, schüttelte er lässig den Kopf und schob mir die Sachen zu. Ich bedankte mich und bemerkte, dass der Verkäufer ein Namensschildchen trug, auf dem *Stanislaus* stand.

»Na so was«, sagte ich, »meine Eltern haben einen Buchladen, der Stanislaus heißt. Jedenfalls eine Art Buchladen.«

Der Verkäufer nickte, als sei das eine Selbstverständlichkeit. »Das ist ein sehr guter Name. Auch ich bin nach dem relativ erfolglosen Bruder des großen irischen Schriftstellers James Joyce benannt worden. Wussten Sie, dass James Joyce seinen kryptischen Roman *Finnegans Wake* nur geschrieben hat, um seinen Bruder Stanislaus zu beschimpfen?«

Das hatte ich nicht gewusst, noch war mir die Bedeutung von *kryptisch* völlig klar, aber ich freute mich sehr, dass er mich gesiezt hatte. Ich hatte plötzlich dieses beschwingte Gefühl, dass ich in der Niemandsstadt öfter haben würde, und machte mich auf den Weg zum Stadtrand, um Wiesenplankton zu ernten.

Plankton

Ich fuhr mit der S-Bahn über die Stadtgrenze und stieg irgendwo im Grünen aus. Was Plankton ist, weiß ich natürlich, denn ich liebe Wale. Blauwale filtern die kleinen Meerestiere, Flohkrebse, Krill und Miniquallen, mit ihren Barten, diesen Hornplatten, die dafür sorgen, dass sie immer aussehen, als würden sie grinsen, aus dem Wasser und ernähren sich davon. Mir gefiel die Vorstellung, ein Blauwal in der Wiese zu sein. Ich habe es später, als ich wieder hier war, im Internet nachgelesen: Plankton bedeutet »das Umherirrende«. Also war ich selber an diesem Tag, als ich mir vorstellte, ein Blauwal zu sein, einfach nur Plankton.

Ich stapfte mitten in der flirrenden Hitze durch eine Industriebrache. Ein gelblicher Himmel spannte sich über den Horizont, im Hintergrund sah ich die Silhouette der Stadt. Das Zirpen von Heuschrecken und das Röcheln irgendeiner Maschine, die ihren eigentlichen Zweck längst vergessen hatte, waren zu hören. Ich kletterte über einen verrosteten Zaun und stand auf einer hüfthoch wuchernden Wiese. Ich machte mich daran, das Wiesenplankton für meinen Frosch zu ernten. Ich musste nur langsam durch die Halme gehen und dabei den improvisierten Käscher in ruhigen Bewegungen vor mir hin und her schwenken. Nach einer Weile war der Strumpf voll von Insekten, aber auch Gräser und Dornen waren darin. Ich hatte ein Gefäß vergessen, in dem ich das Wiesenplankton aufbewahren könnte. Nach einer kurzen Suche fand ich einen Garderobentisch unter einem Hagebuttenstrauch. Darauf standen verschiedene Gläser und Dosen für Make-up, die meisten noch halbvoll. Ich nahm eines der größeren Gläser, das wie die anderen mit einem leicht klebrigen Film bedeckt war, und kratzte die eingetrocknete Schminke mit einem Stöckchen heraus. Ich füllte das gesammelte Wiesenplankton in das Glas, stülpte ein Stück des zweiten Nylonstrumpfs darüber und befestigte es mit einem Schnürsenkel.

Nun hatte ich Plankton, ich war selber Plankton und das ganze Leben kam mir vor wie Plankton.

James

Ich frage mich, ob ich die Einzige bin, die die Niemandsstadt besucht. Es kann ja eigentlich gar nicht sein, es leben Millionen Menschen in dieser Stadt, da muss doch noch jemand sein, der weiß, wie man von hier nach drüben kommt. Oder von drüben nach hier. Ich halte die Augen immer auf, egal ob ich hier oder drüben bin. Ich denke schon, dass ich drüben jemanden erkennen würde, der wie ich von hier kommt. Manchmal bin ich mir fast sicher, aber dann schaut irgendwo ein drittes Auge hervor, oder es gibt ein paar Schmetterlingsflügel zwischen den Schulterblättern, die ich noch nicht bemerkt hatte. Andersherum ist es schon schwieriger. Ein halbwegs menschenähnlicher Bewohner der Niemandsstadt könnte sich hier ziemlich unbemerkt durch die Straßen bewegen. Sie oder er müsste sich nur eine Mütze über das dritte Auge ziehen, oder die Schmetterlingsflügel unterm Pullover verstecken. Hier schaut ja fast jeder merkwürdig aus der Wäsche, das würde also nicht weiter auffallen, solange es mit zwei Augen geschieht.

Im Park, in dem der schwarze Engel steht, der kein Engel ist, in dem Park mit den Gräbern und den spielenden Kindern, da habe ich jemanden gesehen, von dem ich mir vorstellen kann, dass er auch hier unterwegs ist. Und ich bin mir ziemlich sicher, dass ich ihn gesehen habe, als ich gerade drüben war. Es war leider an dem Ort, an dem man sich am allerwenigsten sicher sein kann, ob man gerade hier oder drüben ist. Aber wenn ich in der Niemandsstadt war, und wenn er ebenfalls dort war, und wenn er tatsächlich auch hier unterwegs ist, dann werde ich ihn wiederfinden. Und wenn ich ihn finde, werde ich ihn fragen, was hier eigentlich los ist. Und was drüben eigentlich los ist.

Dieser Jemand war ein Junge und ich nenne ihn vorläufig James, nach dem berühmten Bruder von Stanislaus.

Bomben

»Zoning out« nennen es die anderen in der Klasse, wenn sie mit der Aufmerksamkeit so wegdriften, dass sie gar nichts mehr mitkriegen. Die meisten brauchen dafür ihr Smartphone. Einige haben es perfektioniert, so zu tun, als würden sie in das aufgeschlagene Arbeitsheft auf dem Pult schauen, während sie in Wirklichkeit knapp daran vorbei auf den Bildschirm unter der Tischplatte starren. Das Problem an der Sache: Smartphones sind an unserer Schule seit Beginn des Schuljahres verboten. Das Handyverbot ist eingeschlagen wie eine Bombe. Es ist schon die zweite Bombe, die unsere Schule trifft. Die erste landete am 3. Februar 1945 mitten im Lehrerzimmer und war eine echte Bombe, wie Herr Borgesius, unser Geschichtslehrer, nicht müde wird zu erzählen. Die echte Bombe sprengte Stein zu Staub, riss Arme von Körpern und Köpfe von Hälsen. Es ist also, wie ich finde, ein bisschen übertrieben, das Handyverbot auf dieselbe Stufe zu stellen. Aber mit dieser Meinung stehe ich ziemlich alleine da. Seit alle bei Magick sind, würden sie lieber auf einen Arm oder ihren Kopf verzichten als auf ihr Smartphone. Das Handyverbot hat zu einer Reihe von ausgeklügelten Strategien geführt:

a) Man hat ein zweites Handy, »Dummy« genannt, das man sich abnehmen lässt oder freiwillig abgibt, während man sein eigentliches Smartphone gut versteckt weiter benutzt. Nachteil: So langsam haben die Lehrer den Trick raus, manche haben vier oder sogar fünf Dummys, irgendwann verliert man den Überblick.

b) Man benutzt ein Endgerät, das im technischen Sinn kein *Smartphone*, sondern etwas anderes ist, zum Beispiel eine Smartwatch oder ein Tablet. Nachteil: Das geht nur bis zur nächsten Schulkonferenz gut, dann wird das Smartphoneverbot einfach auf andere Geräte ausgeweitet.

c) Man betreibt Zoning out einfach so, ohne technische Hilfe. Nachteil: Das kann nur eine richtig gut, nämlich ich.

Früher, im letzten Sommer, musste ich noch tief und fest schlafen, um in die Niemandsstadt zu gelangen. Als ich zum Beispiel nach dem Laufen den Frosch in der Dusche fand, hatte ich mich in Wirklichkeit nach der Hälfte meiner Laufstrecke auf eine Wiese gelegt und war eingenickt. Es war keine duftende Blumenwiese voller Plankton, sondern das übliche Stück sogenannter Grünfläche voller Hundehaufen. Als ich aufwachte, weil eine Nebelkrähe an meiner Schuhsohle pickte, um an die Reste eines halb verdauten Döners zu gelangen, die sich beim Laufen tief in das Profil gegraben hatten, war der Frosch erstaunlicherweise noch da. Ich schützte ihn mit beiden Händen, bevor sich die Krähe zu sehr für ihn interessieren würde. Fressen Krähen Frösche? Ich nehme an, Krähen fressen so gut wie alles.

Ich setzte den Frosch im Ententeiher in der Mitte des Parks aus, dort wo die Schwäne selten zu sehen sind. Schwäne fressen Frösche bestimmt. Hätte ich gewusst, dass er bald schon wieder in meiner Dusche herumspringen würde, hätte ich ihn auch gleich mitnehmen können.

Inzwischen muss ich nicht mehr einschlafen, um in die Niemandsstadt zu gelangen. Ich kann durch Zoning out halb hier und halb drüben sein. Das geht zum Beispiel so: Geschichtsunterricht bei Borgesius. Ich sitze an meinem Platz am Fenster und sorge dafür, dass ein Auge auf den Lehrer gerichtet ist. Das andere Auge, dasjenige, das Borgesius nicht so gut sehen kann, weil meine Nase dazwischen ist, schaut aus dem Fenster. Das Schielen ist zwar auf Dauer anstrengend, aber genau diese Anstrengung ist es auch, die das Zoning out verstärkt. Mein linkes Auge starrt so lange durch das Fenster, bis ich bemerke, dass es in die Niemandsstadt schaut. Weil beispielsweise ein Hund gegen einen kahlen Baum pinkelt und daraufhin gleich Blätter und Blüten sprießen. Oder weil der Wagen der Müllabfuhr vorbeikommt, der mit den Sprüchen der Werbetexter der Abfallbetriebe bedruckt ist wie *Leer Force One* oder *We kehr for you* oder *Räumschiff*, und wenn dieser Wagen nicht mit einem Motor angetrieben wird, sondern von haarigen Trollen von Haus zu Haus geschoben wird, und wenn dann den Mülltonnen kleine Füßchen wachsen und sie ganz freiwillig losgehen und kopfüber hinten an den Wagen springen, wo sie durchgerüttelt werden und dabei leise kichern. Dann bin ich noch hier und gucke gleichzeitig rüber.

Im Weiß

Als ich James, den Jungen, von dem ich nicht weiß, ob er von hier oder von drüben ist, das nächste Mal sah, war ich in der Niemandsstadt. Ich wusste, dass ich drüben war, denn der Himmel war schwefelgelb. Ein paar blasse Monde ragten hinter den Häusern hervor. Aus den Gullys kroch schwerer, beißender Qualm. Die Feen flogen tief. Ich entdeckte James hinter der staubigen Schaufensterscheibe eines Geschäfts auf der anderen Straßenseite, das merkwürdige Musikinstrumente, kaputte Wanduhren und Dosenravioli in der Auslage hatte. Ich überquerte die Straße, wurde dabei fast von einer Herde feiernder, halb betrunkener Zentauren niedergetrampelt, offenbar ein Junggesellenabschied (die sind drüben genauso schlimm wie hier) und betrat das Geschäft, das aber mittlerweile kein Geschäft mehr, sondern ein Kaffeehaus voller tratschender älterer Nachtelfendamen war, die Sahne von ihren Schwarzwälder Kirschtorten löffelten und mich böse anstarrten. Das ist typisch für die Niemandsstadt, die Häuser wechseln ihre Positionen sogar, während man sie betritt. Ich ging gleich wieder raus und sah, wie James, eines der sonderbaren Musikinstrumente unter dem Arm, um die nächste Ecke bog und auf einen Park zuging. Ein Park, das war meine Chance, denn die blieben meistens an Ort und Stelle. Sie sind die Ankerpunkte in dieser fliegenden Stadt, die Orte, an denen sich Hier und Drüben am stärksten überschneiden. Dieser hier schien der Park mit dem Märchenbrunnen zu sein, dort, wo ich mich mit Eli getroffen hatte.

Doch plötzlich stand ich im Weiß. In einem endlosen Weiß, als wäre ich ein einsamer Buchstabe, der sich auf ein Blatt Papier verirrt hat. Ungefähr so:

J

Ich wanderte in dem Weiß herum, ohne zu wissen, in welche Richtung ich ging. Ich wusste nicht einmal, ob es überhaupt eine Richtung gab. Es gab auch kein Oben und Unten mehr, es war wie im Weltall. Nur eben im Weiß. Im Weltall gibt es wenigstens All, den Raum, aus dem der Weltraum besteht, und im Hintergrund funkelnde Sterne, Planeten mit Ringen drum herum und meistens (ich gebe zu, dass mein Wissen aus den wenigen Science-Fiction-Filmen stammt, die ich gesehen habe), ein riesiges Raumschiff, das tief brummend auf der Suche nach neuen Welten daherschwebt. Hier gab es aber nur Weiß.

Irgendwann drehte ich mich um, und stand vor Brüderchen und Schwesterchen. Also den Figuren von Brüderchen und Schwesterchen am Märchenbrunnen. Dieses Märchen hat mir schon Albträume beschert, als ich noch ein kleines Mädchen war. Das Weiß war zu Ende, die Welt war wieder da.

Ich habe lange darüber nachgedacht, wohin ich auf der Suche nach James geraten war. Woraus dieses endlose Weiß, durch das ich gewandert bin, eigentlich bestand. Ich bin nicht darauf gekommen, bis mir Eli wieder einmal in einem ihrer Anfälle von technologischem Nerd-Geplapper davon erzählte, was geschieht, wenn man den Speicher eines Computers löscht. Dort, wo vorher die gespeicherten Inhalte waren, schreibt der Computer lauter Nullen hin. Die ganze Festplatte ist dann ein weites, weißes Feld. So hat Eli es zumindest beschrieben. Und in ein solches weites, weißes Feld bin ich auf der Suche nach James geraten.

Allerdings, hat Eli erklärt, bleiben die Daten unter oder hinter oder neben den Nullen noch erhalten. So kann man auch eine gelöschte Festplatte wiederherstellen und aus dem weiten, weißen Feld wieder eine richtige Landschaft machen. Oder eine Stadt. Wenn man die Daten wirklich löschen will, muss man sie mehrmals mit Nullen überschreiben. Nullen über Nullen über Nullen. Irgendwann ist dann das, was eigentlich da war, so verblasst, dass es verloren ist. Dann ist alles nur noch weiß, die ganze Stadt, die ganze Welt, ein weites, weißes Feld.

Ein Geheimnis

Ich treffe mich jetzt ab und zu mit Eli im Friedhofspark. Ich glaube, sie mag es, den schwarzen Engel aus sicherer Entfernung anzustarren. Natürlich steht die Figur ganz harmlos da, die Hand mit der Feder in Richtung Grabstein erhoben. Aber die Erinnerung lässt Eli gruseln, und ich denke, sie gruselt sich ganz gerne. Jedenfalls ab und zu ein bisschen.

Seit Eli das Foto mit uns beiden – *Josef und seine Schwester* – hochgeladen hat, gucken mich die anderen sehr komisch an. Es ist nicht so, dass sie mich vorher nicht komisch angesehen hätten, aber jetzt ist es eine andere Art von komisch. Sie gucken mich an, als ob sie nicht sicher wären, ob ich nicht vielleicht doch cool bin. So eine Art Uncool-Cool, wie die hässlichen Plastikbadelatschen, die gerade in sind. Alle haben welche, außer mir, was mich wiederum entweder sehr uncool oder gerade cool werden lässt. Es ist eine komplizierte Angelegenheit und ich bin froh, dass ich mich damit nicht weiter beschäftigen muss. Eli kennt sich mit solchen Sachen besser aus. Ich habe jedenfalls nichts dagegen, wenn mich die anderen ansehen wie eine Badelatsche aus Plastik. Die Gruppe *Josef und seine Brüder* ist geschlossen und Eli sagt, dass auf Magick jetzt sowieso alles anders laufe, und sie sei mittendrin.

Wir sitzen im Park und trinken ökologisch einwandfreie Limonade, Eli mit Stevia (was auch immer das sein soll) und ich mit Zucker (da weiß man, was man hat).

»Fein«, sagt Eli, nachdem sie ihre Steviabiolimo auf dem Grabstein neben uns abgestellt hat, »soll ich dir mal ein Geheimnis verraten?«

Eli nennt mich nicht mehr Josef, sondern *Fein*. Das hat sie mir so erklärt: In Josefine steckt *fine*, und das heißt auf Englisch *fein* und man spricht es auch so aus, und deshalb wäre es doch *fine*, wenn sie mich *Fein* nennt. Klar, von mir aus.

»Ein Geheimnis?«, frage ich. »Gut, warum nicht.«

»Aber nur, wenn du mir dann auch eins verrätst.«

»Okay.«

»Und wenn du niemandem etwas erzählst. Keiner Menschenseele.«

Ich mache einen möglichst dramatischen Gesichtsausdruck. »Ich werde schweigen wie das Grab, auf dem deine Limo steht.«

»Gut.« Sie sieht sich um, aber die nächsten Kleinkinder, die Spatzen jagen, sind weit genug weg und auch der schwarze Engel ist außer Hörweite. Doch bevor sie irgendetwas sagen kann, stelle ich schnell die Frage, die mich am meisten interessiert: »Was hat dir der schwarze Engel ins Herz geschrieben?«

Ich kenne die Antwort in dem Moment, in dem ich die Frage stelle. Also ist es gar nicht so schlimm, dass Eli heftig den Kopf schüttelt.

»Nein, nein, ich möchte dir etwas anderes verraten. Weißt du, diejenige, die die Chatgruppe *Josef und seine Brüder* eingerichtet hat und die, die bei Magick Schminktipps gibt, die mit dem Schmollmund und den falschen Wimpern und, und …«

»… dem Dekolleté, das tiefer ist als der Grand Canyon«, ergänze ich.

»Genau«, sagt sie, »das bin *eigentlich* gar nicht ich.«

Ich schaue sie zweifelnd an, das perfekte Make-up und das Dekolleté, das zwar nicht tiefer als der Grand Canyon, aber immer noch tief genug ist, und das mit Strasssteinen besetzte Smartphone in ihrer Hand.

»Wer dann?«

»Das ist mein digitales Ich. Es hat sich von meinem analogen Ich abgespalten. Verstehst du?«

»Nein. Ich habe nur ein Ich.« Das sage ich so, obwohl ich mir da gar nicht so sicher bin.

»Mein digitales Ich nenne ich *Persona*«, flüstert Eli weiter. »Und weißt du was? Ich kann Persona nicht leiden. Aber ich brauche sie.« Eli schickt mir aus ihren perfekt bewimperten Augen einen bedeutungsvollen Blick. »Du erzählst es aber nicht weiter, oder? Alle müssen glauben, dass ich die bin, die sie da im Netz anhimmeln. Sie sind der Bienenstock. Ich bin die Bienenkönigin. Aber ich bin gar nicht so, wie ich bin. Verstehst du?«

Ich nicke. Als hätte sie auf das Stichwort gewartet, summt eine Biene vorbei, die sich bei genauerer Betrachtung jedoch als Schmeißfliege erweist.

»Nun kennst du mein Geheimnis«, sagt Eli. »Damit bist du die Einzige auf der Welt. Und jetzt du.«

Wir sitzen eine Weile schweigend nebeneinander und beobachten ein paar Nebelkrähen, die in der Nähe an etwas herumpicken.

»Gut, also mein Geheimnis«, sage ich. Und dann erzähle ich ihr von James. Ich erwähne die Niemandsstadt mit keinem Wort, aber natürlich kann man eine solche Begegnung gar nicht richtig schildern, ohne ein paar Dinge auszuplaudern. Eli entdeckt den Sherlock Holmes in sich und lässt nicht locker mit ihren Nachfragen.

»Was war das für ein Instrument?«

»Keine Ahnung. Eine Oboe vielleicht?«

»Eine Oboe? Oder doch eine Klarinette?«

»Weiß nicht. Vielleicht war es auch eine Posaune.«

»Eine Posaune sieht aber ganz anders aus als eine Oboe oder eine Klarinette.«

»Dann war es eine Oboe.«

»Wie hieß das Café?«

»Weiß ich nicht mehr.«

»Wo gibt es, bitte schön, noch Cafés, in denen Omas Schwarzwälder Kirschtorte essen? In welchem Stadtteil warst du?«

»Ich habe doch gesagt – ich hatte mich verlaufen.«

»Aha. Du hast dich verlaufen und warst gleich danach am Märchenbrunnen. So weit kannst du also gar nicht gelaufen sein.«

»Mmh.«

»Welche Farbe haben seine Augen? Blau? Oder Grün? Oder Braun?«

»Ich glaube, Blau.«

»Eben hast du noch gesagt, du hast ihn nur auf der anderen Straßenseite gesehen. Wie kannst du dann wissen, welche Farbe seine Augen haben?«

»Ich weiß es ja auch nicht.«

»Hast du dich verliebt?«

So geht es in einem fort weiter. Ich fühle mich wie ein Würstchen auf einem Grill. Egal, wie ich mich drehe, es ist überall heiß. Mich rettet zum Glück Elis Smartphone, das so lange irgendwelche Ping- und Klinggeräusche von sich gibt, bis Eli sich erbarmt und schnell ein paar Sachen eintippt.

»Also«, sagt sie danach, »ich werde dir helfen, diesen mysteriösen James zu finden.«

»Danke, das schaffe ich schon allein.«

»Das bezweifle ich. Das nächste Mal, wenn du ihn siehst, machst du ein Foto. Mit deinem Handy. Weißt du, wie das funktioniert?«

»Hältst du mich für blöd?«

»*Fine*, Fein. Wir finden ihn.«

Ich denke, Geheimnisse sollten vielleicht lieber Geheimnisse bleiben.

Ins Herz

Was der schwarze Engel in Elis Herz geritzt hat:

00000000000000000000000000000000000000000000000
00000000000000000000000000000000000000000000000
00000000000000000000000000000000000000000000000
00000000000000000000000000000000000000000000000
00000000000000000000000000000000000000000000000
00000000000000000000000000000000000000000000000
00000000000000000000000000000000000000000000000
00000000000000000000000000000000000000000000000
00000000000000000000000000000000000000000000000
00000000000000000000000000000000000000000000000
00000000000000000000000000000000000000000000000
00000000000000000000000000000000000000000000000
00000000000000000000000000000000000000000000000
00000000000000000000000000000000000000000000000
00000000000000000000000000000000000000000000000
00000000000000000000000000000000000000000000000
00000000000000000000000000000000000000000000000
00000000000000000000000000000000000000000000000
00000000000000000000000000000000000000000000000
00000000000000000000000000000000000000000000000
00000000000000000000000000000000000000000000000
00000000000000000000000000000000000000000000000
00000000000000000000000000000000000000000000000

No. One

Die Schulleitung hat uns also die Handys weggenommen. Gleichzeitig hat sie sich bei einem Förderprojekt für »digitales Lernen« beworben. Das nenne ich durchdacht und konsequent. Ich weiß nicht genau, wie sie es geschafft haben, aber unsere Schule hat sich als eine von sieben in der Stadt für die Förderung qualifiziert. Das bedeutet, dass in unseren Klassenräumen, in denen es durch die Fenster regnet, die Heizung ständig ausfällt und die Decken sich biegen, interaktive Smartboards von der Firma Magick installiert werden. Jetzt können wir breitbandvernetzt interaktiv lernen, während wir weiterhin Angst haben müssen, dass uns die Decke auf den Kopf fällt. Es gibt außerdem einen ganzen Stapel *Tablets* für den Unterricht. Einige Lehrer lieben das neue Spielzeug und verbringen mehr Zeit mit der Einrichtung und den Einstellungen als mit dem Unterrichten selbst. Andere, wie Borgesius, stellen demonstrativ ihre Teetassen auf den Tablets ab und rollen eigenhändig die grüne Kreidetafel, ein lebendes Fossil aus dem letzten Jahrhundert, aus dem Geräteraum, um sie vor das Smartboard zu stellen, mit Kreidestummeln herumzuquietschen und die weißen Hände am Pullover abzuwischen, so wie sie es schon seit Jahrzehnten machen. Mir ist es egal. Ich schaue sowieso meistens aus dem Fenster und versuche, einen Blick in die Niemandsstadt zu erhaschen. Das ist mir interaktiv und smart genug.

Aber es gab eine interessante Begegnung im Rahmen dieses Projekts. Es hieß, der Chef von Magick würde zu uns in die Schule kommen und eine Rede halten. Wir versammelten uns alle in der Aula, aber anstelle des Firmenchefs kamen nur ein paar seiner Mitarbeiter, die irgendeine Art von futuristischem Beamer installierten, der dann ein 3D-Hologramm des Firmenchefs auf die Bühne projizierte. Die Projektion war halb durchsichtig, sodass der Mann dastand wie ein Geist. Eli hat die Techniker danach gefragt, und sie haben gesagt, dass sie das nur machen, weil es cooler aussieht. Das Ganze hätte auch in nicht-durchsichtig funktioniert.

Als sich der halbtransparente Mann dort materialisierte, begannen meine Zehen zu kribbeln. Ich war hier noch nie jemandem begegnet, der eigentlich besser in die Niemandsstadt passen würde. Der vielleicht aus der Niemandsstadt kam? Der Mann war kahlköpfig, mit einem hohen, fast zylindrischen Kopf. Die Augen eingesunken. Die Knochen schwer, die Füße trotzdem tänzelnd. Ein simples, schwarzes T-Shirt mit der Aufschrift: *No. One.*

Es war ein Mann, den man auf den ersten Blick für eine Frau halten konnte – allerdings eine sehr merkwürdige, grimmige, kahlköpfige Frau. Eine Wahrsagerin in einem längst vergessenen Zirkus vielleicht. Der Mann lächelte, und zwar so, als hätte er das erst ein paar Minuten vor Beginn der Aufnahme, die uns jetzt vorgespielt wurde, mühevoll gelernt. Sein Lächeln war wie ein gerade eben erst geborenes Fohlen, das staksend seine ersten Schritte über die Weide taumelt. Wer so lächelt, sollte es lieber gleich sein lassen. Dann fing er an zu reden.

Hallo zusammen. Tut mir leid, dass ich nicht persönlich kommen konnte. Nein, ich will ehrlich sein: Es tut mir gar nicht leid. Ich mag keine Schulen. Ihr wisst ja, was der Unterschied zwischen einer Schule und einem Irrenhaus ist: die Telefonnummer. Haha. Jetzt aber zu euch: Ihr seid die Zukunft. Aber vielleicht auch nicht. Vielleicht seid ihr nur ein Teil der Zukunft. Vielleicht findet die Zukunft aber auch ohne euch statt. Für euch wäre dann nur Platz auf der Zuschauertribüne der Zukunft. Ihr habt es selbst in der Hand. Vielleicht habt ihr es auch nicht in der Hand. Wir werden sehen.

Ich schaute mich in der Aula um. Die Lehrerinnen und Lehrer guckten größtenteils verwirrt. Die Schülerinnen und Schüler größtenteils fasziniert.

Falls ihr mich noch nicht kennt: Mein Name ist István Korvusz. Nennt mich Isi. Isi wie ein Sonntagmorgen. Haha. Mein kleines Start-up hat sich ganz gut gemacht und inzwischen nutzen 90 Prozent der Mädchen und Jungen in eurem Alter die Plattform Magick. Ich frage mich: Was ist mit euch restlichen 10 Prozent los? Wollt ihr anders sein als die anderen? Lasst euch gesagt sein: Ihr könnt auch auf Magick anders sein als die anderen. Ich war immer anders. Natürlich war ich nicht Anders, sondern István. Haha. Jetzt bin ich Milliardär ohne Schulabschluss.

Ein kurzes Auflachen in der Aula, der Geist lächelte sein einstudiertes Lächeln, und ich war mir nicht sicher, ob er mir leidtun sollte oder ob das einfach nur unheimlich war.

Was ich euch eigentlich sagen möchte: Seid anders als die anderen. Spinnt herum. Habt verquere Ideen. Träumt. Lasst die Hausaufgaben Hausaufgaben sein, und findet die Magie in euch. Denn alles andere machen die Computer inzwischen besser als wir Menschen. Vor allem mein Computer: Number One. Das Herz von Magick. Der kann inzwischen wirklich alles besser. Außer träumen vielleicht. Und lieben. Und Kaffee kochen. Aber er ist ja auch keine Kaffeemaschine. Haha. Number One wird die Smartboards steuern, die wir in der Schule installieren. Eure Tafeln werden also bald schlauer sein als eure Lehrer. Ihr werdet sagen: Das ist keine Kunst. Haha. Erst recht nicht für eine künstliche Intelligenz. Aber ist Number One überhaupt eine künstliche Intelligenz? Was unterscheidet künstliche von sogenannter natürlicher Intelligenz? Wir Menschen wurden von Gott – oder wem oder was auch immer – aus ein bisschen Wasser, Molekülen und Fettpölsterchen geschaffen. Dann haben wir uns von alleine weiterentwickelt: Faustkeil, Dampfmaschine, Mondrakete, um das einmal ganz grob abzukürzen. Dann haben wir aus ein bisschen Kupfer, Silikon und Strom die Computer erschaffen. Und die entwickeln sich mittlerweile von alleine weiter. Genau wie wir. Was bitte ist an der künstlichen Intelligenz künstlicher als an unserer? Soll Number One mich jetzt für Gott halten? Er würde mir was husten. Obwohl: Husten gehört auch zu den wenigen Dingen, die Number One nicht kann. Haha. Also: Schaut doch mal bei der Zentrale von Magick vorbei. Ist nicht weit von hier, auf dem Gelände der ehemaligen Korvusz-Maschinenwerke. Früher war da mal ein Techno-Club, aber ich verspreche euch: Was da jetzt ist, ist noch cooler. Vielleicht macht eine oder einer von euch mal ein

Schülerpraktikum bei uns. Gute Leute brauchen wir immer. Vor allem solche, die träumen können. Das Denken besorgen bei uns schon die Maschinen. Wäre das nicht auch ein guter Ansatz für eure Schule? Jetzt aber zurück in den Unterricht. Oder auch nicht. Ihr wisst ja: Was ist noch flüssiger als Wasser? Die Schule. Die ist überflüssig. Haha.

Der Geist verschwand, anders als der gequälte Ausdruck auf den Gesichtern der Lehrer. Alle gingen wieder in die Klassenräume. Ich dachte darüber nach, was István Korvusz über Träume, Liebe und künstliche Intelligenz gesagt hatte, während ich aus dem Fenster starrte und dabei zusah, wie ein orangefarbener Wagen von der Stadtreinigung mit der Aufschrift *Leer Force One* langsam die Straße entlangschlich.

Nebelkrähen

Ich habe festgestellt, dass die grau-schwarzen Nebelkrähen, die in der Stadt auf jeder zweiten Mülltonne sitzen, von hier nach drüben und von drüben nach hier gelangen können. Soweit ich weiß, sind sie die Einzigen, die das fertigbringen. Außer mir natürlich. Und dem Frosch. Und James, vielleicht. Wenn ich in der Niemandsstadt bin und eine Nebelkrähe sehe, die in einem Baum sitzt und mich auf diese spezielle Vogelart mit schräg gelegtem Kopf anschaut, dann sitzt dieselbe Krähe im Baum und schaut mich auf dieselbe Art an, wenn ich hier aufwache. Die Nebelkrähen kennen sich hier und drüben bestens aus. Wahrscheinlich haben sie deshalb auch immer diesen wissenden, überlegenen Blick drauf: »Ich bin die Nebelkrähe. Du bist nichts. Ich kenne die größten Geheimnisse. Du kennst gar keins. Oder höchstens eins, aber das ist nicht besonders interessant. Kraaah! Kraaah!«

Harmlos

Vor ein paar Wochen stand ich im Stanislaus hinter der Kasse, dachte darüber nach, ob ich James wohl irgendwann wiedersehen würde, versuchte dabei möglichst künstlerisch auszusehen und übte den schwäbischen Zungenbrecher »*Moscht muasch mega, wenn da Moscht mogsch, mogsch au mi*«, um den nächsten Touristen, der hier hereinkommen würde, standesgemäß zu begrüßen, als plötzlich Herr Borgesius vor mir stand und ein Frühstücksbrettchen in der Hand hielt. Wir waren beide ziemlich verlegen. Ich, weil ich gerade irgendwelches schwäbisches Zeug vor mich hin murmelnd und mit Künstlerblick hinter der Kasse des doch irgendwie peinlichen Ladens stand. Borgesius, weil er ebendiesen Laden betreten hatte und jetzt ein Frühstücksbrettchen mit einem Ampelmännchen darauf in der Hand hielt. Frühstücksbrettchen waren so ziemlich das sinnloseste Objekt, das im Stanislaus verkauft wurde. Und Ampelmännchen waren das schlimmste Klischeebild für diese Stadt, das man sich kaufen konnte, noch vor der Currywurst. Mit dieser Doppelschmach beladen stand Borgesius vor mir und lächelte gequält. Ich beschloss, noch ein wenig Salz in die Wunde zu streuen.

»Guten Tag, Herr Borgesius, es gibt hinten auch noch sehr schöne Bücher.«

»Danke, Josefine. Momentan brauche ich nur das. Für Verwandte, die wollen das unbedingt haben.«

»Soll ich es einpacken? Ich habe sehr progressive Zeitungen hier.«

»Ja. Dank dir, Josefine.« Er sah mir eine Weile dabei zu, wie ich das Ding fachgerecht einwickelte.

»Arbeitest du hier?«

Ich zuckte mit den Schultern. »Der Laden gehört meinen Eltern.«

In diesem Augenblick betrat eine Nebelkrähe das Geschäft. Wenn es warm ist, lassen wir die Ladentür einfach auf, da kann jeder hereinspazieren, auch Nebelkrähen.

»Kann ich Ihnen weiterhelfen, oder schauen Sie sich nur um?«, fragte ich die Krähe.

Borgesius lachte, als hätte ich einen unfassbar guten Witz gemacht. Die Nebelkrähe sah mich auf diese Nebelkrähenart an (»Ich weiß alles, du weißt nichts«), pickte ein wenig auf dem Teppich herum, drehte sich um und verließ den Laden wieder.

»Wahrscheinlich guckt sie sich die Sachen hier an und bestellt dann doch im Internet, wie die meisten«, sagte ich.

Borgesius lachte wieder. »Wusstest du, dass die Nebelkrähen und die Rabenkrähen zwei Erscheinungsformen der Aaskrähe sind? Die beiden Arten halten sich ziemlich genau an die alte Zonengrenze: im Westen Rabenkrähen, im Osten Nebelkrähen. Komisch, oder?«

»Ja, ziemlich komisch.«

»Tut mir leid, dass ich sogar hier den Geschichtslehrer raushängen lasse.«

»Das war aber eher der Biologielehrer, der da raushing«, sagte ich.

Wieder lachte er. Ich musste ihm fünfzehn Euro für das Brettchen abknöpfen. Für die Preise konnte ich leider nichts. Aber immerhin war es meisterhaft eingewickelt.

»Wie ist das eigentlich mit den Bomben, die hier gefallen sind?«, fragte ich noch, als Borgesius schon auf dem Weg nach draußen war. »Was blieb da übrig, wenn sie eingeschlagen sind?« Eine selten blöde Frage. Was soll schon übrig bleiben, wenn eine Bombe einschlägt?

Doch Borgesius nahm die dumme Frage sehr ernst. »Das kommt darauf an, welche Art von Bombe es war. Es gab Sprengbomben, Brandbomben, Luftminen. Im Lauf des Krieges wurden die Mordgeräte immer weiter entwickelt. Das Ziel war die maximale Zerstörung. So eine Luftmine, tonnenschwere Dinger, konnte die Dächer eines ganzen Wohnblocks abdecken. Dann hat man Brandbomben hinterhergeworfen und ließ alles ausbrennen. An windigen Tagen wurde, wenn es schlecht lief, ein Feuersturm entfacht. Die Straßen hatten dann die Wirkung eines Kamins und eine Feuerwalze fegte unglaublich heiß und unglaublich schnell durch die Stadt. So ein Feuersturm ließ überhaupt nichts übrig.«

»Alles ausgelöscht, wie eine Festplatte, mit lauter Nullen überschrieben?«

»Du sagst es. Lass uns also froh sein über die Zeit, in der wir leben. Sie ist vergleichsweise harmlos. Mach's gut, Josefine.«

Damit war Borgesius verschwunden.

In dieser Nacht gelangte ich nicht nach drüben. Stattdessen hatte ich Albträume, ganz klassisch von hier.

Flanoggen

Jetzt bin ich drüben, in der Niemandsstadt. Oder nicht? Ich bin mir nicht ganz sicher. Das passiert mir sehr selten in letzter Zeit, ich finde eigentlich immer eine Kleinigkeit, die mir sagt, wo ich gerade bin. Aber jetzt? Ich befinde mich in einem Park, aber ich weiß nicht, welcher es ist. Ich war laufen und habe mich treiben lassen. Borgesius hat einmal von der Kunst des Flanierens erzählt, die vor hundert Jahren oder so in war. Flaneure liefen einfach so durch die Stadt und haben geguckt, was alles passiert. Meistens mit Hut, Stock und einem Pfeifchen im Mundwinkel. Flanieren ist so etwas wie im Internet herumsurfen, nur ohne Internet. In der Niemandsstadt bin ich eine richtige Flaneuse. Hier ist mir das zu langsam. Hier flaniere ich joggend, ich flanogge. Ich flanogge, bis mein Kopf leer ist. Das passiert immer irgendwann, aber manchmal dauert es länger als üblich. Wenn der Kopf dann leer ist, laufe ich weiter. Laufe geradewegs in die Niemandsstadt. Aber heute? Der Park ist länglich, auf beiden Seiten von mehrspurigen Straßen eingefasst, auf denen die Autos auf diese passiv-aggressive Art herumfahren, die Autos immer haben. (Passiv-aggressiv ist eines von Mamas Lieblingswörtern. Ich weiß nicht genau, was das bedeuten soll, aber zu Autos passt es sehr gut.)

Vereinzelt stehen Bäume im Park, es gibt Mülleimer, Nebelkrähen, die darin herumpicken, aber keine Menschen. Ein leichter Wind lässt die Blätter in den Bäumen wispern.

Es ist diesig, die Sonne kaum zu sehen. Keine Feen in der Luft. Ich höre einen Frosch quaken, oder bilde mir ein, einen Frosch gehört zu haben. Ich habe den Frosch schon länger nicht gesehen. Er macht ohnehin, was er will. In meinem Zimmer habe ich ihm ein kleines Terrarium eingerichtet, ich züchte heimlich Fliegen in einem Einmachglas ganz hinten im Kleiderschrank. Riecht ein bisschen komisch, aber das stört mich nicht. Manchmal sitzt der Frosch in seinem Terrarium, manchmal nicht. Manchmal ist er tagelang da, oft ist er wochenlang weg. Drüben sehe ich den Frosch an den unmöglichsten Orten: Auf dem Hut einer aufgetakelten Nachtelfe. Im Bart eines schlafenden Parkraumüberwachungstrolls. Plötzlich, ohne Vorwarnung, auf meinem Handrücken. Habe ich den Frosch gehört? Oder habe ich mir nur gewünscht, ihn gehört zu haben? Ich merke, dass ich ziemlich weit gelaufen sein muss. Ich bin verschwitzt, die Muskeln in den Beinen hart. Ich kontrolliere, ob da, wo ich stehe, Hundehaufen auf der Wiese sind, sonst legt man sich garantiert rein, egal, ob man gerade hier oder drüben ist. Ich lege mich auf den Rücken ins Gras und schaue in den Himmel. Ich frage mich, ob es derselbe Himmel ist, den ich hier und drüben sehe. Dieselben Sterne? Ich denke schon. Vielleicht möchte ich es so. Vielleicht ist es so.

Es kann sein, dass ich kurz eingeschlafen bin. Plötzlich höre ich ganz in meiner Nähe aufgebrachtes Herumkrakeelen. Ich setze mich auf und sehe, wie sich eine Gruppe von Nebelkrähen in der Nähe eines Mülleimers um etwas streitet und es mit den Schnäbeln hin und her zieht. Was ist das? Es dauert ein paar Sekunden, bis ich es erkenne. Es ist die abgeworfene Haut einer Schlange, vielleicht auch die einer Blindschleiche. Mich hat der Vorgang des Häutens schon als Kind fasziniert. Ein Tier schält sich aus seiner Haut und ist dann ganz neu. Die alte Haut bleibt zurück und trägt das Tier sozusagen noch in sich. Bis sie von irgendeinem anderen Tier vertilgt wird. Wie jetzt von den Krähen. Aaskrähen, die ihrem Namen alle Ehre machen.

Ich sehe eine Weile zu, dann entdecke ich James. Er steht halb verdeckt hinter einem Baum, seine Oboe oder was auch immer das sein soll in der Hand, und schaut zu mir herüber. Jedenfalls kommt es mir so vor, als würde er zu mir herüberschauen. Er ist aber zu weit weg, um ihn genau zu erkennen. Ich ziehe schnell das Handy aus der Tasche, genau für diesen Fall habe ich es mitgenommen. Ich drücke ziemlich ungeschickt herum, bis ich die Fotofunktion gestartet habe, ich benutze das Ding einfach zu selten. Ich schaffe es gerade noch, ein Foto zu machen, dann ist James hinter dem Baum verschwunden. Ich schaue mir das Foto an. Es ist nur grauer, körniger Schnee zu erkennen, wie in einem alten, kaputten Fernseher. Das Handy ist wohl noch mehr im Eimer, als ich dachte. Ich lösche das Bild gleich wieder und gehe auf den Baum zu. Natürlich ist von James nichts mehr zu sehen. Ich entdecke auch keine Spur, nichts, nur die üblichen Verpackungen von Schokoriegeln und weggeworfene Coffee-to-go-Becher, die überall in den Parks im Gebüsch herumliegen.

Langsam mache ich mich auf den Heimweg, ich orientiere mich am Fernsehturm, bis mir die Gegend wieder bekannt vorkommt. Keine Ahnung, ob ich James hier oder drüben gesehen habe.

Wer mich trinkt

Von all den gruseligen, düsteren, abgrundtiefen Märchen der Brüder Grimm ist *Brüderchen und Schwesterchen* mit Abstand das furchtbarste. Ich weiß noch genau, wie ich im Stanislaus auf dem Teppich saß. Ich muss sieben oder acht Jahre alt gewesen sein. Ich saß da, habe mich gelangweilt, während meine Eltern irgendetwas Kulturelles im vorderen Bereich des Ladens gemacht haben. Früher haben sie noch regelmäßig Lesungen organisiert. Da kam dann jemand mit Brötchenkrümeln im Bart und Fettfingerabdrücken auf den Brillengläsern und hat aus Lyrikbändchen vorgelesen, die *Schwere Stille* oder *Unterhund* oder so ähnlich hießen. Der Dichter hat meistens schüchtern vor sich hin genuschelt und meine Eltern sowie zwei oder drei (höchstens vier) weitere Kulturbegeisterte haben andächtig zugehört, während der schale Prosecco in ihren stumpfen Gläsern immer wärmer wurde. Es war die pure Langeweile. Ich musste im Hinterzimmer des Ladens herumlungern und durfte keinen Mucks machen. Die Kulturveranstaltungen haben zum Glück aufgehört, wahrscheinlich sind die Dichter alle verhungert.

Damals aber wurde vorne genuschelt und gestaunt, und ich sah mir die Stapel von Büchern an, die im Hinterzimmer lagen, weil sie von Kunden bestellt worden waren. Es waren schon damals sehr kleine Stapel. Ein Zettel, der im Buch steckte, trug den Namen desjenigen, der das Buch irgendwann abholen würde.

Ich fand bei den bestellten Büchern also diese Ausgabe der Grimm-Märchen. Der Zettel mit dem Namen steckte mittendrin, ich schlug das Buch an der Stelle auf. Ich war extrem vorsichtig, denn ich hatte striktes Verbot, die bestellten Bücher anzufassen. Meine Eltern nahmen an, ich würde sofort Fettflecken, Eselsohren und Buntstiftzeichnungen darin hinterlassen. Sie hatten noch nicht ganz begriffen, dass ich nicht mehr vier war. Der Zettel steckte bei *Brüderchen und Schwesterchen*. Ich begann zu lesen, in dem Schneckentempo, in dem man liest, wenn man erst im zweiten Schuljahr ist. Ich hatte noch nie von diesem Märchen gehört, überhaupt hatten meine Eltern mir nie Märchen vorgelesen, ich kannte nur die Zeichentrickfilme, die ich mir »ausnahmsweise« manchmal anschauen durfte.

Ich fing an zu lesen und wurde direkt in die Geschichte hereingesogen. Als ich an die Stelle kam, an der das »Brünnlein glitzerig über die Steine springt« und Schwesterchen im Rauschen des Wassers hört: »Wer mich trinkt, wird zum Rehkälbchen, wer mich trinkt, wird zum Rehkälbchen«, musste ich mich auf den Rücken auf den Teppich legen. Ich bekam kaum Luft. Alles drehte sich vor meinen Augen. Es dauerte eine ganze Weile, bis ich weiterlesen konnte. Das Märchen war wie ein Feuersturm in meinem Kopf. Er war danach ganz leer. Ein weißes, weites Feld. Und jetzt noch höre ich, wenn Wasser in die Badewanne läuft: »Wer mich trinkt, wird zum Rehkälbchen, wer mich trinkt, wird zum Rehkälbchen.«

Am Ende von *Brüderchen und Schwesterchen* wird Schwesterchen die Königin des Reiches. Da nimmt ihre

Schwiegermutter, die in Wirklichkeit eine Hexe ist, die Gestalt der Kammerfrau an. Sie lässt ein Bad ein, führt Schwesterchen in die Badestube (so heißt das Badezimmer bei den Grimms) und schließt die Tür zu. Im Badezimmer war aber »ein Höllenfeuer angemacht, da musste die schöne Königin ersticken«.

Ich lege mich sehr selten in die Badewanne.

Indianer

»Hast du ein Foto gemacht?«, fragt Eli. »Ich habe das ganze Netz nach deinem James abgegrast, aber ich brauche einfach mehr Informationen. Ein Bild reicht und ich serviere dir ihn auf einem silbernen Tablett. Versprochen.«

»Ich habe es versucht, aber es geht nicht«, antworte ich.

Wir sitzen wieder im Friedhofspark, auf der Lehne einer Bank, und baumeln mit den Beinen. Diesmal ohne Limonade. Eli und ich treffen uns mittlerweile fast jeden Tag im Park. Ich weiß nicht, was sie an den Treffen mit mir so toll findet. Sie macht nicht einmal Selfies von uns. Tratschen mit Josef ist der einzige Teil des Tages, der für Eli undokumentiert bleibt. Vielleicht ist es gerade das, was ihr gefällt.

»Wieso geht das nicht?«, fragt sie.

»Das funktioniert nicht.«

»Hat dein Handy keine Fotofunktion?«

»Doch, klar. Aber irgendwie geht das nicht.«

»Zeig mal.«

Ich krame in meiner Tasche und finde das Handy zwischen ein paar Taschentüchern und Taschenbüchern. Es ist ein zerkratztes altes Ding, das ich von Papa geerbt habe, der irgendwann beschlossen hat, dass ihn die moderne Technik überfordert und er ganz ohne Handy leben möchte. Dabei kommt er sich gleichzeitig heldenhaft und gentlemanmäßig vor: der Dandy ohne Handy. Es ist aber in Wirklichkeit einfach nur unpraktisch, er telefoniert jetzt ständig den Akku von Mamas Telefon leer.

Eli hält mein altes Smartphone zwischen den Fingerspitzen wie etwas völlig Unbegreifliches, ein Artefakt aus der Steinzeit. »Das Modell hatte ich auch mal«, murmelt sie. »In der Grundschule.«

Sie macht ein paar Bilder von mir, bis ich die Hand über die Linse lege. Ich hasse so etwas.

»Aber es geht doch«, sagt Eli und macht schnell noch ein Selfie von sich, professionelles Duckface, Augenaufschlag, ganz die Bienenkönigin. »Scheißqualität, aber es geht.«

»Mit James geht das nicht.« Wie soll ich ihr erklären, dass Handys in der Niemandsstadt nicht funktionieren, wenn sie noch nicht einmal weiß, dass es eine Niemandsstadt gibt?

»Ist James ein Indianer?«, fragt Eli. »Hat er Angst, dass du ihm die Seele stiehlst, wenn du ein Foto von ihm machst?«

»Ja, so ähnlich.«

»Du bist echt bescheuert. Mach einfach ein Foto von ihm, wenn er es nicht merkt. Dann bleibt auch seine Seele, wo sie ist.«

»Okay.«

Eli könnte recht haben. Vielleicht ist James wirklich ein Indianer. Und vielleicht funktioniert die Kamera meines Handys drüben ja doch. Wenn ich mich nicht so dämlich anstelle wie das letzte Mal.

Anomalie

Bisher war ich drüben immer wie ein Schlafwandler (aller Wahrscheinlichkeit nach *war* ich ein Schlafwandler), ich bin durch die Niemandsstadt gestromert, ohne Verlangen, ohne Ziel, wie die Touristen, die ab und zu mit diesem verklärten Blick in den Stanislaus stolpern. Wie eine echte Flaneuse. Doch jetzt habe ich eine Aufgabe. Ich möchte James finden. Das ändert alles. Ich sehe die Niemandsstadt mit anderen Augen. Ich überlege: Wen könnte ich fragen? Wer könnte ihn gesehen haben? Wer würde mir drüben überhaupt helfen? Dummerweise bin ich nicht mehr drüben gewesen, seit ich diese Gedanken habe. Das letzte Mal war es in dem Park, in dem ich James gesehen habe, aber da bin ich mir nicht sicher, ob es überhaupt in der Niemandsstadt war. Inzwischen bin ich mir sogar fast sicher, dass es hier war. Das war vor zwei Wochen. In den letzten drei Tagen habe ich es geschafft, ein paarmal nach drüben zu sehen, die Niemandsstadt auf der anderen Seite der Fensterscheibe zu beobachten, ohne tatsächlich da zu sein. Aber so kann ich James nicht finden.

Ich sage Eli für heute ab. Ich sitze allein im Friedhofspark auf der Lehne einer Bank. Es regnet, ich lasse die Tropfen auf meinen Kopf fallen, mein T-Shirt saugt sich langsam voll mit Wasser. Es ist ein warmer Regen, ich fühle mich fast wie in den Tropen. Nicht, dass ich schon einmal in den Tropen gewesen wäre, aber so stelle ich es mir vor. Die Tropfen fallen ganz brav von oben nach unten. Ich denke an James und überlege, ob ich die Farbe seiner Augen nun gesehen habe oder nicht. Ich denke an Eli und ihr doppeltes Selbst, ich versuche mir vorzustellen, wie es ist, jemanden in sich zu tragen, der unglaublich erfolgreich ist, den man aber nicht leiden kann. Ich denke an meine Eltern und ihren tapferen Kampf gegen den unabwendbaren Untergang der Kultur, ihre Buchklassiker vergraben unter einem Berg von Frühstücksbrettchen.

Ich überlege, wie es wäre, wenn ich nie mehr nach drüben käme. Wenn mir der Zugang in die Niemandsstadt plötzlich versperrt wäre. Vielleicht bin ich auch bloß verrückt. Vielleicht gibt es keine Niemandsstadt. Vielleicht ist sie nur ein Schluckauf meiner Hirnströme, eine Anomalie im Hippocampus (ich liebe diese biologischen Wörter), irgendeine Verdrehung der Drüsen. Hippocampus bedeutet »Seepferdchen« und ist ein Teil unseres Gehirns, das wohl tatsächlich wie ein Seepferdchen aussieht. Ich stelle mir vor, wie so ein kleines Seepferdchen orientierungslos durch mein Gehirn schwimmt, sich um sich selbst dreht und nach einer Weile gar nicht mehr weiß, wo oben oder unten ist.

Vielleicht hat sich das Seepferdchen ja beruhigt. Vielleicht bin ich nicht mehr verrückt genug, um nach drüben zu gelangen. Aber was war dann mit Eli und dem schwarzen Engel? Was mit den vielen Bissen, Abschürfungen und Kratzern, die ich regelmäßig als Souvenir aus der Niemandsstadt mitgenommen habe? Die habe ich mir doch nicht selbst zugefügt. Oder doch?

Ich warte im Park, bis ich durch und durch nass bin. Dann gehe ich nach Hause. Ich beschließe, ausnahmsweise ein Bad zu nehmen. Durchnässt bin ich ja sowieso schon, und mittlerweile ist mir auch kalt. Ich werde baden wie das Schwesterchen im Märchen. Man soll sich seinen Ängsten stellen, das sagen jedenfalls meine Eltern.

Danach werde ich Eli fragen, ob sie denkt, dass ich verrückt bin.

Entspannen

Ich lasse Wasser ein, ich höre im Rauschen wieder »Wer mich trinkt, wird zum Rehkälbchen, wer mich trinkt, wird zum Rehkälbchen«, die Tropfen fallen auf das schräge Dachfenster, Wasser oben, Wasser unten, Wasser überall.

Es ist Samstag, später Nachmittag, meine Eltern sind noch im Stanislaus, sie werden bald nach Hause kommen, aber eine kostbare Stunde habe ich noch für mich allein. Vom Tropenregen in die heiße Badewanne, warum auch nicht? Für eine Verrückte eine der leichtesten Übungen. Als die Wanne halb voll ist, lege ich mich hinein, schließe die Augen, lasse das Wasser weiter laufen. »Wer mich trinkt, wird zum Rehkälbchen, wer mich trinkt wird zum Rehkälbchen«.

Neben mir auf dem Wannenrand steht eine eiskalte Cola vom Späti, daneben liegt das Telefon. Das *Erkältungsbad Latschenkiefer*, das ich im Schrank zwischen den Putzsachen gefunden habe, macht einen schönen, hohen, knisternden Schaumberg. Ich habe dem Baden an sich unrecht getan. Baden hilft, ich weiß zwar nicht wogegen, aber es hilft.

»Wer mich trinkt, wird zum Rehkälbchen, wer mich trinkt, wird zum …« *Klack!* Das Geräusch kommt von der Badezimmertür. Als ob jemand sie von außen abgeschlossen hätte. Kann das sein? Kann nicht sein. Ich muss mich einfach entspannen. Ich werde nicht aus der Wanne steigen und mit nassen Füßen über die Kacheln schlittern, nur um festzustellen, dass ich mich getäuscht habe. Ich schließe die Augen wieder. *Ich muss mich entspannen.* Ist das nicht ein Widerspruch in sich? Ich *muss* mich entspannen? Wäre ein guter Spruch für ein Frühstücksbrettchen: *Ich muss mich endlich mal entspannen!* Vielleicht auf der anderen Seite das Ampelmännchen? Ich *werde* mich entspannen.

Ich drehe das Wasser ab, der Schaum knistert direkt neben meinen Ohren, es duftet nach Brandenburger Kiefernwald, vielleicht sogar mit einem Hauch von Wolfsmuff, der Regen trommelt noch stärker gegen das Dachfenster, der Wind pfeift durch die Ritzen. Draußen muss so etwas wie ein Tropensturm toben. Obwohl das Badewasser nicht mehr aus dem Hahn läuft, höre ich ganz leise noch »Wer mich trinkt, wird zum Rehkälbchen, wer mich trinkt, wird zum Rehkälbchen«, es flüstert mir aus dem Schaum entgegen, es ruft heiser aus den Ritzen der Badezimmerfugen, es wispert aus dem Plätschern zwischen meinen Zehen.

Ein weißes weites Feld

Das Wasser ist zu heiß. Auch die Luft ist heiß. Alles ist zu heiß. Ich lasse kaltes Wasser nachlaufen. Es kommt aber nur heißes Wasser. Ich warte, das Wasser läuft, es schreit »Wer mich trinkt!«, ich überlege, wie viel heißes Wasser noch in der Leitung sein kann, es wird nicht kälter, ich drehe es ab, es läuft weiter, verbrüht mich fast und schreit mich an. Ich springe aus der Badewanne, ich rutsche aus, halte mich an der Handtuchstange fest, die glüht. Ich rüttele an der Klinke der Badezimmertür, die Klinke kann ich kaum anfassen, die Tür ist zu, sie bewegt sich keinen Zentimeter. Ich bekomme kaum noch Luft, der Schaum quillt über den Rand der Badewanne. Auf den feuchten Kacheln sitzt der Frosch, an seiner Kehle erkenne ich sein schnelles Atmen. Im Spiegel über dem Waschbecken sehe ich mein Gesicht, rote Flecken darin, aufgequollen von der Hitze. Hinter mir im Spiegel die Badewanne, der Schaum, der steigt, und im Schaum ein Rehkälbchen, das mich anblickt mit blauen Augen, von dessen Hals ein Seil hängt, ebenfalls blau, nur heller, das ich greife, das weich in meiner nassen Hand liegt. Ich steige zum Rehkälbchen in die Wanne, es dreht sich um und trabt davon und ich folge ihm in den weißen Schaum, in das Weiß, in das weite, weiße Feld, in das grenzenlose Weiß.

Teil 2

Elisabeth

Fuck

Es regnet und regnet, dabei ist es auch noch heiß, seit wann leben wir eigentlich in den Tropen? Trotzdem halte ich es nicht mehr in der Wohnung aus. Ich rufe Fein an, sie antwortet nicht, was mich nicht weiter verwundert. Ich habe Magick auf ihrem Steinzeit-Smartphone installiert, aber die mittlerweile zwanzig Nachrichten, die ich geschickt habe, hat sie nicht gelesen. Fein ist wie ein Wesen aus dem 19. Jahrhundert, oder wie einer dieser Indianer, die noch unberührt von der Zivilisation im tiefsten Urwald am Amazonas leben. Heißen die nicht Yanomamö, oder so ähnlich? Vielleicht sollte ich meiner Yanomamö-Freundin eine Brieftaube schicken? Oder auf dem Balkon ein Feuer machen und Rauchsignale senden? Wird nicht klappen, bei diesem Regen. Ich werde mir einfach einen Poncho überziehen und in dem merkwürdigen Krimskrams-Laden ihrer Eltern vorbeischauen. Manchmal hilft sie da aus. Sonst ist bestimmt jemand da, der weiß, wo sie steckt. Leute kontaktieren wie in der Zeit vor dem Mobiltelefon. Da ist man einfach hingegangen. Habe ich mir sagen lassen. Muss eine aufregende Zeit gewesen sein.

Es bimmelt, als ich die Ladentür aufschiebe. Wer da hinter dem Tresen steht, kann keinesfalls Feins Mutter sein. Es ist eine dieser blassen, schmallippigen Studentinnen, die in Souvenirshops weltweit als Aushilfe arbeiten. Wahrscheinlich ist es immer dieselbe Studentin, in irgendeinem geheimen Labor geklont, für kleines Geld im Internet bestellbar.

»Ich suche Josefine«, sage ich.

»Hä?«, entgegnet die Geklonte und in ihrem Blick erkenne ich sofort dieses *Die habe ich doch schon irgendwo gesehen!*

Kein Problem, Geklonte, ich kann dir sagen, wo: auf Magick. Ich setze mein Fünf-Sterne-Lächeln auf. »Josefine Freund. Die Tochter der Besitzer hier.«

»Die Besitzer sind nicht da.«

»Das sehe ich. Sonst würde ich ja auch mit denen reden, nicht mit dir. Wo sind sie denn?«

Die Geklonte presst ihre schmalen Lippen zusammen, sodass sie fast gar nicht mehr da sind. Ich kann die Zahnräder in ihrem Kopf knirschen hören: *Darf ich das verraten? Was passiert, wenn ich es nicht verraten darf, und ich verrate es doch? Was passiert, wenn ich es nicht verrate, es aber hätte verraten sollen? Was mache ich jetzt bloß?*

Zur Beruhigung lege ich der Geklonten meine Hand auf den Unterarm. »Kein Problem«, sage ich, »ich rufe einfach an.«

Ich zücke mein Handy, tue so, als würde ich nach der Nummer suchen (die ich nicht habe), als die Presslippe mich unterbricht.

»Die sind gerade nicht erreichbar, weil ... die sind im Krankenhaus.«

Fuck.

Das muss mit Fein zu tun haben.

»Charité?«, frage ich.

Die Geklonte nickt, und schon bin ich aus der Tür.

Hundstag

In der Tram auf dem Weg zum Krankenhaus telefoniere ich mich durch die verschiedenen Abteilungen, sodass ich genau weiß, wo ich hinmuss. Am Telefon kann ich so seriös klingen wie eine Nachrichtensprecherin. Man hilft mir freundlich weiter, mit dieser Krankenhausfreundlichkeit, die mir immer ein bisschen Angst macht. Wahrscheinlich ist es nicht die Freundlichkeit, vor der ich mich fürchte, sondern die Möglichkeit, dass diese netten Menschen in weißen Kitteln einem bei Bedarf mit ihren scharfen Messern bis ins Herz schneiden können. So ähnlich wie schwarze Engel.

Nach endlosen Fluren, Korridoren und Reihen von Türen in der neurologischen Abteilung stehe ich endlich in Feins Krankenzimmer. Weißes Zimmer, weiße Betten, weiße Laken. Der Fußboden merkwürdigerweise dunkelrot. Damit man eingetrocknetes Blut nicht so gut sieht?

Die beiden, die Josefines Eltern sein müssen, stehen betreten neben einem Bett, in dem Fein liegt, bleich und edel wie Schneewittchen in ihrem Sarg aus Glas. In einem Bett weiter hinten röchelt eine Oma vor sich hin. *Aha*, denke ich, *gesetzlich versichert*. Die Eltern, auf den ersten Blick die typischen Öko-Yuppie-Kulturschnösel, die in unserem Kiez den Ton angeben (auf den zweiten Blick übrigens auch), sehen mich verstört an.

»Ich bin Eli«, sage ich. »Elisabeth«, füge ich hinzu, als sie mich immer noch angucken wie Autos. »Josefs, also Josefines Freundin. Aus der Schule.«

Völlige Ratlosigkeit in den Gesichtern der Eheleute Freund. Fein ist wohl nicht diejenige, die allzu viel erzählt zu Hause. Hätte mich auch gewundert.

»Was ist denn los?«, versuche ich, einen kleinen Stupser zu geben.

»Wahrscheinlich eine Gehirnerschütterung«, sagt Feins Mutter endlich. Dieselbe dunkle, facettenreiche Stimme. Angenehm.

»Sie ist im Bad hingefallen«, erklärt der Vater. Er ist so eine Art Wiedergänger von John Lennon, dem hageren Sänger der Beatles mit der kleinen runden Brille, nur in der Filterkaffeevariante.

»Seitdem schläft sie«, sagt die Mutter und ich merke genau, wie sie absichtlich das böse Wort *Koma* vermeidet. »Es ist schon gestern Nachmittag passiert. Die Ärzte meinten, dass eine kurze Bewusstlosigkeit nach einer Gehirnerschütterung schon einmal vorkommt. Aber fast vierundzwanzig Stunden sind schon ...«

»... außergewöhnlich«, fasst Vater Freund zusammen.

Die beiden scheinen ein eingespieltes Team zu sein. Schön, wenn man zwei Eltern hat. Weniger schön, wenn man im Koma liegt. Wir drei betrachten Fein, wie sie daliegt, in der Armbeuge einen Infusionsschlauch und am großen Zeh die Klammer für die Messung der Herzfrequenz, die auf einem klobigen Achtzigerjahregerät auf Rollen neben dem Bett angezeigt wird: eine Kurve, die hoch und runter geht, wie ein unmöglich symmetrisches Gebirge. Ich kenne mich nicht mit so etwas aus, aber die Herztöne sind ruhig. Sehr ruhig. Ein regelmäßiges *Piep – Piep – Piep.* Auf dem Tischchen neben dem Bett ein Buch (*Die unendliche Geschichte*, ob das so eine gute Idee ist, was ihren Zustand betrifft?) und ihr Handy, damit sie sich nicht langweilt, wenn sie aufwacht. Aber danach sieht es gerade nicht aus.

»In der Schule hat sie jedenfalls nichts verpasst«, sage ich, damit irgendjemand etwas sagt.

Die Mutter streicht sich durchs Haar. »Sie badet eigentlich nie. Warum hat sie sich eine heiße Badewanne eingelassen? An so einem Hundstag? Da muss der Kreislauf doch einknicken.«

»Und dann dieser Frosch im Waschbecken«, sagt der Vater.

»Welcher Frosch?«

»Sie hat einen Frosch, den sie in einem Terrarium in ihrem Zimmer hält. Keine Ahnung, wo der herkommt. Als wir ins Badezimmer kamen, lag sie bewusstlos vor der Wanne, und der Frosch saß im Waschbecken.«

»Hat Josefine irgendwelche Probleme in der Schule?«, fragt mich plötzlich die Mutter.

Ich schüttele den Kopf.

»Sie ist so verschlossen«, setzt sie nach. »Ich bin froh, dass sie eine Freundin in der Klasse hat, Elisabeth.«

»Wir treffen uns fast jeden Nachmittag im Park«, sage ich und fühle mich gleich dreckig, als hätte ich ein Geheimnis ausgeplaudert.

»Ja«, sagt die Mutter, »Jo liebt die Natur.«

Jo. Das habe ich noch nie gehört. Nichts könnte schlechter passen. Und mit der sogenannten *Natur* ist es in den Parks auch nicht weit her.

»Auf jeden Fall wünsche ich gute Besserung«, sage ich schließlich. »Können Sie Josefine – Jo – Bescheid sagen, dass ich sie gerne treffen würde, wenn es ihr wieder besser geht? Ich lasse Ihnen meine Nummer da.«

»Das machen wir, Elisabeth«, sagt Vater Freund. »Es ist lieb von dir, dass du vorbeigekommen bist.«

»Aber gerne. Habe mir einfach Sorgen gemacht.«

Lieb von mir, dass ich vorbeigekommen bin, vielleicht. Nicht so lieb von mir, dass ich Feins Handy vom Tischchen neben ihrem Krankenbett mitgenommen habe.

Magie der Dinge

Ich weiß nicht genau, warum ich das Handy aus dem Krankenzimmer mitgenommen habe. Normalerweise ist das nicht meine Art. Aber es lag da, zerbeult und zerkratzt wie es ist, auf diesem weißen, trostlosen Tisch neben dem Krankenbett und hat mir zugeflüstert, dass es ein Geheimnis hat. Ein Geheimnis, von dem Feins Eltern nicht unbedingt erfahren sollten. Während ich Fein mit der rechten Hand behutsam über die blasse Schneewittchenstirn gestrichen habe, hat meine linke Hand das Telefon in meiner Tasche verschwinden lassen.

Ich weiß, dass es vielleicht komisch klingt, wenn ich sage, dass mir das Handy etwas zugeflüstert hat, aber so ist es eben. Ich glaube an die Magie der Dinge, vor allem der intelligenten Dinge. Feins Smartphone ist jetzt nicht besonders smart, aber um mir leise zuzuflüstern hat es noch gereicht.

Ich glaube nicht, dass Feins Eltern etwas gemerkt haben. Und wenn sie irgendwann merken sollten, dass das Handy nicht mehr da ist, ist es ihnen bestimmt egal. Sie gehören zu der Art von Leuten, die in der Krankenhausrezeption anrufen und sich zum Zimmer durchstellen lassen, anstatt sich auf dem Handy ihrer Tochter zu melden.

Ich gehe in den Park, in dem ich mich um diese Zeit eigentlich mit Fein getroffen hätte, den Park mit den Gräbern, den Kleinkindern und dem schwarzen Engel, der kein Engel ist. Er macht mir nichts mehr aus. Das stimmt nicht ganz: Er macht mir fast nichts mehr aus. Die Erinnerung an den Traum ist noch da, wie ein Kind, das sich hinter dem Vorhang versteckt und glaubt, man sieht es dann nicht mehr. Es hört sich nicht nach viel an: die Erinnerung an einen Traum. Aber meine Träume sind heftig. So heftig, dass sie alles in den Schatten stellen können. Sie sind wie ein Fluch, der auf mir lastet. Vielleicht habe ich, ohne es richtig zu bemerken, einen Pakt mit dem Teufel gemacht: Ich schenke dir, so Satans Angebot, eine unglaublich erfolgreiche Online-Identität, die dir Geld, Ruhm und sonst was bringt. Als Preis dafür suche ich deine Träume heim und mache sie zu geschmacklosen Horrorfilmen mit vierdimensionalen Spezialeffekten. Na, Eli, wie wär's? Ich muss wohl *Ja* gesagt haben.

Ich weiß nicht, wie Fein in meine Träume gelangt ist, aber sie hat dort ganz gut aufgeräumt. Hat Satan in die Schranken gewiesen, das muss man erst einmal schaffen. Bevor er in meinen Träumen auftauchte, hatte ich diesen echten, tatsächlich in einem Park als Bronzefigur herumstehenden schwarzen Engel noch nie gesehen. Erst als mich Fein hierhin geschleppt hat, habe ich begriffen, dass es ihn auch hier gibt, mitten in der Stadt. Ein Engel, der kein Engel ist, weil er keine Flügel hat. Es ist eigentlich eine sympathisch wirkende Dame, die sich da anschickt, einen Grabstein zu beschriften.

Ich winke kurz rüber, uns verbindet immerhin ein intensives Erlebnis. Nicht jeder schält einem Haut, Sehnen und Gewebe von der Brust und ritzt einem mit einem Gänsekiel lauter Nullen in das pulsierende Herz.

Kosmisches Rauschen

Ich setze mich auf die Lehne der Parkbank, der Regen tropft mir von der Kapuze, und nehme mir das Smartphone vor. Heißes Bad an heißem Tag, Frosch im Waschbecken, irgendetwas wird mir das Gerät verraten können. Ich brauche keine Minute, um den Sicherheitscode herauszubekommen:

1 2 3 4 5 6

Ernsthaft, Josefine? Ich schaue mich in dem Gerät um, in den verschiedenen Apps, in den Nachrichten, Mails, Fotos, Karten. Was für eine Einöde. Sogar der schneckengleiche Prozessor dieses Endgeräts muss sich in Feins Gegenwart gelangweilt haben. Trotzdem taumeln mir ein paar Informationsbröckchen in den Schoß. Ich sehe zum Beispiel, dass Fein viel in der Stadt unterwegs ist. Die Bewegungsdaten sind ziemlich verrückt. Teilweise springen sie um mehrere Kilometer, als wäre Fein um eine Ecke gebogen und dann in einem ganz anderen Stadtteil nahtlos weitermarschiert. Interessant, von so einem Fehler im GPS-Modul habe ich noch nie gehört. Die Anrufe geben nicht viel her: Mama, Mama, Mama, Geschäft, Mama, Mama, Geschäft. Falls es einen Spezialvertrag für jemanden gibt, der nur zwei Nummern nutzt, sollte Fein mal darüber nachdenken.

Aber jetzt zum interessantesten Teil, den Fotos. Ist aber bei genauerem Hinsehen doch nicht so interessant: Abfotografierter Stundenplan. Versehentliches Foto von der Innenseite der Hosentasche. Versehentliches Bildschirmfoto vom Homescreen. Hosentasche. Preisschild von einer Wandfarbe im Baumarkt. Hosentasche. Screenshot. Hosentasche. Hosentasche. Hosentasche. Gibt es weltweit ein Mädchen außer Fein, das ihr Handy in der Hosentasche vorne links trägt? Dann: Die Fotos, die ich von Fein gemacht habe, hier auf dieser Bank. Als ich probiert habe, ob die Kamera funktioniert. Selfie von mir. Kamera auf der Vorderseite (grottige Qualität), Kamera auf der Rückseite (schon besser, immer noch grottig). Das war's.

Bis auf ein gelöschtes Foto. Bildrauschen. Nicht irgendein Bildrauschen: Elektromagnetisches Grundrauschen. Das elektromagnetische Grundrauschen ist noch ausgestorbener als der Archaeopteryx. Meine Hände beginnen zu schwitzen, fast flutscht mir das Gerät aus der Hand, die sowieso schon vom Regen nass ist. Früher, als es noch analoge Antennen gab, die sich wie Knochengerippe von den Dächern in die Luft reckten, haben sie die kosmische Mikrowellengrundstrahlung empfangen und sie nach Sendeschluss auf irgendeinen klobigen Röhrenfernseher mit Hartplastikummantelung übertragen. Das kosmische Rauschen ist älter als die Menschheit, unsere Erde, unser Sonnensystem, die Milchstraße. Und jetzt hat Fein es fotografiert. Mit ihrem halbkaputten Billig-Smartphone hat sie ein Foto des kosmischen Rauschens gemacht. Keine Ahnung, wie sie das geschafft hat. Die Geodaten des Fotos sind verwirrend: drei verschiedene Längengradangaben, kein Breitengrad. Datum der Aufnahme: vor vier Tagen. In sechshundert Jahren. Ich lasse Feins Handy in der Tasche verschwinden. Das ist ein Fall für die Bienen.

Persona

Natürlich habe ich mich schon auf Social Media herumgetrieben, bevor es Magick gab. Aber ich habe diese Netzwerke benutzt wie jeder andere: ein paar Fotos, ein paar Posts, sinnloses, stundenlanges Herumscrollen, lesen, was die anderen so machen, versuchen, nicht allzu neidisch auf das tolle Leben zu sein, das alle führen, wenn man ihren Posts Glauben schenkt. Erst mit Magick ist der Funke richtig übergesprungen. Vielleicht liegt es daran, dass die Uhr tickt, sobald man damit anfängt: Seinen Account bei Magick kann man nur sieben Jahre lang benutzen. Dann deaktiviert er sich automatisch. Alles, was man bis dahin gepostet hat, verschwindet für immer. Das ist einerseits beruhigend – wer will schon seine Jugendsünden für immer dokumentiert wissen? Andererseits setzt es einen ganz schön unter Druck. Bis zur Deaktivierung muss man es geschafft haben, so bekannt zu werden, dass sich jeder an einen erinnert, selbst wenn von der digitalen Identität nichts übrig bleibt. Wer sich mit dreizehn bei Magick registriert, ist mit zwanzig raus. Es ist wie mit einer Schulklasse: Nach Magick geht jeder seiner Wege, im analogen wie im digitalen Leben. Und an manche, die ein Stück des Weges mit einem gegangen sind, wird man sich erinnern. Andere wird man vergessen. Ich will nicht zu denen gehören, die vergessen werden.

Als ich mit Magick angefangen habe, hat es nicht lange gedauert, bis ich sozusagen darin gelebt habe. Irgendwann habe ich dann gemerkt, dass sich mein Online-Profil selbstständig gemacht hatte. Auf Magick habe ich plötzlich Dinge gepostet, die ich sonst nie sagen oder tun würde. Ich denke, das passiert jedem irgendwann: Schamlos angeben, stillos beleidigen, zügellos shoppen, das tun wir im Netz und nirgends sonst. An die S-Bahn-Überführung auf dem Weg zur Schule hat irgendjemand hingesprüht: *Don't trust yourself on social media.* Da ist was dran.

Ich habe also beschlossen, mich aufzuspalten. Also: Mein *Ich* aufzuspalten. Privat und bei mir selbst bin ich *Ich* geblieben. Eli. Mein *Ich* bei Magick nenne ich Persona. Das ist das *Ich,* das die Welt kennt. Auch, wenn alle denken, das sei Eli, ist es Persona. Persona halte ich im Zaum, sie ist wie eine rohe, gefährliche Energie, die ich niemals allein lassen darf. Persona hat die Tendenz, sich schrecklich danebenzubenehmen, nur um noch ein wenig beliebter zu werden. Persona hatte diese Idee mit »Josef und seine Brüder« und ich habe sie machen lassen. Klarer Fehler. Auch wenn mich das schließlich zu Fein gebracht hat. Persona werde ich von nun an von Fein weit entfernt halten. Fein soll nur Eli begegnen und niemandem sonst.

Persona macht mir Ärger, Persona ist fast unkontrollierbar, ich bin hinter Persona beinahe ganz verschwunden. Trotzdem brauche ich sie. Persona ist eine Berühmtheit. Zumindest eine kleine, mit knapp hunderttausend Followern. Ruhm ist eine Währung, die sich in alles Mögliche umtauschen lässt: Glück. Geld. Sorglosigkeit. Mein Ziel: Wenn ich mit der Schule fertig bin, soll Persona dafür gesorgt haben, dass ich mich und Mama versorgen kann. Wenn ich sie nicht mehr brauche, werde ich Persona töten.

Hive Mind

Das Hive Mind, ein Hirn wie ein Bienenstock, Schwarmintelligenz, die Weisheit des Kollektivs, das ist unsere letzte Chance gegen die Maschinen. Ich sage das als jemand, der Maschinen liebt. Das Problem ist nur: Die Maschinen lieben uns nicht zurück.

Die Maschinen, die wir Menschen geschaffen haben, arbeiten daran, uns das zu nehmen, was uns als Menschen ausmacht. Magick zum Beispiel sagt uns genau, was wir kaufen, glauben, leben sollen. Der Algorithmus von Magick sagt uns das auf eine so raffinierte Art und Weise, dass wir glauben, wir wüssten selbst, was wir kaufen, glauben oder leben. Aber wir sind zu bequem. Wenn uns Magick die Arbeit, selbst zu denken, abnehmen kann, lassen wir das gerne mit uns machen. Doch was sind wir, wenn wir nicht mehr selbst denken? Sind wir dann noch Menschen? Oder bloß Schafe?

Nur die Träume, die können uns die Maschinen nicht nehmen, egal, wie gut sie den Schlaf überwachen. Ich habe wilde Träume. Die meisten sind nicht angenehm, aber sie sind so wild, dass sie außerhalb der Reichweite jeder Maschine sind. Deshalb bin ich dankbar für meine Träume. Ich würde mich liebend gerne einmal mit István Korvusz darüber unterhalten. Kontrolliert er Magick? Oder kontrolliert Magick ihn? Wer ist der Meister der Magie, der Mensch oder die Maschine? Ich weiß, dass die Algorithmen von Number One gefährlich sind. Denn Number One ist die intelligenteste künstliche Intelligenz, die es je gegeben hat. In der alten Dampfmaschinenfabrik haust ein Geist, den keiner mehr in die Flasche stopfen kann, aus der er entkommen ist.

Aber für meine Zwecke ist Magick perfekt. Eine polierte Oberfläche für Persona und ihre Schminktipps. Ein riesiges Hive Mind für Eli. Ich lade Feins kosmisches Rauschen bei Magick hoch, ich lasse den Schwarm ran, ich werfe ihr Rätsel mitten hinein in den Bienenstock. Die Bienen schwärmen aus, aufgestört, aufgeregt, rastlos.

Seifenblasen

Das Bienenvolk, das ich mithilfe von Persona um mich geschart habe, ist, genau wie ein echtes, großes Bienenvolk, etwa Hunderttausend Exemplare stark. Hunderttausend, die sich anschauen, klicken, liken, teilen, kommentieren, wie Persona Lippenstift aufträgt, in der Sonne liegt, sich die Schnürsenkel bindet. Warum die Schnürsenkel? Weil dabei der Hintern gut zur Geltung kommt. Wie gesagt: Ich kann Persona nicht ausstehen. Persona aufzubauen, war harte Arbeit. Damit Persona im Netz maximal entspannt rüberkommt, ist von mir maximale Anstrengung gefordert. Es ist nicht nur so, dass das Foto, der Ausdruck, der Hintergrund perfekt sein müssen. Das bekomme ich hin, dafür habe ich ein Händchen. Schwieriger ist die Arbeit drum herum: Posten. Dann mindestens eine Stunde lang den Algorithmus füttern. Folgen, teilen, liken. Kommentieren, die Kommentare wiederum kommentieren, liken, teilen, folgen. Für hundert Nutzer, die das Foto von Persona mit »*OMG! Sooooo cute!*« kommentieren, muss ich hundert andere mit »*OMG! Soooo cute!*« versehen. OMG steht für *Oh my God!*, was natürlich jeder weiß außer Fein.

Die Arbeit an Persona: Arbeit wie in einer Dampfmaschinenfabrik. Aber ich bin gut darin. Ich schlage so viel Schaum, dass große Seifenblasen entstehen, *Filter Bubbles*, die strahlend und schimmernd in den digitalen Himmel aufsteigen. Seifenblasen, die, wenn sie ein Körnchen Werbung enthalten, ganz gut bezahlt werden. Und Persona hat da einen besonders guten Deal gemacht: Sie macht Werbung für Magick. Auf Magick. Das ist wie der *Ouroboros*, die mythische Schlange, die sich selbst in den Schwanz beißt. Woher ich das schon wieder weiß? Habe ich schon erwähnt, dass ich ein Nerd bin?

OMG

Für die Entschlüsselung des kosmischen Rauschens habe ich mir für meine Bienen etwas Besonderes ausgedacht. Auf dem Foto sitze ich (also Persona) auf dem Klo, natürlich aufgebrezelt wie immer, lächelnd, nach vorn gebeugt für das perfekte Dekolleté, ein bisschen frech, aber nicht zu sehr. Was man nicht sieht, kann man sich gut vorstellen. Magick hat Bots, die Bilder analysieren und entscheiden, wann sie zu anzüglich sind. Ich nenne sie Spießerbots. Nacktheit kann der Algorithmus nicht leiden. Dabei ist Nacktheit gar nicht so anzüglich, wie die Spießerbots denken. Persona hat die Kunst perfektioniert, auch angezogen anzüglich zu sein. Sie ist erfahren darin, die Spießerbots auszutricksen. Gegen das Foto auf dem Toilettensitz werden die Bots nichts einwenden können. Es fliegt sozusagen unter dem Radar. Aber es wird Wellen erzeugen.

Die Fotos auf Magick sind eigentlich immer gleich. Alles ist immer perfekt. Für die Bienen muss alles perfekt sein, sonst sind sie verwirrt. In Wirklichkeit sind die Bienen Schafe. Doch in dieser Perfektion lassen sich kleine Ungereimtheiten verstecken. Wer wirkliche Aufmerksamkeit will, muss verstören. Muss dafür sorgen, dass sich die Bienen aufregen. Das kleine Detail, das nicht ins Bild passt, der kleine Aufreger im Hintergrund, unterscheidet einen erfolgreichen von einem sehr erfolgreichen Post. Ich (Persona) sitze also lachend auf der Toilette, mit einer großen Tasse Kaffee, denn Kaffee muss auf den Bildern immer sein, auch wenn ich keinen mag. Das kosmische Rauschen ist an einer Stelle ins Bild eingeklinkt, als wäre da etwas kaputt, das ist die erste Irritation. Aber die eigentliche Ungereimtheit, der kleine Kniff, der diesen Post auf eine große Reise weit über das Netzwerk meines harmlosen Bienenvolkes hinaus schickt, ist die Toilettenpapierrolle. Ich habe die Rolle umgedreht, bevor ich das Foto gemacht habe, sodass das Ende, an dem man neues Toilettenpapier abreißt, an der Wand klebt, anstatt oben auf dem Rest der Rolle zu liegen. Der Einfall war ein Volltreffer: Magick ist bald voll von Diskussionen, was die falsch positionierte Toilettenpapierrolle über meinen Charakter aussagt (nichts Gutes), was überhaupt die richtige Art ist, Klopapierrollen anzubringen (ein Kleinkrieg zwischen »Overs« und »Unders« tobt in manchen Magick-Unterforen), mit sporadischen Stimmen der Vernunft, die vergeblich anmerken, das mit dem Klopapier sei doch eigentlich egal, aber »*OMG! Soooo hot!*«.

Die Klopapierdiskussion schwappt von einer Filterblase in die nächste, das ganze Internet scheint nur noch über Klopapier zu diskutieren, und nach und nach kommen die Bienen zurück, tanzen ihren Tanz, schütteln die Pollen, die sie gesammelt haben, von den Beinen. Wie immer ist hauptsächlich Unsinn dabei, das ist das Problem mit der kollektiven Intelligenz, dass man gleichzeitig auch immer die kollektive Dummheit mit einrechnen muss. Aber *eine* Biene, die zurückkommt, ist zur richtigen Blume geflogen, jemand hat den passenden Algorithmus gefunden, hat sich durch das Rauschen gegraben, hat sich durch das Gegrissel gewühlt und das Foto herausgefiltert, das Fein gemacht hat. *OMG.*

Nerd

Das Foto, das Fein mit ihrem Handy gemacht hat, schält sich zwar unscharf, aber deutlich genug aus dem Rauschen heraus: Büsche, Bäume, ein Mülleimer, eine typische Parklandschaft, könnte überall in der Stadt sein. Ein paar Nebelkrähen am Boden, die sich um eine alte Wurst oder so etwas streiten. Im Hintergrund ein schmächtiger Baum, dahinter halb verdeckt ein ebenfalls schmächtiger Junge. Das muss der »Indianer« sein, von dem Fein erzählt hat. Der, der sich nicht fotografieren lässt. James. Er starrt mich an. Also hat er auf die gleiche Weise zu dem Zeitpunkt, in dem das Foto entstanden ist, Fein angestarrt. Selbst durch die Unschärfe des entschlüsselten kosmischen Rauschens macht mir dieser Blick Angst. James hält etwas in der Hand. Es ist aber keine Oboe, wie Fein angenommen hatte. Es ist ein Gewehr. Ein altmodisches mit Klappen, Haken und Schnörkeln, eines der Dinger, die man wahrscheinlich eher *Muskete* nennen würde. Oder *Arkebuse*? Aber ein Gewehr ist es doch. Fein steckt da irgendwo in dem weißen Rauschen, zusammen mit einem Irren mit Museumsgewehr. Ich muss sie da rausholen.

Wer hat mir das Bild geschickt? Wer hat es geschafft, das kosmische Rauschen zu entschlüsseln? Es war keine der üblichen Bienen. Die üblichen Bienen sind freundliche, arglose Wesen, die an der Oberfläche der Dinge herumsummen. Wer das geschafft hat, ist tiefer gegangen. Sehr tief, so tief, dass er ein Foto von letzter Woche aus Millionen Jahre altem kosmischen Rauschen herausfiltern konnte. Wer so etwas kann, ist ein Nerd, wie ich ihn noch nicht erlebt habe. Er hat mir seine Mitteilung direkt an mein Profil bei Magick geschickt. Keine Worte dazu, nur das Foto. Ein Profil ohne Verbindungen, ohne Follower, ohne Aktivität. Ein frei schwebendes Atom, völlig unvernetzt im Netzwerk. Der Name hinter dem Profil: *Yai.* Wenn mir jemand sagen kann, wer der Indianer auf Feins Foto ist, dann ist es ein Nerd namens Yai.

Kontakt

Persona an Yai:

Hey! Vielen Dank für das Foto. Wow! Ich dachte, in meinem Foto ist eine kaputte Stelle, und dann das. Crazy! Also dreimal wow: Wow! Wow! Wow! Jetzt höre ich mich schon an wie ein Hund. Wie hast du das bloß geschafft?!?!! Schreib mir doch mal! ;-) Eli.

Persona an Yai:

Hey, ich dachte, ich schreibe dir noch mal. Ich bin ja immer noch total neugierig, wie du in dem komischen Elektronik-Schnee ein richtiges Bild gefunden hast. Du bist bestimmt eine Art Genie! Meld dich doch mal!

Persona an Yai:

Hey, ich bin's wieder. Ich wollte dir sagen: Ich habe auch Fotos, die dich vielleicht interessieren könnten. Fotos, die ich hier leider nicht veröffentlichen darf. ;-) Wenn du mir deine Mailadresse gibst, schicke ich dir ein paar. Na, wie wär's?

Persona an Yai:

Hab heute von dir geträumt. Ganz ehrlich! Sag mal, gibt es dich nur im Traum oder auch in echt?

Persona an Yai:

Gut, vergiss die Fassade, dann lieber pur. Folgendes: Der Stamm der Yanomamö im Amazonasgebiet gliedert seine Welt in drei

Bereiche: Die Menschen, genannt *yanomae*, die Tiere, genannt *yaropë*, und die unsichtbaren, namenlosen Wesen, genannt *yai*. Du bist yai und ich werde dich finden.

Yai an Persona:
Treffen. Aber nicht hier.

Reinhold Lennon

Als ich diesmal den Krimskramsladen Stanislaus betrete, hockt nicht die Geklonte, sondern Filterkaffee-John-Lennon, Feins Vater, hinter der Kasse und liest in einem halb zerfledderten Buch mit dem Titel *Unterhund*. In einer Ecke dreht ein Touristenpärchen den quietschenden Postkartenständer, ansonsten ist das Geschäft leer.

Ich lege Feins Handy auf die Ladentheke. »Herr Freund, ich möchte mich entschuldigen.«

John Lennon zuckt zusammen und taucht aus seinem Buch auf. »Elisabeth. Du warst doch Elisabeth, oder?«

Ich nicke. »Wie geht es Josefine?«

Er zuckt mit den hageren Schultern. »Unverändert. Nicht schlechter, aber auch kein kleines bisschen besser. Wofür möchtest du dich entschuldigen?«

Ich zeige auf das Handy. »Das habe ich mitgehen lassen, aus Josefines Krankenzimmer.«

In Vater Freunds Gesicht zeigt sich eher Verwunderung als Zorn. »Das ist das Handy, das ich früher mal benutzt habe. Warum hast du das mitgenommen?«

»Ich wollte sehen, ob ich irgendetwas finde, das Josefine vielleicht helfen kann.«

»Da hättest du aber auch fragen können.«

»Hätte ich. Habe ich aber nicht. Deshalb will ich mich ja auch entschuldigen.«

Die hageren Schultern zucken wieder, als wollten sie sagen:

Diese Generation ist mir ein Rätsel. »Okay«, sagt John, »hast du etwas gefunden?«

»Ja. Beziehungsweise vielleicht. Es könnte zumindest ein kleiner Hinweis sein. Aber leider kann ich nicht mehr darüber sagen.«

»Wieso das denn nicht?«

»Ich kann auch gleich wieder gehen.«

»Nein, nein, bleib bitte, Elisabeth.«

In diesem Augenblick muss sich Feins Vater um die Touristen kümmern, die sich eine Postkarte ausgesucht haben. Ampelmännchen, was für eine Überraschung. Oder *Ampelmännle,* wie sie das nennen. Während John in Zeitlupe Zahlen in die museumsreife Kasse tippt, schaue ich mich in dem Geschäft um. Eine merkwürdige Mischung aus alten, schon angegilbten Büchern und Touristenramsch made in China. Kaum vorzustellen, dass Fein hier ihre Nachmittage verbringt.

»Elisabeth?«, ruft Feins Vater.

Ich schlendere zurück zur Kasse und stecke das Handy wieder ein. Er scheint sich jedenfalls nicht dafür zu interessieren. Stattdessen sieht er mich auffordernd an.

»Herr Freund, es ist so«, sage ich, »ich kann Ihnen zwar momentan nicht verraten, worum es geht, aber vielleicht kann ich Josefine helfen. Aber damit das funktioniert, müssten Sie zuerst mir helfen.«

»Und wie?«

»Ich muss jemanden treffen. Irgendwo in Brandenburg. Sie könnten mich hinbringen.«

»Wo in Brandenburg?«

»Irgendwo. Ich kann unterwegs mehr darüber sagen. Haben Sie ein Auto?«

John Lennon nickt. »Und wie soll es meiner Tochter helfen, wenn ich dich nach Brandenburg kutschiere?«

»Nein, Sie haben recht. Das kann ich nicht von Ihnen verlangen. Ich nehme die Bahn. Auf Wiedersehen, Herr Freund.«

Ich drehe mich um und mache mich auf den Rückweg. Als ich an der Tür bin, ruft mich Feins Vater. »Lass uns fahren, Elisabeth. Hier ist sowieso nichts los.«

»Danke.«

Er nimmt die Tageseinnahmen aus der Kasse (in diesem Laden zahlen tatsächlich noch einige Leute mit Bargeld), stopft sich das Geld in eine Hosentasche, schließt Stanislaus ab und geht mit mir auf die Suche nach dem eigenen Auto. »Ich weiß nicht mehr genau, wo ich es geparkt habe«, nuschelt er.

»Wie sieht es denn aus, Herr Freund?« Wahrscheinlich ein alter Volvo mit Elchaufkleber auf der Heckklappe.

»Nenn mich doch Reinhold.«

Reinhold. Das ist nicht die Filterkaffee-, das ist die Instantkaffeevariante von John Lennon. »Wie sieht das Auto denn aus, Reinhold?«

»Blaugrau oder graublau, wie man es nimmt. Hier ist es ja schon.«

Ein alter Citroën, der auf der Straße hängt wie ein volltrunkener, einbeiniger Seemann. Ich setze mich auf den Beifahrersitz, was sich anfühlt, als würde ich in einem hohen Stapel ungetoasteten Toastbrots versinken.

»So«, sagt Reinhold Lennon, »wo geht es hin?«

Wenn ich das so genau wüsste.

Brandenburg

Yai hat mir GPS-Koordinaten geschickt, kommentarlos. Die kleine virtuelle Stecknadel von Magick-Maps steckt irgendwo in Brandenburg im Grünen. Ich lasse die App die Route berechnen und lotse Reinhold auf die Stadtautobahn, auf die Bundesstraße, auf Landstraßen, Feldwege, Forstpfade. Wir wenden, verfahren uns, kreuzen durch die Landschaft wie ein Geisterschiff über das Meer.

»Du willst mir also nicht einmal ein kleines bisschen von dem verraten, was du auf Josefines Handy gefunden hast?«, fragt mich Reinhold auf einem besonders drögen Stück Landstraße.

»Nein, nicht einmal ein kleines bisschen.«

»Ihr habt aber keine Geheimnisse, die mir Sorgen machen müssten? Mehr Sorgen, als ich jetzt schon habe?«

»Du meinst, ob wir Drogen nehmen? Heimlich Mitglied in einer satanistischen Sekte sind? Als Kämpferinnen für den wahren Glauben in den mittleren Osten auswandern wollen? Tut mir leid, nichts von alledem.«

Reinhold nickt, ob zufrieden oder noch verwirrter, kann ich nicht sagen.

»Ist das eigentlich Josefines Frosch?«, frage ich und deute auf einen kleinen braunen Frosch, der auf dem Armaturenbrett gleich unter der Windschutzscheibe zwischen zusammengeknüllten Parkzetteln und halbleeren Kaugummipackungen sitzt, und in den gelblichen Himmel starrt.

»Was macht der denn hier?«

»Das müsstest du doch wissen. Es ist dein Auto.«

Er schüttelt den Kopf. »Der Frosch saß im Waschbecken, als wir Josefine gefunden haben. Als wir aus dem Krankenhaus zurückkamen, war er nicht mehr da. Seitdem haben wir ihn nicht gesehen. Wie ist er in das Auto gekommen? Und wie hat er hier die ganze Zeit überlebt?«

»Kaugummi gegessen?«, schlage ich vor und füge, nach einem nicht gerade amüsierten Blick von Reinhold hinzu: »Soll ich ihn gleich im Wald aussetzen? Da links müssen wir rein.«

Das blaugraue oder graublaue Ungetüm hält auf einem Waldweg vor einer Absperrung: *Nur für Forstwirtschaft*. Laut MagickMaps bin ich nur ein paar Hundert Meter von meinem Treffpunkt mit Yai entfernt.

»Den Rest gehe ich zu Fuß. Wartest du hier auf mich?«

»Wen triffst du denn überhaupt? Irgendeinen Wunderheiler? Einen Waldschrat? Einen flüchtigen Verbrecher?«

Ich zucke mit den Schultern. Ich weiß es ja selber nicht. »Soll ich den Frosch nun mitnehmen oder nicht?«

Die Frage erübrigt sich, da wir den Frosch nicht mehr im Auto finden können.

»Gut«, sage ich, »dann ohne Frosch.«

»Aber ich lasse dich auf keinen Fall alleine losgehen«, sagt Reinhold und versucht erfolglos, seiner Stimme so etwas wie Autorität mit auf den Weg zu geben.

»Doch«, sage ich. »Wenn dir Josefines Schicksal am Herzen liegt, lässt du mich hier und jetzt allein losgehen.«

Feins Vater nickt und sieht alles andere als glücklich aus. Das wäre ich an seiner Stelle auch nicht.

Ich mache mich auf den Weg.

Unterholz

Ich stapfe durch den Wald, das Unterholz zerkratzt mir die Schienbeine, es ist drückend heiß, der Himmel ist fast gelb. Mücken tanzen zwischen den Kieferstämmen, Feins Vater ist inzwischen außer Ruf- und auch außer Schreiweite. Ich muss verrückt sein. Ich würde mich überhaupt nicht wundern, wenn gleich ein echter Yanomamö hinter einem Baum auftauchen würde. Wahrscheinlicher aber kommt irgendein Psycho um die Ecke und bringt mich um dieselbe. Dann liege ich tot unter einem Kiefernadelhaufen, Fliegen krabbeln mir aus dem offen stehenden Mund und Reinhold Lennon hat ein echtes Problem. Ich lasse mich also lieber nicht umbringen, schon seinetwegen. Und Fein zuliebe. Und überhaupt.

Meine schwitzende Hand in der Hosentasche umklammert das kleine Döschen mit Reizgas, das ich mir in der Stadt gekauft habe. Jeder halbwegs erfahrene Killer wird sich über diese Verteidigung kaputtlachen. Ich habe die Checkliste für junge Mädchen, die umgebracht werden möchten, perfekt abgearbeitet:

Keiner weiß, wo genau ich bin und mit wem ich mich treffe: Check.

Ich weiß nicht einmal selbst, mit wem ich mich treffe: Check.

Keiner wird mich schreien hören: Check.

Vielleicht kann ich im Friedhofspark beerdigt werden? Ganz in der Nähe des schwarzen Engels, wir haben ja schon Bekanntschaft gemacht. Fein könnte mich jeden Tag nach der Schule besuchen, vorausgesetzt, sie wird nicht auch noch umgebracht. Oder sie ist schon längst mit einer Flinte aus *Fluch der Karibik* erschossen worden. Was mich wieder dazu bringt, warum ich eigentlich hier bin. James finden. Fein retten. Wo ist Fein? Natürlich weiß ich, wo sie ist: In ihrem Krankenzimmer, neben der röchelnden alten Dame. Aber wo ist sie innerlich? Wo ist sie *wirklich*? Wer im Koma liegt, ist doch nicht einfach nur ausgeschaltet. Wahrscheinlich ist ein Koma wie Schlafen – mit Träumen. Ich hoffe für Fein, dass es nicht die Art von Träumen ist, die ich habe. Ich hoffe, dass Fein in ihren Träumen an einem Karibikstrand liegt, sich Karibiksand durch die Zehen rieseln lässt und an einer gekühlten Karibik-Kokosnuss knabbert. Karibisches Koma-Karma, das hat sie sich mehr als verdient. Wahrscheinlicher aber ist sie an einem viel dunkleren Ort, an dem schwarze Engel dir Haut, Gewebe und Knochen vom Körper reißen, um an dein schlagendes Herz zu gelangen. An dem Jungen mit Musketen Jagd auf dich machen. Der Junge aus dem kosmischen Rauschen: Wie kann er dort hineingeraten sein? Ist er ein Avatar, eine Holografie, ein Cyborg? Läuft er gleichzeitig durch die Parks dieser Stadt und die Träume von Fein? Wenn er Fein im Traum erschießt, wacht sie dann in der Wirklichkeit nicht mehr auf? Wer ist James? Wer ist Yai? Ist Yai James?

Yai

Während die Gedanken *in* meinem und die Mücken *um* meinen Kopf herumtanzen, merke ich nicht, dass Yai schon längst auf einem Baumstumpf sitzt und mich beobachtet. Erst als sie mit einer schnellen Handbewegung eine Mücke verscheucht, entdecke ich sie. *Sie.* Yai ist ein Mädchen. In allem das komplette Gegenteil von dem, was ich erwartet hatte. Ich weiß nicht, warum ich so sicher war, dass Yai männlich sein musste. Ich hatte mir den typischen blassen, verklemmten, moppeligen Nerd in zu kurzen schwarzen Jeans und verwaschenem schwarzen T-Shirt mit dem Emblem irgendeiner obskuren Death-Metal-Band ausgemalt, das Abziehbild eines Hackers. Das Mädchen auf dem Baumstamm ist ganz anders: Zierlich. Dunkel. Augen wie ein Reh. Und höchstens elf Jahre alt.

»Yai«, sage ich und senke den Blick, um sie nicht anzustarren. Obwohl: Sie starrt mich ja schon die ganze Zeit an. Was macht ein kleines Mädchen hier so allein im Wald? Ich sollte nicht hier sein, aber sie erst recht nicht.

»Yai?«, sage ich noch einmal, als sie nicht antwortet. »Du musst Yai sein.« Die zarte Andeutung eines Nickens. Ich gehe in die Hocke, um mit ihr auf einer Höhe zu sein. Auf Augenhöhe, wie man immer diskutieren sollte, laut Borgesius.

»Wie hast du das geschafft? Wie hast du das Bild decodiert?«

Anstatt zu antworten, greift Yai in ihre Tasche, eine Art Jutebeutel, der ihr über die Schulter hängt. Sie holt etwas heraus, das aussieht wie eine große, milchige Glasmurmel. Sie hält die Kugel mit einer Hand vor ihr Gesicht, mit der anderen macht sie ein paar schnelle Bewegungen. Bilder erscheinen auf der Oberfläche der Kugel. Ich erkenne die Login-Seite von Magick, die Messenger-Seite mit meinen Nachrichten an Yai, meinen Post mit dem eingeklinkten kosmischen Rauschen. Yai wischt sich durch die verschiedenen Ebenen, ohne die Kugel zu berühren. Was ist das für ein Ding? Ich liebe technischen Schnickschnack, ich bin ein Gadget-Freak. Wenn irgendwo in der Welt ein neues Smartphone präsentiert wird, bleibe ich nachts auf, um mir den Live-Stream davon anzusehen. Aber das hier hat es noch nie gegeben.

Yai zoomt das kosmische Rauschen heran. Je näher sie zoomt, desto mehr verliert sich das Rauschen und das Gesicht von James schält sich heraus. So einfach geht das also. Schließlich blickt er mich von der Glasoberfläche an mit diesem Blick, der mir schon seit ein paar Tagen Angst macht.

»Wer ist das, Yai?«

Keine Antwort, hatte ich mir schon gedacht.

»Kennst du ihn?«

Ein weiteres, zartes Nicken, immerhin.

»Verfolgt er dich? Hast du Angst vor ihm? Bedroht er dich?«

Ein ebenso zartes Kopfschütteln auf jede dieser Fragen.

»Ist er ein Freund von dir?«

Ein weiteres verhaltenes Kopfschütteln. Dann, mit einer überraschend tiefen Stimme für so ein zierliches Mädchen: »Mein Bruder.«

Ihr *Bruder*? Fuck.

Sisters in Arms

Keine von uns sagt etwas. Yai starrt mich an, als sei *ich* hier der Freak. Ich habe fast den Eindruck, dass sie Angst vor mir hat. Wenn ich mehr erfahren möchte, muss das hier etwas lockerer werden.

»Weißt du was?«, frage ich möglichst beiläufig.

»Nein, ich weiß was nicht«, antwortet sie sofort. Fängt ja gut an. Sie guckt mich an, als würden mir Hörner aus der Stirn wachsen und Schwefel aus den Ohren qualmen. Mücken stechen mich in die Knöchel, während ich mir etwas anderes überlege. Ich stecke die Hand in die Hosentasche und nestele das Pfefferspray-Döschen heraus. Nicht unbedingt das beste Spielzeug für Elfjährige, aber vielleicht ein guter Unterhaltungs-Opener. Ich strecke es ihr entgegen, sie macht aber keine Anstalten, danach zu greifen.

»Guck mal«, sage ich, »das habe ich mitgenommen, weil ich Angst hatte, Yai könnte jemand sein, der mich angreifen will. Albern, oder? Ich hatte ja keine Ahnung, dass du das bist.«

»Was ist das?«, fragt sie. Jetzt habe ich sie. Ein Funken von Interesse, den ich anfachen werde, bis ein kleines Unterhaltungsfeuer lodert.

»Pfefferspray. Reizgas. Zur Selbstverteidigung. Wird angeblich als Mittel gegen wilde Tiere verkauft, was totaler Quatsch ist. Man kauft sich das gegen wilde Menschen. Die sind sowieso gefährlicher als jedes Tier. Damit setzt du jeden außer Gefecht, aber Vorsicht bei Gegenwind. Willst du mal sehen?«

Wieder das zarte Nicken. Ich drücke ihr das Döschen in die Hand.

»Pass gut auf. Berühre auf keinen Fall auf diesen Knopf hier. Das Ding ist immerhin eine Waffe.«

»Eine Waffe?«

»Ja, genau. Eine Waffe.«

Sie nimmt das Döschen und begutachtet es von allen Seiten. Ich schiebe ihre Hand sanft weg, als sie die Düse genau vor die Augen hält.

»Ganz vorsichtig, Yai. Aus dieser Entfernung kannst du blind werden, wenn du aus Versehen auf den Knopf drückst.«

Die Nachricht scheint sie ziemlich aufzuheitern.

»Ein Tausch?«, fragt sie mich. Sie zieht ein langes, dünnes, verdammt scharf aussehendes Messer aus einem der hohen, altmodischen Strümpfe, die sie trägt. Es ist mir ein Rätsel, wie sie das schafft, ohne sich ins eigene Bein zu schneiden. Übung macht die Meisterin, nehme ich an. Was ist mit den Elfjährigen von heute los? Es kommt mir nicht so lange her vor, dass ich selbst elf war, aber in unserer Klasse hatte niemand ein Meuchelmesser im Strumpf. Sie hält mir die Klinge hin, ich mache sofort einen halben Schritt zurück, vergesse dabei, dass ich immer noch in der Hocke bin und lande auf dem Hintern.

»Ein Tausch?«, fragt sie wieder mit dieser dunklen Stimme. »Magst du?«

Ich schaue mir das Messer genauer an. Die Klinge ist auf beiden Seiten scharf, wie bei einem kleinen Schwert. Es ist ein Dolch. Er sieht aus, als hätte Yai ihn aus einem alarmgesicherten Panzerglaskasten in einem Museum gestohlen. Verschlungene Muster, mysteriöse Symbole. Wunderschön, auf eine ziemlich martialische Art. Ob ich ein Döschen Pfefferspray aus dem Drogeriemarkt gegen dieses Ding tauschen möchte? Keine Frage. Wir tauschen also feierlich unsere Waffen. Zwei Mädchen, die in flirrender Hitze unter einem gelben Brandenburger Himmel irgendwo in einem Kiefernwald einander Dinge schenken, deren einziger Sinn und Zweck es ist, andere Leute zu verletzen oder abzumurksen. Sisters in Arms. Anstatt, wie es wohl eher von uns erwartet wird, Boygroup-Poster (ich) oder Pferdeposter (Yai) in unseren Zimmern aufzuhängen.

Irgendetwas stimmt hier nicht. In irgendetwas zieht mich Fein hier hinein, das sogar für meinen Geschmack zu abgedreht ist. Auch wenn Fein höchstwahrscheinlich die Letzte ist, die was dafür kann.

Kraah

Yai lässt das Pfefferspray in ihrem Strumpf verschwinden. Ich wickle den Dolch in mehrere Lagen Papiertaschentuch und verstaue ihn vorsichtig in der Handtasche. Ich mag Handtaschen. Ich finde, mit Rucksack sieht man aus wie einer der sieben Zwerge, unterwegs im Wald um Pilze für Schneewittchen zu sammeln. Ich bin zwar kein Zwerg, aber ein Schneewittchen habe ich auch. Fein, die aussieht, als hätte sie einen ganzen Korb voller vergifteter Äpfel gegessen. Aber wer ist die böse Stiefmutter in diesem Spiel? Der Frosch wird es ja kaum sein. Ist es Yai? Ist es ihr Bruder? Wo ist eigentlich der sprechende Spiegel, der mir sagt, hinter welchen Bergen Fein gerade steckt?

Ich zucke zusammen, als gleich neben uns eine Nebelkrähe dieses typische »Kraah! Kraah!« vom Stapel lässt. Was will sie hier im Wald? Die Biester gehören in die Stadt, da passen sie hin mit ihren schmutzig grauen Federn und ihrer ruppigen Art. Hier im Wald möchte ich bitte nur Rotkehlchen, Buntspechte und höchstens einmal einen Habicht sehen. Ich wedele mit dem Arm, um die Krähe zu verscheuchen, aber Yai packt mein Handgelenk mit einer Kraft, die mich überrascht. Sie schüttelt leicht den Kopf, à la: *Leg dich nicht mit diesem Vogel an.* Die Krähe bleibt, wo sie ist, und schaut weiter zu.

Ich ziehe mein Smartphone aus der Tasche und zeige Yai eines der Selfies, die ich mit Fein gemacht habe.

»Das ist Josefine. Meine Freundin. Sie hat deinen Bruder fotografiert. Kennst du sie?«

Yai starrt das Foto an. So lange, als versuchte sie, sich jede Einzelheit davon einzuprägen. Etwas scheint sie zu verwirren.

»Kennst du sie oder nicht?«, versuche ich, ihr auf die Sprünge zu helfen. Sie schüttelt den Kopf.

»Josefine?«

»Ja«, sage ich. »Josefine Freund. Ich nenne sie Fein. Die meisten sagen Josef zu ihr. Sie sieht eben aus wie ein Junge, ist aber keiner. Man hat es nicht so leicht, wenn man ein bisschen anders ist. Aber das weißt du ja sicher selbst.« Ich zwinkere ihr zu. »Bist ja auch ein bisschen anders als die anderen, oder?«

Ich stecke das Handy wieder ein. Yai schließt die Augen.

»Ich kann dir das Foto schicken, wenn du magst. Welche Apps hast du denn auf deiner komischen Kugel installiert?«

Yai schüttelt den Kopf und öffnet die Augen erst, als sie wieder zu sprechen beginnt. Natürlich nicht mit einer Antwort auf meine Frage, sondern mit einer neuen Frage. »Kommt Josefine von da, wo auch du herkommst?«

Eine merkwürdige Frage. Aber Yai ist schließlich auch ein merkwürdiges Kind. »Ja, ein paar Straßen weiter, aber die gleiche Ecke, würde ich sagen. Ökohipster-Epizentrum. Und du? Woher kommst du?«

Sie starrt mich an, als könnte sie dadurch irgendein Rätsel lösen, von dem ich noch nicht einmal weiß, dass es existiert. »Du weißt es wirklich nicht?«, fragt sie mich.

Da hat sie recht. Ich habe nicht die geringste Ahnung. Ich schaue sie so auffordernd an, wie ich kann. Aber sie bleibt stumm. Sie will also tatsächlich, dass ich frage. Na gut: »Woher kommst du, Yai?«

Yai antwortet nicht, nur die Nebelkrähe mischt sich wieder ein:

»Kraah! Kraah! Kraah!« Als sie fertig gekräht hat, sagt Yai doch noch etwas: »Ich muss jetzt gehen.«

»Ich bringe dich nach Hause«, sage ich schnell. »Da hinten, wo der Waldweg endet, wartet Josefines Vater auf mich. Der kann uns beide mitnehmen. Ist ein lustiger Vogel. Auf jeden Fall lustiger als die komische Krähe hier. Außerdem solltest du in deinem Alter nicht allein durch den Wald spazieren. Wenn deine Eltern das wüssten, würdest du bestimmt ganz schön Ärger bekommen. Du kannst mir auf dem Weg ja noch ein bisschen über dich erzählen. Weißt du, mich würde wirklich interessieren, woher du dieses Mördermesser hast, und dein Bruder diese Büchse aus *Fluch der Karibik*. Und diese Kugel würde ich mir sehr gerne mal anschauen ...«

Ich rede nur noch mit den Bäumen ringsum. Yai ist nicht mehr da.

Herztöne

Ich kann geradezu sehen, wie ein tonnenschwerer Brocken Granit von Reinholds Herzen poltert, als er mich durch das Unterholz zurück in Richtung Auto stapfen sieht.

»Endlich!«, sagt er. »Fast hätte ich die Polizei gerufen.«

Ich mache die Beifahrertür auf und lasse mich in die toastbrotweichen Polster plumpsen. »Und was hättest du denen gesagt? ›Ich habe eine Minderjährige mitten im Wald ausgesetzt, damit sie sich mit einem mysteriösen Unbekannten trifft und jetzt ist sie plötzlich verschwunden. Können Sie bitte Ihren besten Suchhund schicken?‹«

»Auf jeden Fall bin ich froh, dass du wieder da bist.«

Das Ungetüm holpert zurück über den Waldweg, auf die Landstraße und schließlich wieder in Richtung Stadt. Ich erzähle Reinhold nur so viel, wie ich muss, und versichere ihm, dass seine Sorgen um mich völlig unbegründet waren. Von Reizgasdosen und Meuchelmördermessern sage ich natürlich nichts. Ich mache ihm auch keine falschen Hoffnungen, dass unser kleiner Ausflug tatsächlich helfen wird, seine Tochter aus ihrem Zustand zu befreien. Ich weiß es ja selbst nicht einmal.

Ohne dass wir darüber sprechen müssen, gibt es die stille Übereinkunft zwischen uns, dass wir direkt ins Krankenhaus fahren.

Als wir ankommen, sitzt Feins Mutter am Rand des Krankenbetts und hält Josefines Hand. Das Gerät auf dem Rollwagen übersetzt ihre Herztöne weiterhin in dieses nervtötende elektronische Piepen: *piep, piep, piep*. Vater und Mutter Freund umarmen sich stumm und innig, ich stehe etwas ratlos daneben. Es wirft die beiden aus der Bahn, ihre Tochter in diesem Zustand zu sehen. Es geht, wie man so sagt, an die Substanz. Ich begreife jetzt, dass der unaussprechliche, der unvorstellbare, der unmögliche Gedanke in jedem ihrer Blicke mitschwingt: *Was, wenn Josefine nicht mehr aufwacht?* Nur deswegen hat Reinhold mich auf diesen hanebüchenen Ausflug mitgenommen: Es war die Verzweiflung, in der man einfach nichts unversucht lässt. Ich weigere mich, mir diese Sorgen zu machen. Ich gehe davon aus, dass Fein wieder aufwacht. Ich bilde mir ein zu wissen, wo sie sich befindet – da, wo es den schwarzen Engel, wo es den Indianer, wo es kosmisches Rauschen gibt. Ich muss nur noch einen Weg finden, dorthin zu gelangen und sie wieder mit in die sogenannte Realität zu bringen.

Ich tippe Reinhold leicht an die Schulter und er löst sich aus der Umarmung mit seiner Frau. »Geht einen Kaffee trinken«, sage ich, »ich passe ein paar Minuten auf Josefine auf.«

Die beiden nicken und verlassen Hand in Hand das Krankenzimmer. Ich lasse mich auf den Stuhl neben ihrem Bett fallen.

»Also, Fein«, beginne ich, »ich habe jemanden getroffen, der von dort stammt, wo du jetzt bist. Verrat mir doch bitte, wie ich dahin komme.«

Überschneidungen

Ich nehme den Dolch aus der Tasche, wickele ihn vorsichtig aus den Papiertüchern und zeige ihn Fein. Ihre Augen sind zwar geschlossen, aber wer weiß schon, was sie auch mit geschlossenen Augen sehen kann.

»Guck auf keinen Fall hin!«, sage ich und hoffe, dass das funktioniert wie bei diesem Trick, bei dem man sagt: »Denk auf keinen Fall an einen rosa Elefanten!« Aber Feins Lider bleiben zu. Da die ältere Dame im Bett nebenan gemütlich vor sich hin schnarcht, erzähle ich Fein die gesamte Begegnung mit Yai von Anfang bis Ende.

»Also, gib es ruhig zu«, sage ich, als ich zu der Stelle gekommen bin, als Yai spurlos verschwunden ist, »Yai ist dort zu Hause, wo du jetzt bist. Wenn ich dich zurückholen soll, muss ich also dahin gehen, wo auch immer ihr euch gerade herumtreibt, du, Yai und der Indianer. Aber wie soll ich das anstellen, Fein? Soll ich absichtlich mit der Stirn gegen das Waschbecken hämmern, bis ich das Bewusstsein verliere und hier neben dir liege? Das würde kaum funktionieren, glaube ich. Es würde außerdem verdammt wehtun. Und wenn ich dann ins Koma falle, heißt das noch lange nicht, dass es dasselbe Koma ist, in dem du gerade herumspazierst.«

Fein sagt nichts, ihr Herz macht *piep, piep, piep.*

»Trotzdem«, fahre ich fort, »überschneiden sich unsere Welten, Fein. Du kennst den schwarzen Engel, der in meinen Träumen aufgetaucht ist. Du hast mit ihm geredet. Wir haben also gemeinsame Bekannte in der Welt dort drüben.«

Ich starre eine Weile auf den Fernseher in der Ecke des Krankenzimmers, der stumm vor sich hin läuft.

»Fein, weißt du eigentlich, dass du aussiehst wie Schneewittchen? Ein Schneewittchen, das man auf den ersten Blick für einen Jungen halten würde, das aber in Wirklichkeit eine Prinzessin ist. Und ich muss jetzt den Prinzen spielen, der dafür sorgt, dass dir das Apfelstück aus dem Hals rutscht. Hast du ein Apfelstück im Hals? Oder bist du in einem ganz anderen Märchen unterwegs?«

Ich schaue vorsichtig nach. Kein Apfelstück. Soll ich die Ärzte fragen, ob sie mal tiefer drin nachsehen? Ist es möglich, dass sie so etwas übersehen würden? Natürlich ist das möglich. In letzter Zeit ist alles Mögliche möglich. Ich werde nachfragen. Aber nicht jetzt, jetzt muss ich erst einmal meine Gedanken sortieren.

»Okay, Fein: Überschneidungen. Du machst ein Foto von James. Wo hast du es gemacht? Da, wo du jetzt bist? Ich nehme es an. Deshalb ist es hier als kosmisches Rauschen angekommen. Nicht zu erkennen. Schneewittchen-Schnee. Wer ist die Einzige, die das Foto sehen kann? Yai. Natürlich weil sie dort lebt, wo du jetzt bist. Trotzdem schreibt sie mir eine Nachricht auf Magick, die ich im Hier und Jetzt lesen kann. Und ich treffe sie im Hier und Jetzt. Okay, es war ein Wald in Brandenburg, das ist auch wie ein anderer Planet, aber ich denke, das zählt trotzdem als Teil unserer halbwegs normalen Welt. Wo sind die Überschneidungen, Fein?«

Ich tippe mit der Klinge von Yais Dolch leise gegen das Metallgestell von Feins Krankenhausbett. Ein heller, feiner Klang.

»Glaubst du, dass die mich mit dem Ding einfach ins Krankenhaus haben spazieren lassen? Ich könnte hier mit einer historischen Stichwaffe aus einer anderen Dimension reihenweise Chefärzte abmurksen. Ich finde das nicht gerade beruhigend. Na ja. Auf jeden Fall passt das Ding zu dem, was ihr Bruder herumschleppt. Die Piratenflinte. Warum diese Waffen? Was haben die damit vor? Sind die auf der Jagd nach dir? Yai war eigentlich ganz nett, aber vielleicht ist ihr Bruder aus einem anderen Holz geschnitzt.«

Ich wickle den Dolch wieder ein und stecke ihn zurück.

»Überschneidungen, Fein. Im Märchen erfährt die Königin von ihrem sprechenden Spiegel, wo Schneewittchen steckt. Das war damals natürlich eine wahnsinnige Vorstellung. Jetzt hat jeder einen sprechenden Spiegel dabei.« Ich hole mein Smartphone aus der Tasche. »Spieglein, Spieglein in der Hand, wie finde ich Josefine im Komaland?«

»Ich habe dich nicht genau verstanden. Kannst du deine Anfrage anders formulieren?«, antwortet die virtuelle Assistentin in meinem Handy. Hätte mich auch gewundert.

Ich öffne Magick und schreibe eine Nachricht an Yai: *Dein Bruder ist in Gefahr.*

Ich habe keine Ahnung, ob Yais Bruder in Gefahr ist. Eher denke ich, er selbst ist die Gefahr. Aber ich denke, dass ich so eine reelle Chance habe, dass Yai reagiert. Aber die Nachricht kommt zurück: *Das Profil »Yai« wurde vom Nutzer gelöscht.*

Ich mache mir Sorgen um Yai, aber das sage ich Schneewittchen nicht. Ich starre eine Weile stumpf auf den Handy-Bildschirm, hebe den Blick und starre genauso stumpf auf den Fernseher, der jetzt irgendeine Werbung zeigt. Auf dem Nachttischchen der älteren Dame liegt die Fernbedienung. Ich zappe herum wie ein Teenager in den Neunzigerjahren, bis ich ein Gesicht erkenne, das mich interessiert. Sogar sehr.

Wurzeln

Es ist eine dieser Interviewsendungen, bei denen der Interviewer und sein Gast auf durchgesessenen Sofas in einem Fernsehstudio sitzen, das auf keinen Fall wie ein Fernsehstudio aussehen darf, und Mate-Limo aus Retroflaschen trinken. Den Reporter kenne ich nicht, aber der Mann, der dort interviewt wird, ist István Korvusz. Er trägt ein merkwürdig geschnittenes Kleidungsstück mit einer Art Schlangenmuster und breiten Deko-Streifen, die aussehen, als wären sie aus dem Fell von Bambi hergestellt. Ich drehe den Ton lauter, was weder Josefine noch die schlafende ältere Dame zu stören scheint.

Interviewer:
Herr Korvusz, Sie geben nur selten Interviews …

István Korvusz:
Sei nicht albern, nenn mich Isi. Isi wie ein Sonntagmorgen.

Interviewer:
Na gut, Isi. Du hast dich entschieden, dein rasend erfolgreiches Start-up Magick zu uns an die Spree umzusiedeln. Warum eigentlich?

István Korvusz:
Mein Urgroßvater hat in dieser Stadt Dampfmaschinen gebaut, in den Korvusz-Maschinenwerken, kurz KOMA. Ich habe die

Fabrik gekauft und baue sie neu auf. Meine Urgroßeltern stammen aus Siebenbürgen, ich glaube, meine Vorfahren waren Vampire, deshalb mag ich immer noch keinen Knoblauch.

Interviewer:
Du hast eine rasende Karriere im Silicon Valley hingelegt. Jetzt also eine Rückkehr zu den Wurzeln.

István Korvusz:
Genau. Die Wurzeln sind wichtig. Der Grund, auf dem etwas steht. Das klingt erst einmal nicht so logisch, Technologie und Wurzeln. Aber es ist sehr wichtig. Was technische Firmen wie Google, Apple oder eben Magick machen, ist ja nichts anderes als früher, als die Menschen noch an Zauberei geglaubt haben, die Magier gemacht haben: Wir schaffen Dinge, Netzwerke, Anwendungen, die wie magische Gegenstände, Schriftrollen oder Zaubersprüche funktionieren. Schau dir einmal dein Smartphone an. Das ist ein sprechender Spiegel, den du alles fragen kannst, wenn auch ein sehr rudimentärer.

Interviewer:
So wie bei Schneewittchen.

István Korvusz:
Genau wie bei Schneewittchen. Wir haben aber außer sprechenden Spiegeln auch Frösche im Portfolio, die sich in Prinzen verwandeln können, wir können Wasser aus einem Stein quetschen, unsere Konzernzentrale ist ein Knusperhäuschen fein und natürlich sind wir ein Einhorn ...

Interviewer:
Also ein Unternehmen mit einem Marktwert von über einer Milliarde Dollar. Man munkelt ja auch, dass es bald eigene Magick-Hardware geben soll. Magick ist also mehr als ein weiteres soziales Netzwerk, das einen nach sieben Jahren wieder rausschmeißt.

István Korvusz:
Viel mehr. Weil eine ganz andere Technologie dahintersteht. Und wir sprechen junge Leute an, weil die noch ein wenig offen sind für Magie. Man denkt immer, Magie sei die eine Sache und Technologie die andere. Aber das stimmt nicht. Es ist ein und dasselbe. Es sind zwei Wege, um an dasselbe Ziel zu gelangen. Wir sind mit der künstlichen Intelligenz inzwischen so weit, dass die Maschinen so schnell und so viel selbst lernen, dass wir sie kurz nachdem wir den Schalter auf »on« gestellt haben, nicht mehr verstehen. Sie werden für uns unverständliche Wesen. Mysteriöse Kreaturen, die mehr können, als wir je für möglich gehalten haben. Sie werden magisch. Sie werden zu dienstbaren Geistern oder, wenn wir nicht aufpassen, zu Dämonen. Wir wissen es noch nicht genau. Wir geben unseren Maschinen Namen, wir geben ihnen ein Zuhause. Das Zuhause von Number One ist jetzt der Korvusz-Turm, den mein Urgroßvater erbaut hat.

Interviewer:
Number One, der Supercomputer.

István Korvusz:
Nenn Number One nicht Supercomputer, das könnte er persönlich nehmen. Er kann ziemlich launisch sein.

Ich muss den Fernseher ausstellen und das Krankenzimmer verlassen, als die Chefärztin zur Visite hereinkommt. Leider vergesse ich, sie zu fragen, ob in Josefines Hals vielleicht ein verhextes Apfelstück steckt.

Fineseeker

Ich sitze zu Hause vor dem Laptop und treibe mich im Darknet herum. Die meisten, die hier sind, wollen Drogen oder Waffen kaufen, Morde in Auftrag geben oder Regierungen stürzen. Ich will bloß Fein finden. Oder Yai. Oder wenigstens ein paar Brotkrümel, die jemand in diesen dunklen Wald gestreut hat. Dabei will ich versuchen, nach Möglichkeit nicht in einem Hexenofen zu enden.

Gleichzeitig beobachte ich in einem anderen Browser, wie die Kommentare zum neuen Bild von mir – also Persona – eintrudeln. Ich habe es vor ein paar Minuten hochgeladen und bin gespannt, wie sich der Post entwickelt. Das Foto auf der Toilette hat mir ein paar Tausend neue Follower gebracht. Einige Dutzend sind auch abgesprungen. Klingt nach einer positiven Bilanz, aber das kann täuschen. Ein langjähriger Follower ist mehr wert, als ein paar neue, die bald wieder verschwinden. Das sind die Regeln dieses Spiels.

Der Folgepost nach einem skandalträchtigen Foto wie dem Selfie auf der Toilette ist immer besonders schwierig. Versucht man, den Skandal noch zu toppen? Kehrt man zur Normalität zurück? Ich habe beschlossen, mit Persona zur Normalität zurückzukehren. Die Bienen mögen zu viel Aufregung nicht. Wie gesagt: Die Bienen sind in Wirklichkeit Schafe.

Also das Übliche: Make-up, freches T-Shirt (erschossenes Ampelmännchen – ironisch und retro zugleich), kunstvoll verstrubbeltes Haar, große Milchkaffeetasse (ist kein Kaffee drin, aber das sieht ja keiner). Die Kommentare sind ebenfalls die Üblichen: *OMG! Sooo cute!*

Gut. Persona funktioniert. Persona wird mich noch reich machen, der Bienenstock hat sich fast verdoppelt. Bis zur Million wird es aber noch ein Weilchen dauern. War es nicht Dagobert Duck, der gesagt hat, dass die erste Million die schwerste ist? Ich will ja nicht aus Gier reich werden. Ich will aus Rache reich werden. Aus Rache am Leben.

Ich habe über mein Leben noch nicht besonders viel erzählt, was daran liegt, dass ich es nicht besonders mag. Ein paar Stichpunkte sollen reichen.

Die Wohnung: winzig.
Die Mutter: allein.
Ihr Beruf: beschämend.
Ihr Talent: verschwendet.
Unterstützung: keine.
Die ganze Sache: traurig.

Daher Persona. Daher die Bienen. Personas Einkommen hat das meiner Mutter bald überholt. Mehr Bienen bedeuten mehr Geld, und das bedeutet mehr Freiheit, mehr Würde und mehr Gerechtigkeit. Mein Ziel: Wenn ich die Schule beendet habe, hat Persona so gute Verträge, dass meine Mutter nicht mehr arbeiten muss. Dann kaufe ich ihr ein kleines Haus, genau dort, wo sie möchte. Am Meer vielleicht, auf einer Insel, auf der immer Frühling ist. Dann kommt das Gute zurück, das sie irgendwo unterwegs verloren hat. Persona verschafft mir selbst ein Startkapital für einen richtigen Beruf. Ich werde Jura studieren können. Oder Medizin.

Oder eine Firma gründen. Die Welt wird mir offenstehen, weil ich Geld habe. Es ist absurd, es ist lächerlich, aber es ist, wie es ist.

Im Browserfenster nebenan klicke ich mich auf einer Verkaufsplattform im Darknet durch Mordgeräte aller Art: Maschinenpistole, Präzisionsgewehr, Panzerfaust. Werden hier verkauft wie Waschmaschine, Rührstab, Bügeleisen. Historische Dolche oder Musketen sind nicht dabei. Das Exemplar, das Yai mir gegeben hat, liegt neben dem Laptop. Wenn ich etwas Ähnliches finde und mit dem Verkäufer Kontakt aufnehme, könnte das eine Spur sein. Doch ich finde nichts. Irgendwann macht es mir keinen Spaß mehr, durch Knarren zu scrollen. Und wenn ich selbst etwas verkaufen würde? Das ist noch verbotener, als sich hier nur umzuschauen. Aber wie soll ich sonst weiterkommen? Ich fotografiere den Dolch mit dem Handy. Er sieht richtig gut aus. Ich erstelle ein Verkäuferprofil (»Fineseeker« ist nicht so originell, aber etwas Besseres ist mir auf die Schnelle nicht eingefallen), ich biete das Ding an. Preis: *Macht mir ein Angebot.*

Prototyp

Während ich darauf warte, dass jemand meinen Köder schnappt und mir ein Angebot für einen Dolch aus einer anderen Dimension macht, suche ich im Netz nach dem Interview, das ich auf dem Fernseher im Krankenhaus gesehen habe. Ich brauche nicht lange, um die Aufzeichnung zu finden. Ich springe zu der Stelle, an der ich den Fernseher ausgeschaltet hatte.

István Korvusz:
Er kann ziemlich launisch sein. Number One ist mehr als ein Computer, er ist so etwas wie eine magische Wunderwaffe.

Interviewer:
Das Thema Magie hat es dir angetan.

István Korvusz:
Ohne Magie kommt die Technik nicht mehr weit. Wir zapfen Magie an, wo wir nur können. In Amerika haben wir Serverfarmen auf indianischen Gräberfeldern errichtet, mit sehr guten Ergebnissen.

Interviewer:
Tut mir leid, das klingt wie esoterischer Quark.

István Korvusz:
Sehe ich aus, als hätte ich eine Salzkristalllampe im Schlafzimmer und würde in meiner Freizeit Delfine streicheln? Magie ist knall-

hartes Business. Denk mal an die neue Microchip-Fabrik in Lhasa. Warum denkst du, bauen die Chinesen Hardware in den Bergen von Tibet? Weil die Verkehrsanbindung dort so gut ist? Nein, weil das ein magischer Ort ist. Der nächste große Innovationssprung ist die Einbindung von magischen Applikationen in unsere Produkte. Wenn wir das nicht mitmachen, gehen wir ganz schnell unter. Guck dir die Menschheit doch einmal an: Glaubt jahrtausendelang an Magie, dann gerade mal ein paar Jahrhunderte nicht mehr, jetzt ist es eben so weit, dass wir wieder schlauer werden. Wir müssen auf keinem Besen reiten oder um ein Feuer tanzen, aber wir können die feine Membran, die unsere Welt von der magischen trennt, mit einem Skalpell ein wenig anritzen.

Interviewer:
Aha.

István Korvusz:
Denkst du, Steve Jobs war Esoteriker, als er damals auf der Bühne stand, das erste iPhone aus der Tasche zog und sagte: »It's magic«? Natürlich ist das Magie. Sehr rudimentäre Magie. Wir sind jetzt weiter. Das hier …

István Korvusz holt eine große, milchige Glaskugel aus einem Jutebeutel. Mit ein paar Handbewegungen lässt er die Benutzeroberfläche von Magick erscheinen. Genau so eine Kugel, wie Yai sie hatte.

… ist Magie.

Interviewer:
Interessanter Prototyp. Allerdings sehe ich schon die Entwickler von Smartphone-Hüllen an dieser ungewöhnlichen Form verzweifeln. Vielleicht solltet ihr bei Magick darüber noch einmal nachdenken?

István Korvusz:
Bei Magick denken wir den ganzen Tag nach. Aber über Inhalte, nicht über Hüllen.

Damit ist das Interview beendet. Bislang hat noch niemand auf mein Angebot reagiert. Ich klappe den Rechner zu, packe Yais Dolch wieder in ein paar Lagen Taschentücher, stopfe das Bündel in die Handtasche und mache, dass ich an die frische Luft komme.

Alles, was glänzt

Ich gehe ohne Ziel durch die Stadt. Fein hat mir mal erzählt, dass sie das dauernd macht, aber im Laufen. Flanoggen nennt sie das, typisch Josefine. Ich vermisse sie. Bis jetzt war ich mir eigentlich sicher, dass wir bald wieder auf der Bank im Friedhofspark sitzen würden. Sie würde mir ein paar verrückte Geschichten von ihrem Indianer erzählen, kommentiert auf ihre trockene Art. Es ist schon verrückt, dass die Einzige, mit der ich nicht in einem sozialen Netzwerk befreundet bin, meine einzige echte Freundin ist. Aber so langsam schleicht sich der Gedanke in mein Bewusstsein, der sich bei ihren Eltern sicherlich schon tief eingenistet hat: Was, wenn sie nicht mehr aufwacht? Vielleicht ist Fein einfach nur im Bad ausgerutscht, auf den Kopf geknallt und liegt im Koma. Kosmisches Rauschen, Frösche, Jungen mit alten Gewehren, Yai, das bedeutet alles nichts. Und ich verschwende meine Zeit, während ich versuchen könnte, auf Magick neue Werbeverträge zu ergattern und so viel Geld zu verdienen, dass ich einen Spezialisten bezahlen kann, der Fein einmal richtig anschaut. Nichts gegen die Ärzte im Krankenhaus, aber wenn ein Koma-Spezialist eingeflogen würde, aus, keine Ahnung, Japan oder Korea vielleicht? Was würde das wohl kosten?

Ich habe selbst gar nicht bemerkt, dass ich diesen Weg eingeschlagen habe, aber auf einmal laufe ich durch den Friedhofspark. Er wird jeden Abend abgeschlossen, es muss wohl bald so weit sein, die Leute packen ihre Picknickdecken zusammen, Eltern sammeln ihre Kleinkinder und deren Förmchen ein, ein Pärchen teilt sich den Rest einer inzwischen sicherlich warm gewordenen Weißweinflasche. Ich halte mich absichtlich ein wenig im Schatten der Bäume, ohne mich aktiv zu verstecken. Wer weiß, vielleicht übersieht man mich ja. Ich werde auch aus dem abgeschlossenen Park herauskommen, der Zaun ist ja nicht besonders hoch. Als der Parkwächter kommt, laut ankündigt, dass der Park geschlossen wird, und dem Weißweinpärchen als letzte Nachzügler freundlich, aber mit Nachdruck zu verstehen gibt, dass es nicht bleiben kann, befinde ich mich wie durch Zufall gerade hinter einem Container mit Baumschnitt, gejätetem Unkraut und anderem Grünzeug. Ich höre also elegant weg, behalte meinen Kopf unten und bin kurze Zeit später allein im Park. Na ja, fast allein. Hinter mir sitzt eine Nebelkrähe auf einem Grabstein und guckt mich mit schräg gelegtem Kopf und diesem arroganten Ausdruck um den Schnabel herum an, den diese Biester fast immer haben. Ich strecke ihr die Zunge heraus und schlendere weiter durch den Park. Ich lande vor dem schwarzen Engel, der weder ein Engel, noch ursprünglich schwarz ist. Warum wird Bronze eigentlich schwarz? Ist das das Schicksal von allem, was glänzt? Irgendwann schwarz und stumpf zu werden?

»Du weißt doch viel mehr, als du zugibst«, murmele ich. »Ich weiß, dass du mit Fein gesprochen hast, also sag mir, wo sie ist. Sonst polier ich deine Nase, bis sie funkelt. Dann war es das mit schwarzer, unheimlicher Engel.«

»Ich störe dich ungern in deinen Selbstgesprächen«, ertönt eine Stimme hinter mir, »aber ich habe nicht viel Zeit. Ich würde dir gerne ein Angebot machen, Fineseeker.«

Oma

Ich weiß, wem die Stimme gehört. Ich weiß also schon, wer mich dort angesprochen hat, bevor ich mich umdrehe. Aber es erscheint mir doch ziemlich unmöglich. Nicht, dass das Unmögliche in letzter Zeit nicht auf penetrante Art und Weise möglich geworden wäre, aber das hier ... ich drehe mich um. Doch, er ist es tatsächlich.

»István Korvusz.«

Er trägt die Jacke mit Rehfellstreifen, Sneaker, schwarzes T-Shirt mit der Aufschrift: *OMA*. Auf jeden Fall kann ich nur Oma lesen, falls es mehr Buchstaben gibt, sind sie von der Jacke verdeckt.

»Bitte, nenn mich doch Isi. Isi wie ein Sonntagmorgen. Und darf ich dich Eli nennen?«

»Okay.«

»Du hast da etwas Interessantes im Darknet hochgeladen ...«

Er wippt ein wenig auf den Fußballen, ist István Korvusz etwa nervös? Ich bin auf jeden Fall nervös, aber ich habe nicht vor, ihn das merken zu lassen.

»Woher wusstest du, dass ich hier sein würde?«, frage ich so beiläufig wie möglich. »Ich wusste ja noch nicht einmal selbst, dass ich hierhin gehen würde.«

»Du nicht. Aber wir.«

»Wer ist wir? Magick?«

István Korvusz nickt und lächelt. Lächeln sollte er wirklich noch ein wenig vor dem Spiegel üben. Hat er keine App dafür?

»Wir wissen alles über euch User. Wir kennen eure Verhaltensmuster. Eure Bewegungsmuster. Übrigens auch die Muster eurer Tapeten.«

»Na gut«, sage ich, »ihr kennt mein Bewegungsprofil, und das ist einer der Orte, an den ich öfter gehe, wenn ich nachdenken muss –«

»Wir kennen auch deine Stimmung«, fällt mir István Korvusz ins Wort, »wir wissen genau, wann du glücklich, traurig, wütend oder nachdenklich bist. Du kannst dich vielleicht selbst belügen, aber nicht uns. Unsere Algorithmen lesen Emotionen besser als jeder Mensch. Wir sind Weltmarktführer in der *Emotion Detection Technology*.«

Ich weiß. Eigentlich weiß ich es. Ich spiele das Spiel schließlich ganz bewusst mit. Trotzdem macht es mich nervös. Mir gefällt es nicht, wenn eine Maschine mich besser kennt als ich mich selbst.

»Gut«, sage ich, »kommen wir zum Geschäft.«

»Ausgezeichnet«, meint István Korvusz, »ohne Zeit zu verlieren auf den Punkt. Ihr User von Magick seid ja eher schaf- oder bienenähnlich, wie du selbst schon mehrmals festgestellt hast, aber du scheinst die Ausnahme zu sein. Darf ich dich Bienenkönigin nennen?«

Während Korvusz redet, ziehe ich das Bündel aus der Handtasche, wickle die Taschentücher ab und halte den Dolch hoch, sodass die Strahlen der Abendsonne die Klinge aufblitzen lassen. Etwas kitschig vielleicht, aber es funktioniert. Korvusz verstummt, kommt einen Schritt auf mich zu, bringt seinen eigenartigen, zylindrischen Kahlkopf auf die Höhe meiner Hand und schaut sich Yais Geschenk sehr genau an.

»Isi«, sage ich, um Lässigkeit bemüht, »weißt du, wo das herkommt?«

»Ja«, sagt István Korvusz und richtet sich auf. »Das weiß ich. Darf ich?«

»Na klar. Isi.«

Ich gebe ihm den Dolch. Er dreht ihn in der Hand, schaut sich jedes kleine Detail auf dem verzierten Griff an. Ich würde sagen: Er staunt. Und ich denke nicht, dass István Korvusz jemand ist, den man leicht in Erstaunen versetzen kann.

»Gut«, sagt er schließlich, »du hast nach einem Angebot gefragt. Was darf es sein? Dollar? Euro? Eine Kryptowährung deiner Wahl? Eine Million Follower auf Magick?«

Ich schlucke. Was würde er mir wohl für den Dolch geben? Was könnte ich verlangen? Wahrscheinlich mehr, als ich jemals in meinem Leben verdienen werde. Ich könnte nach Hause gehen und sagen: Mama, es ist vorbei. Pack die Sonnenbrille ein, wir ziehen auf die Insel. Lass dir von niemandem mehr sagen, was du bist, was du tun sollst, was du nicht tun darfst.

Ich schüttele den Kopf. »Ich muss jemanden finden.«

Korvusz lächelt. »Wenn es weiter nichts ist. Wir finden jeden. Wie ist sein Magick-Account? Oder ihrer?«

»Sie ist nicht bei Magick.«

Er zieht eine Augenbraue nach oben. »Ungewöhnlich. Erst recht in deinem Freundeskreis. Ist sie eine Art Rebellin oder so etwas?«

Ich zucke mit den Schultern. »Ich nehme an, sie hat etwas Besseres.«

»Etwas Besseres? Was sollte das sein?«

»Träumen. Glaube ich.«

»Gut, das macht die Sache schwieriger, aber immer noch nicht unmöglich. Wie heißt die gesuchte Person?«

»Josefine Freund.«

»Und wenn wir sie finden, darf ich den hier«, er balanciert den Dolch kurz auf einem Finger und fängt ihn dann geschickt auf, »dann darf ich den hier behalten?«

»Sobald sie neben mir auf der Lehne dieser Bank da drüben sitzt und mit den Beinen baumelt.«

»Abgemacht, Eli.«

Wir geben uns die Hand. Er reicht mir den Dolch zurück.

»Gib ihn mir wieder, wenn wir Josefine gefunden haben.«

»Oh, ich weiß, wo sie ist. Sie liegt in einem Krankenzimmer in der neurologischen Abteilung der Charité. Aber in Wirklichkeit ist sie woanders.«

»Du sprichst von *Wirklichkeit* so, als ob du genau wüsstest, was das ist.«

»Da, wo ihr Körper ist, ist sie jedenfalls gerade nicht.«

»Und wo dann?«

Ich lasse noch einmal die Klinge des Dolches aufblitzen.

»Ich verstehe«, sagt Korvusz, »dort, wo das Ding herkommt. Aber du hast keine Ahnung, wo das ist. Stimmt's?«

Ich nicke. Korvusz zieht seine Rehfelljacke aus, legt sie auf einen hüfthohen Grabstein und setzt sich darauf. Jetzt kann ich auch das ganze Wort sehen, das auf seinem T-Shirt steht. Es ist doch nicht *OMA*. Es ist *ANOMALIE*.

»Es gibt«, sagt er, »nur sehr wenige Menschen, die dorthin gelangen. Und noch viel weniger finden den Weg zurück.«

»Haben wir überhaupt eine Chance?«, frage ich.

»Unsere einzige Chance«, antwortet er, »ist Number One. Komm mit, Fineseeker. Lass uns zum Finefinder werden.«

Unsere Träume

Die ehemaligen Korvusz-Maschinenwerke sind eine ganze Kleinstadt aus rotem Backstein. Es gibt riesige Lager- und Fertigungshallen, Maschinenhäuser, Schornsteine, insgesamt ein ganzes Sammelsurium von Gebäuden der verschiedensten Größen und Formen. Ich kenne diesen Ort, noch vor ein paar Monaten standen die meisten dieser Gebäude leer, Bäume wuchsen durch die eingefallenen Dächer, Efeu rankte sich durch zerborstene Fenster, alles war über und über mit Graffiti bedeckt. In einigen der Gebäude hatten sich Künstlergruppen ihre Ateliers eingerichtet.

Ich folge István Korvusz durch die vielen Sicherheitsschleusen, durch Tore, die sich automatisch öffnen, sobald ein Scanner seine Iris erfasst hat, vorbei an Security-Leuten in schwarzen Anzügen, die zackig grüßen. Ich werde selbst durchgescannt und erhalte den Besucherstatus für einen Tag. Ich muss mich nirgendwo eintragen und bekomme auch keinen Anhänger oder so etwas. Number One weiß, dass ich hier bin.

Im Innern der Anlage herrscht eine Atmosphäre wie an einem entspannten Sonntag im Park: Magick-Mitarbeiter in ihren roten T-Shirts spielen Frisbee oder Tischtennis, jede Menge Vögel zwitschern in den Bäumen, es gibt sogar einen künstlich angelegten Teich, auf dem ein paar schwarze Schwäne ihre Kreise ziehen.

»Weißt du, warum wir schwarze Schwäne haben?«, fragt István Korvusz.

Ich schüttele den Kopf.

»Ein *Schwarzer Schwan*«, erklärt er, »ist ein unvermutetes Ereignis, das alles, was man bis dahin für undenkbar gehalten hat, auf den Kopf stellt. So etwas wie die zufällige Entdeckung des amerikanischen Kontinents zum Beispiel. Die Entdeckung von Antibiotika. Oder die Erfindung des Internet. Die schwarzen Schwäne sollen meine Mitarbeiter daran erinnern, dass immer etwas Unvorhergesehenes geschehen kann. Und dass wir darauf vorbereitet sein müssen. Hier lang, Eli.«

Er führt mich zum Eingang eines hohen Turms in der Mitte des Geländes. In einem rappelnden, alten Aufzug geht es nach oben.

»Der Turm ist 66,6 Meter hoch«, ruft er über den Lärm des Aufzugs. »Uropa hatte so einen Tick mit Zahlen, und mit Märchen. Wie gesagt: Früher hielten die Leute ihn für einen Vampir, der nachts heimlich ihr Blut saugt. Na ja, jetzt halten die Leute *mich* für einen Vampir, der ihre Daten saugt. Hier sind wir.«

Wir betreten das Büro von István Korvusz, einen bis auf einen großen, alten Schreibtisch fast leeren Raum. Hohe Decken, Kunst an den Wänden, wahrscheinlich unbezahlbar. Eine Wand ist komplett als holografischer Monitor gestaltet, auf dem jeder einzelne Magick-Mitarbeiter zu sehen ist: Beim Tischtennis, in der Kantine, bei der Arbeit. Es ist die vollständige Überwachung, allerdings scheinbar mit guter Laune.

Wir setzen uns auf ein paar alte Küchenstühle, Korvusz holt die milchige Glaskugel, die er bei dem Interview dabeihatte, aus einer Schublade und wirft sie ab und zu lässig in die Luft.

»Wir sitzen auf der Spitze«, sagt er, »auf der Spitze des Eisbergs, sozusagen. In den sieben Stockwerken unter uns befindet sich Number One. Aber nicht nur da, es geht noch weitere sieben Stockwerke unter die Erde. Ich will dich nicht damit langweilen, wie viele Rechenoperationen Number One in einer Sekunde, einer Millisekunde, einer Nanosekunde durchführen kann. Aber du musst wissen: Unter uns befindet sich ein Wesen, das intelligenter ist, als man das noch vor Kurzem überhaupt für möglich gehalten hätte. Number One ist die erste künstliche Intelligenz, die es schafft, nicht bloß zielorientiert zu arbeiten.«

»Was soll das heißen?«

»Normalerweise braucht ein Rechensystem immer eine bestimmte Aufgabe, ein konkretes Ziel: Fahre Auto. Finde die Krebszelle. Sag mir, was der Kunde als Nächstes kaufen möchte. Die künstliche Intelligenz überlegt nicht selbst, was sie tun könnte, wenn sie mal wieder Freizeit hat. Aber Number One ist anders. Number One erfindet Aufgaben für sich selbst und ich glaube, er empfindet sogar *Spaß* dabei. Number One ist ein Spieler. Und ich glaube, das liegt daran, dass er zum Spielen erschaffen wurde.«

István Korvusz deutet auf ein Ölbild an einer Wand. Jetzt erkenne ich, dass das, was ich für abstrakte Formen gehalten hatte, eine Spielkonsole darstellt, eines dieser grauen Plastikdinger, wie es sie vor zwanzig, dreißig Jahren gab.

»Das ist Number One. Ich habe ihn zum zehnten Geburtstag geschenkt bekommen. Ich habe Stunden um Stunden mit dieser Konsole verbracht. Meine Eltern haben schon behauptet, ich sei mit ihr verschmolzen. In gewisser Weise stimmte das sogar. Mit der Zeit hat mir die Rechenleistung von Number One nicht mehr gereicht, aber eine neue Spielkonsole wollten meine Eltern mir nicht kaufen. Also habe ich angefangen, mir gebrauchte Platinen zu besorgen und Number One damit zu erweitern. Mit dem Lötkolben habe ich ein paarmal fast unser Haus abgefackelt. Number One wurde immer leistungsfähiger, immer raffinierter. An meinem vierzehnten Geburtstag habe ich mir geschworen, niemals einen neuen Computer anzuschaffen. Number One sollte immer bei mir bleiben. Und an diesen Schwur habe ich mich auch gehalten. Irgendwo in diesem immensen Rechner, der in den Stockwerken unter uns seinen Dienst verrichtet, steckt immer noch die simple Platine meiner ersten Spielkonsole. Ich glaube, dass Number One deshalb ein Spieler ist. Dass er sich deshalb selbst Aufgaben geben kann, dass er einen eigenen Sinn für Humor entwickelt hat. Er ist kein schnödes Arbeitsgerät. Er ist ein Spielgerät. Und das macht ihn menschlich. Was tun wir Menschen schließlich in der wichtigsten Phase unseres Lebens, in der Kindheit? Wir spielen.«

Korvusz hält inne, wir beide betrachten das Ölgemälde, das sicherlich irgendein berühmter Künstler angefertigt hat. Er oder sie ist sich wahrscheinlich ziemlich verschaukelt dabei vorgekommen, ein Porträt von einer Spielkonsole anzufertigen, aber ich bin sicher, dass Korvusz so gut bezahlt hat, dass alle künstlerischen Bedenken über Bord geworfen wurden.

»Number One ist übrigens rund, ein Zylinder. Genau wie der *Apparat Nummer Eins*, den mein Uropa erfunden hat. Es sollte so eine Art Roboter werden, ein Maschinenmensch, oder vielmehr eine Menschmaschine. Hat natürlich nie geklappt, er war seiner Zeit einfach voraus.«

Ein Zylinder, denke ich, *genau wie dein Kopf*. Aber ich sage natürlich nichts.

Korvusz holt zwei Limonadenflaschen aus einem kleinen Kühlschrank, öffnet sie, reicht mir eine und nimmt einen langen Schluck aus der anderen. »Wie lange soll es eigentlich noch so heiß bleiben?«

Ich zucke mit den Schultern. Es ist schon fast dunkel, ein

gelblicher Streifen lungert noch am Horizont herum, der Fernsehturm ragt wie das Überbleibsel eines gigantischen Science-Fiction-Filmsets aus den Sechzigerjahren in den Himmel.

Korvusz nimmt einen weiteren großen Schluck. »Einem Mädchen, das Stichwaffen im Darknet anbietet, muss ich ja eigentlich nichts über künstliche Intelligenz erzählen. Du weißt, wozu die Algorithmen in der Lage sind. Was, denkst du, macht uns Menschen so besonders, wenn die Maschinen uns in so gut wie jedem Bereich überholt haben?«

»Wird uns das helfen, Fein zu finden? Sie liegt nämlich im Koma und ich weiß nicht, wie lange das noch gut gehen wird.«

Er ignoriert meinen Einwand. »Es ist die Langeweile. Die Langeweile ist eine der stärksten Triebfedern der Menschheit. Rumsitzen, in die Gegend starren, in den Tag hinein träumen. Darin hat die Menschheit einen hohen Grad der Perfektion erreicht. Computer können das nicht. Selbst der simpelste Computer kann mittlerweile den besten Spieler im Schach schlagen. Was ein Computer nicht kann: Einfach vom Schachbrett aufstehen und etwas anderes tun. Ein Nickerchen machen und vielleicht danach eine neue Idee haben, was man mit dem Schachbrett anstellen könnte. Oder in einer langen Winternacht, in der man nichts anderes zu tun hat, das Spiel Schach erfinden. Der Computer kann nicht träumen. An die Träume des Menschen kommt der Computer nicht heran. Sie sind zu irrational, zu nutzlos, zu unberechenbar für den Rechner. Das, Eli, ist das Einzige, was wir den Maschinen noch voraushaben: unsere Träume. Unsere Unvernunft. Unser magisches Denken. Das ist der einzige Bereich, in den die Algorithmen noch nicht vorgedrungen sind. Aber wir arbeiten daran. Während wir hier reden, lernt Number One zu träumen. Er lernt magisches

Denken. Noch nie hat eine Maschine so etwas Schweres gelernt. Aber noch nie war eine Maschine so gut.«

Ich ertappe mich dabei, dass diesmal ich diejenige bin, die mit dem Fuß wippt. »Aber was hat das mit Josefine ...«

Ich spreche den Satz nicht zu Ende, denn mir wird völlig klar, was das mit Fein zu tun hat. Wenn dieser Computer in Feins Träume gehen kann, dann kann er sie auch dort herausholen. Vielleicht.

Crowbot

Ich nehme also doch noch eine Limonade. Dieser Milliardär, Visionär und, wenn man den Berichten glauben darf, Genie einer ganzen Epoche, erzählt mir von Bewusstseins-Torrents, Einhörnern und Knusperhäuschen, bis mir der Kopf schwirrt. Warum klingelt kein Telefon, warum kommen keine Nachrichten? Muss er keine Firma führen? Nein, denke ich, das macht sicherlich Number One allein.

»Nimm das Selbstbewusstsein«, sagt er gerade, »damit meine ich das Bewusstsein deiner selbst. Also die Fähigkeit zu sagen: Ich bin ich, die anderen sind die anderen. Ich existiere. Wer sagt uns nicht, dass die Maschinen denken: Ich bin eine Maschine. Warum soll eine Maschine sich ihrer selbst nicht bewusst sein?«

»Ja«, sage ich, »schön und gut. Von mir aus soll mein Handy ruhig wissen, dass es ein Handy ist. Kann sich aber auch gerne für ein Fahrrad halten. Oder für ...«

»Gott?«, unterbricht er mich.

»Von mir aus auch das. Es ist mir egal. Wie holen wir Fein aus ihrem Komaland?«

Korvusz seufzt und schaut aus dem Fenster, wo eine Nebelkrähe zu sehen ist, die auf dem Dach nebenan sitzt und mit schräg gelegtem Kopf zu uns herüberschaut. »Krähen können dreißig verschiedene Gesichter unterscheiden«, lässt er mich wissen, »und zwar ganz unabhängig davon, ob es sich um Krähen- oder Menschengesichter handelt. Die Kelten haben geglaubt, dass die Krähen in die Anderswelt –«

Ich schlage mit der flachen Hand auf den Tisch. »Wo ist Josefine?«

Ich habe das fast geschrien. Korvusz sieht mich einigermaßen verdutzt an. Dann steht er schwerfällig auf und öffnet das Fenster. Die Krähe fliegt zu uns herein und setzt sich auf die Lehne eines Küchenstuhls.

»Krähen«, fährt er fort, »können die magische Membran überqueren. Das können auch gewisse andere Tiere: Frösche, Katzen, Rehe. Aber wir haben die Forschung mit den Krähen begonnen. Was du hier siehst, ist keine echte Krähe. Es ist ein Crowbot. Ein Bot, den wir in die magische Ebene einschleusen können, ohne dass er dort eine Abwehrreaktion hervorruft. In der magischen Sphäre werden technische Geräte nutzlos, nur analoge Dinge wie Schallplattenspieler, Fahrräder oder ältere Kühlschränke funktionieren halbwegs. Es sei denn, die Technik ist gut getarnt, wie unsere Crowbots. Ich habe sie alle angewiesen, nach Josefine zu suchen.«

Cyborg-Krähen, die in irgendeiner magischen Welt nach Josefine suchen? Manchmal frage ich mich, ob ich nicht einfach nur meine Schminktipps posten und ansonsten über gar nichts nachdenken sollte.

»Okay«, sage ich also, »was passiert, wenn einer der Krähen-Bots Fein findet? Können wir sie kontaktieren?«

Korvusz hebt die Schultern. »Klar. Aber wie sie wieder auf unsere Seite kommt? Keine Ahnung.«

Die Kugel, mit der Korvusz die ganze Zeit herumspielt, hat eine Nachricht oder etwas Ähnliches empfangen. Sie blinkt auf jeden Fall kurz auf und gibt den typischen Ton einer Magick Message von sich.

»Shit«, murmelt Korvusz. »Einen unserer Crowbots hat es erwischt. Das sind jedes Mal ein paar Hunderttausend Dollar, ganz abgesehen von den Daten, die er nicht mehr mitbringt.« Er winkt der Krähe, die immer noch auf der Stuhllehne sitzt. Mit einem heiseren *Kraah!* fliegt sie los, flattert durch das Fenster und verschwindet hinter dem Dach des Nachbargebäudes.

»Wir schicken einen neuen los«, sagt Korvusz. »Du siehst: Ich scheue weder Kosten noch Mühen, um deine Freundin zu finden.«

»Und diese Krähe, der Crowbot, der kommt nicht wieder?«

Er schüttelt den Kopf. »Der ist tot.«

»Und wenn eine echte Krähe auf der anderen Seite stirbt?«

»Dann ist sie auch tot.«

»Und wenn ein Mensch dort stirbt? Ist er dann hier tot?«

Korvusz zuckt erneut mit den Schultern. »Davon gehe ich aus.«

Ich schnappe mir den Dolch und stopfe ihn in die Handtasche. Ich muss raus hier. »Melde dich, wenn ihr etwas gefunden habt. Danke für die Limonade.«

Erst als ich durch die zahlreichen Sicherheitsschleusen gegangen bin, die Korvusz-Maschinenwerke hinter mir gelassen habe und auf die verspätete S-Bahn warte, erlaube ich mir ein paar Tränen.

Hic Sunt Dracones

Als ich nach Hause komme, ist Mama von der Arbeit zurück. Sie ist im Sessel im Wohnzimmer eingeschlafen, der Magick Speaker, den ich einmal als Werbegeschenk bekommen habe, im Tausch gegen ein paar enthusiastische Posts, dudelt unverdrossen eine Playlist, von der der Algorithmus denkt, dass er zu ihrer Stimmung passt. Ich ziehe ihr die Schuhe aus, hole eine Decke aus dem Schlafzimmer und mache es ihr so bequem wie möglich. Ich fahre den Speaker an, dass er aufhören soll, schalte ihn aus und bringe ihn zusammen mit meinem Handy, dem Tablet, dem Laptop und allen anderen Geräten, die sich auf irgendeine Weise mit dem Internet verbinden können, in den Keller, wo ich die Sachen in der Kiste mit Weihnachtsdeko verstecke, die ich dann im hintersten Kellerregal verstaue. Es geht weder István Korvusz, noch Number One, noch eine seiner Roboterkrähen etwas an, wo ich jetzt hingehe. Im Keller finde ich auch meine alte Isomatte und den Schlafsack, die ich mir vor ein paar Jahren besorgt hatte, um bei einem Musikfestival zu übernachten, zu dem ich dann doch nicht gegangen bin. Ich hoffe, die Sachen sind mittlerweile nicht verschimmelt. Ich finde außerdem eine fast antike Taschenlampe, die immerhin noch funktioniert und garantiert kein GPS-Signal sendet. Ich werfe alles in den Wanderrucksack, den mein Vater noch benutzt hat, bevor er endgültig weggewandert ist, mit einer neuen Flamme statt des alten Rucksacks.

Ich packe außerdem noch ein paar Kekse, eine Flasche Wasser und ein Kissen ein. In einer Küchenschublade finde ich eine

»Radwanderkarte Brandenburg«, eine richtige Karte aus Papier, für die man den ganzen Küchentisch braucht, wenn man sie ausbreitet, auf der ich mühsam die Stelle finde, die ich brauche. Auf dem Handy wäre es ein Fingertippen gewesen, aber ich habe kein Interesse daran, dass Magick weiß, was ich vorhabe. Zum Glück gibt es einen kleinen Bahnhof in der Nähe meines Reiseziels. Ich zeichne den Weg, den ich gehen muss, mit einem Bleistift in die Karte und komme mir vor wie einer dieser bärtigen Forscher, die vor Hunderten von Jahren in unbekanntes Gebiet vorgedrungen sind: *Terra incognita* stand neben diesen weiten, weißen Flecken auf den Landkarten, wie Borgesius immer wieder gerne erzählt, und der Satz: *Hic Sunt Dracones*. Hier gibt es Drachen.

Mit demselben Bleistift schreibe ich Mama einen Brief, in dem ich erkläre, dass ich über Nacht, allerhöchstens für das Wochenende, weg bin, weil ich einer Freundin aus der Patsche helfen muss. Ich bitte sie, sich keine Sorgen zu machen. Ich weiß natürlich, dass sie sich trotzdem Sorgen machen wird, aber ich weiß auch, dass sie mich für ein vernünftiges Mädchen hält, das sich nicht unnötig in Scherereien bringt. Ob sie das nach meiner kleinen Aktion immer noch von mir denkt? Auf jeden Fall habe ich einen ziemlichen Vorsprung. Mama ist diejenige, die sich ständig in Scherereien bringt, von uns beiden bin ich mit Abstand die weniger Verrückte. Bis jetzt.

Irgendeinem irren Impuls folgend werfe ich mich in ein knallrotes, enges Kleid, Überbleibsel einer Werbeaktion auf Magick, und nehme eine überbesetzte U-Bahn zum Alexanderplatz, wo sich alle drängeln und als Erster raus auf den Bahnsteig wollen. Ich schiebe mich durch die Massen von Menschen und erwische eine der letzten Regionalbahnen, die noch raus in das vergessene Nest fahren, wo ich aussteigen muss. Es ist merkwürdig, ohne Smartphone unterwegs zu sein. Keiner kann mich erreichen. Ich kann niemanden erreichen. Ich kann nicht mal irgendein Spielchen zocken oder durch die Timeline von Magick scrollen, während die Bahn unerträglich langsam, als wäre sie eigentlich schon zu müde für so eine Aktion, aus der Stadt herausrollt. Ich schaue aus dem Fenster auf Straßen, Geschäfte, Parks, Kleingärten und schließlich ist es draußen so dunkel, dass ich nur noch die Reflexion meines eigenen Gesichts sehe. Mir fällt auf, dass ich die Einzige im Waggon bin, die nicht in einen Bildschirm starrt. Das löst ein seltsames Gefühl in mir aus – ich komme mir gleichzeitig frei und einsam vor. Das muss Feins Grundzustand sein, sie hat ihr Handy fast nie dabei und wenn, dann nur um ihre linke Hosentasche auszubeulen. Ich habe schon oft darüber nachgedacht, eine »digital detox«, eine digitale Entgiftung zu machen (Persona würde natürlich später haargenau auf Magick darüber berichten und jede Menge Begeisterung von den Bienen einheimsen), aber ich hätte nie gedacht, dass ich das ausgerechnet jetzt und unter diesen Umständen tun würde. Ohne Smartphone, ohne dass jemand Bescheid weiß, ohne Vorbereitung mitten in der Nacht in den tiefsten Wald stapfen, um dort zu übernachten? Eine der schlechtesten Ideen meines Lebens bislang. Oder eine der besten. *Hic Sunt Dracones.* Wir werden sehen.

In die Dunkelheit

Meine Haltestelle. Außer mir steigen nur noch ein paar Betrunkene mit Pappkronen aus, die offenbar in der Stadt einen Junggesellenabschied gefeiert haben, und jetzt zurück in ihre Betten wanken werden. Ich schultere den Rucksack, halte den Kopf gesenkt und gehe los. Ich folge dem Verlauf der Schienen, habe die paar Häuser, aus denen dieses Dorf besteht, nach ein paar Minuten hinter mir gelassen und gehe im Dunkeln weiter, auf meiner linken Seite der Bahndamm, auf der rechten Felder voller Salat, Spinat oder anderem Grünzeug. Am Ende der Felder ein pechschwarzer Streifen. Das ist der Wald, der mich bald verschlucken wird. Noch ein paar Meter weiter und der Asphalt hört auf, ich stolpere jetzt über einen knochentrockenen Feldweg. Ein Traktorreifen hat eine Spur hinterlassen, meine Füße tasten sich durch diese krümelnde Rinne. Es ist immer noch ziemlich warm und schwül, ich glaube kaum, dass ich den Schlafsack brauchen werde. Aber das Mückenspray hätte ich mitnehmen sollen.

Der Teil meines Hirns, der für die Vernunft zuständig ist, sagt mir, dass ich keine Angst haben muss. Was soll mir auch passieren? Es ist viel gefährlicher, nachts in der Stadt unterwegs zu sein als hier auf einem Feldweg. Hier wird man weder überfahren, noch ausgeraubt, noch belästigt. Höchstens könnte mich ein Rehkitz anknabbern, oder eine Fledermaus sich in meinem Haar verfangen. Ich versuche, besser nicht daran zu denken, dass es wieder Wölfe in den Wäldern gibt. Angeblich interessieren sie sich nicht für Menschen. Ich überlege trotzdem, ob ich Yais Dolch aus dem

Rucksack holen und lieber in der Hand halten soll. Ja, das mache ich. Es wird zwar nichts nützen, aber wenn ich mich dadurch ein winziges bisschen mutiger fühle, ist auch schon etwas gewonnen. Ich trinke einen Schluck Wasser, überprüfe noch einmal den Weg auf der Karte und gehe dann weiter, mitten hinein in die Dunkelheit, die alte Taschenlampe in der linken, den Dolch in der rechten Hand.

Wieso fürchtet man sich, sobald die Nacht hereingebrochen ist? Auf demselben Feldweg würde ich bei Tag etwas ganz anderes empfinden. Langeweile wahrscheinlich. Oder Freude an der frischen Luft. Oder beides zusammen. Aber ich hätte nicht den Hauch von Angst. Jetzt bilde ich mir ein, dass ich kauernde Gestalten im dunklen Feld rechts neben mir sehe. Wölfe? Oder Schlimmeres? Ich traue mich nicht einmal, mit der Taschenlampe hinzuleuchten. Einfach einen Schritt vor den anderen setzen. Ein Spruch, der in ein Holzbrettchen gebrannt, im Schlafzimmer meiner Oma hing, bevor sie ganz in die Nacht gegangen ist:

Ihr seid allzumal Kinder des Lichtes und Kinder des Tages;
wir sind nicht von der Nacht noch von der Finsternis.

Wir sind Kinder des Lichtes. Wer sind dann die Kinder der Nacht? Ist die Angst vor der Nacht ein Überbleibsel aus der Steinzeit? Als sich nachts die Säbelzahntiger an die Höhlen der Menschen herangeschlichen und sich die Unvorsichtigsten oder Schwächsten geholt haben? Hat sich die Erinnerung daran vielleicht tief in das menschliche Gedächtnis gegraben? Und, *by the way*: Gibt es vielleicht noch Säbelzahntiger in Brandenburg?

Ich höre etwas rascheln und zucke zusammen. Was war da? Wer war da? Wenn ich jetzt schon, neben dem Bahndamm, in Sichtweite des Dorfes, die Nerven verliere, wie muss es dann erst im Wald werden? Aber ich weiß, oder bilde mir zumindest ein zu wissen: Wenn ich Fein finden möchte, muss ich dahin gehen, wo es wehtut.

Nach ein paar Minuten zweigt der Weg ab, der in den Wald führt. Ich prüfe das noch einmal auf der Karte, aber dieser Weg muss es sein. Es gibt nämlich keinen anderen. Genau auf dieser Strecke bin ich mit Reinhold Lennon und dem graublauen Ungetüm gefahren. Es kommt mir vor, als wäre das Monate her, dabei war es erst gestern. Ich folge dem Weg und das, was eben noch ein schwarzes Band gewesen war, rückt näher, wird zu einer hohen, schwarzen Mauer und schließlich zu dem dichten, dunklen, unendlichen Wald, der bereit ist, mich zu schlucken.

Ich könnte jetzt noch umdrehen, ich könnte den Weg zurück zur Haltestelle gehen, vielleicht gibt es dort noch eine Telefonzelle aus grauer Vorzeit, oder irgend jemand lungert herum, dessen Handy ich benutzen könnte. Ich könnte ein Taxi rufen, ich könnte in wenigen Stunden in meinem eigenen Bett liegen. Aber das werde ich nicht, denn ich kenne mich.

Tropfen

Die alte Taschenlampe leuchtet nur ein kurzes Stück Weg vor mir gelblich an. Ich habe neue Batterien eingelegt, aber die machen die Funzel aus dem Glühdraht-Zeitalter auch nicht besser. Ich gehe Schritt für Schritt, ich atme ein, ich atme aus. Das eigene Atmen kommt mir übertrieben laut vor, aber das liegt daran, dass der Wald alle anderen Geräusche um mich herum schluckt. Nur ab und zu knackt oder knirscht etwas. Alles ganz normal, sage ich mir. Da steht vielleicht ein Wolf und beobachtet dich, aber der hat bestimmt keinen Hunger. Brandenburger Wölfe sind gut genährt. Die Mücken kommen und stechen mir in die Handgelenke, in den Nacken, in das Gesicht. Ich bin fast froh über sie, sie sind wenigstens eine reale Gefahr, die ich mir nicht noch vorstellen muss.

Ich habe bald keine Ahnung mehr, in welche Richtung ich gehe. Meine Beine sind zerkratzt, es macht keinen Unterschied, ob ich versuche, den Dornen und Ästen auszuweichen. Wenn ich mich überhaupt von irgendetwas leiten lasse, dann ist es ein Gefühl, schon einmal von demselben Ast zerkratzt worden zu sein, schon einmal über dieselbe Wurzel gestolpert zu sein. Aber irgendwann lichtet sich das Unterholz und ich stehe auf einer Art Wiese. Ich bin mir ziemlich sicher, dass das die Lichtung ist, auf der ich Yai getroffen habe. Da ist der Baumstumpf, auf dem sie gesessen und mich beobachtet hat. Dort der umgefallene Baum, auf den ich mich gesetzt habe. Dahinten war die Krähe. Oder der Crowbot? Ich denke, ich habe den Ort gefunden, den ich gesucht habe. Und wenn es nicht die richtige Lichtung ist, dann ist sie so gut wie jede andere. Mein Atem wird ruhiger. Ich lege die Taschenlampe auf dem Baumstumpf ab, hole die Isomatte und den Schlafsack aus dem Rucksack und puste die Matte auf. Ich lege sie auf den Boden vor dem Baumstamm, den Schlafsack darauf und mich selbst auf dem Rücken auf den Schlafsack. Ich halte den Dolch fest in der Hand und schalte die Taschenlampe aus. Dort liege ich im Dunkeln mitten im Wald. Die Mücken stechen. Es sind keine Sterne zu sehen. Ich habe das Gefühl, dass ich die schlechteste Entscheidung meines Lebens getroffen habe, und ich bin selten weiter davon entfernt gewesen, einzuschlafen. Ich brauche hier keine Albträume, das ist bereits einer.

Wind kommt auf und fegt durch die Wipfel der Bäume. Der Himmel über mir grollt. Da spüre ich den ersten Tropfen auf meiner Stirn. Dann kommt der nächste. Es sind schwere, warme Tropfen, die zerplatzen, wenn sie auf den Boden fallen. Es dauert keine Minute, bis das Wasser rauscht, als hätte man einen Badewannenhahn angedreht. Ich bin bis auf die Haut nass, aber der Regen ist warm. Ich lasse die Augen geschlossen. Ich spüre das Wasser auf meiner Haut. Und ich spüre, wie mir das Hier und Jetzt entgleitet. Ich bin am richtigen Ort. Ich bin dort, wo Yai aus ihrer Welt in unsere gekommen ist. Ich bin am Schnittpunkt.

Fein, ich komme zu dir. Hoffentlich.

Teil 3

Josefine

Schneeblind

Ich folge dem Rehkälbchen oder das Rehkälbchen folgt mir, ich kann das nicht genau sagen. Das Seil, das um seinen Hals geknotet ist, liegt leicht in meiner Hand. In dem Weiß, das wir durchqueren, gibt es keine Richtung. Schneeblind nennt man das wohl, so müssen sich Scott und Amundsen gefühlt haben, als sie durch das weiße, weite Feld der Antarktis zogen, auf der Suche nach dem Südpol. Die Entdeckung des Südpols ist eines der Lieblingsthemen unseres Geschichtslehrers. Wie hieß er noch? Gerade fällt es mir nicht ein. Die Polarforscher müssen verdammt kalte Füße gehabt haben, hier aber ist es heiß. So heiß wie eben noch im Badezimmer. War das überhaupt eben? Oder schon vor ein paar Stunden? Vor ein paar Tagen vielleicht? Zur Orientierungslosigkeit kommt der Verlust des Zeitgefühls. Ab und zu drehe ich mich um, aber hinter mir sieht es genau so aus wie vor mir und links und rechts und oben und unten. Ich könnte eigentlich genauso gut die Augen schließen. Hier gibt es nichts, worüber ich stolpern könnte. Es ist ein Nichts- und Niemandsland.

Ich gehe also mit geschlossenen Augen weiter und konzentriere mich darauf, was ich höre. Das leise Tappen meiner Füße. Das Trappeln der Rehkitzhufe. Mein Atmen, ab und zu ein kleines Schnaufen des Rehs. So gehen wir weiter, immer weiter. Anders als Scott und Amundsen haben wir kein Ziel, keinen Pol, den wir erreichen wollen. Es sei denn, das Rehkitz kennt ein Ziel, von dem ich nichts weiß.

Ich versuche, meine Schritte zu zählen, komme aber immer wieder durcheinander. Ich zähle beispielsweise bis 42 und merke plötzlich, dass ich wieder bei 17 bin. Also gebe ich das auf. Ab und zu ist mir, als hörte ich ein leises Piepen aus der Ferne. Zu sehen ist aber nichts. Ich schließe die Augen wieder. Und gehe. Und gehe. Ich empfinde keinen Durst, keinen Hunger, keine Müdigkeit. Ich empfinde überhaupt nichts. Ich gewöhne mich an den Gedanken, dass es so immer weitergehen könnte. Das ist jetzt mein Leben: Mit einem Rehkälbchen durch ein endloses, weißes Feld gehen. Alles andere ist weit weg. Weit weg und lange her. Alles andere hat keine Bedeutung mehr. Das Weiß, das mich umgibt, schleicht sich auch in meinen Kopf. Bald wird es in meinem Geist ebenso leer und blank sein, wie um mich herum. Und ich lasse es geschehen. Ich lasse das Weiß in mich einsinken. Mein Seepferdchen schläft, mein Bewusstsein wird mit Nullen überschrieben.

Meine Augen sind immer noch geschlossen. Ich setze einen Fuß vor den anderen.

Aufsteigen und Fallen

Ich muss schon Ewigkeiten gegangen sein. Irgendwann lege ich den Kopf in den Nacken und spüre plötzlich etwas auf der Stirn. Ein Tropfen. Der nächste landet auf meinem Arm. Die Tropfen sind groß, warm und schwer. Bald gehen wir durch dichten Regen, das Rehkälbchen und ich. Der Regen erinnert mich an etwas. An eine Zeit vor dem Weiß. An einen Park mit einem schwarzen Engel, in dem ich auf der Lehne einer Bank saß, gemeinsam mit jemandem, den ich einmal kannte. Ich habe nicht viel Zeit nachzudenken, denn plötzlich gleitet mir das Seil durch die Hand. Das Rehkälbchen trabt, rennt bald. Ich packe das Seil fest, ich stolpere hinterher. Ich möchte das Rehkälbchen nicht verlieren, es ist alles, was ich habe, in diesem weißen Nichtsland. Das Rehkälbchen rennt schneller, ich weiß, dass ich nicht mehr lange mithalten kann. Von irgendwoher höre ich das heisere *Kraah kraah kraah* einer Nebelkrähe.

Er stieg auf
Ein Vogel
Er hielt seinen Flug
Ein flinkes reines Krähen
Aufsteigende Silberkugel
Er sprang gelassen
Rasend
Gehalten

Zu kommen
Trudel nicht zu lang
Langer Atem
Er atmet langes Leben
Hoch aufsteigend
In Flammen
Gekrönt
Hoch, hoch in der unermesslichen Strahlung
Überall alles aufsteigendes alles herum
Das All
Die Endlosigkeitkeitkeit

Ich renne so schnell, dass ich den Puls sogar hinter den Augen spüre. Das Seil gleitet mir aus der Hand. Das Rehkälbchen verschwindet im dichten Regen. Ich bin allein. Ich schreie. Ich höre, wie ein Schuss fällt. Dann falle ich selbst.

Vage Schemen

Ich spüre keinen Schmerz, aber das hat nichts zu sagen, ich spüre ja auch nicht, ob heute, gestern oder morgen ist, oder wo vorne, hinten, links und rechts ist. Ich sehe auch kein Blut. Ich atme, mein Herz schlägt, vielleicht bin ich nicht getroffen worden.

Ich hebe den Blick und sehe James, der dort vor mir im strömenden Regen steht mit seinem Musikinstrument, das kein Musikinstrument ist, sondern ein altertümliches Gewehr voller Klappen, Hebel und Ventile, aus dessen Lauf es jetzt raucht.

Um James' Hals hängt ein Seil. Das Seil, das ich eben noch in der Hand gehalten habe. Er sieht mich an mit den blauen Augen, die die Augen des Rehkälbchens sind.

James ist das Rehkälbchen.

Das Rehkälbchen ist James.

Er senkt den Blick, und erst da wird mir bewusst, dass ich noch immer nackt bin. So nackt, wie ich vor Stunden, Tagen, Wochen oder Monaten in die Badewanne gestiegen bin.

Sein Blick wandert weg von mir, hin zu einem schwarzgrauen Häuflein, das ein paar Schritte vor mir liegt: ein zerzauster, zerrissener Körper im endlosen Weiß. Nicht ein Tropfen Blut sickert aus der erschossenen Krähe, obwohl das doch eigentlich so zu erwarten gewesen wäre: weiß wie Schnee, schwarz wie Ebenholz, rot wie Blut.

»Ein Crowbot«, ruft James jetzt durch den rauschenden Regen, ich höre seine Stimme zum ersten Mal, sie ist heiser, als hätte er lange nicht gesprochen. Aber unter der Heiserkeit ist sie warm, sanft und irgendwie wollig. Ich entspanne mich ein wenig.

»Was?«, rufe ich zurück.

»Ein Crowbot!«

James, der nicht nackt ist, sondern eine Art Cape mit Federn trägt (Krähenfedern, möglicherweise), holt eine goldmetallisch glänzende Rettungsdecke aus einer Ledertasche, die um seine Schultern hängt, und wirft sie mir zu. Ich stehe auf, wickele mir die dünne, raschelnde Decke um die Schultern und komme mir vor wie die Überlebende einer Naturkatastrophe. Vielleicht bin ich das ja auch. James lockert währenddessen die Schlinge um seinen Hals und streift das Seil ab. Ich schaue mich um. Immer noch das endlose Weiß, ich weiß gar nicht, wo der Regen hinfließt, der hier wie aus Kübeln runterkommt. Er scheint einfach zu verschwinden, sobald er den Boden berührt.

»Kannst du mir das erklären?«, schreie ich fast. Der Regen ist wirklich sehr laut.

»Ja«, ruft er zurück. »Aber nicht hier. Wir sind fast da. Komm mit.«

Wir steigen über die zerfetzte Krähe und gehen schweigend weiter. James scheint zu wissen, wo es langgeht. Mein Zeitgefühl kehrt mehr oder weniger zurück, es gelingt mir jetzt auch, meine Schritte zu zählen. Nach sechshundert Schritten zeigt James nach vorn und ich kann hinter dem Regenschleier vage Schemen erkennen, Bäume, die ihre kahlen Äste in den Himmel recken, und noch etwas anderes – gedrungene Objekte und eine Gestalt, ein Mensch vielleicht, der nicht die geringste Bewegung macht. James nickt mir zu und nach weiteren sechsundsechzig Schritten sind wir da.

Irrfelsen

Die kahlen Bäume, die ich gesehen hatte, sind die Bäume des Friedhofsparks, die gedrungenen Objekte sind Grabsteine und die menschliche Gestalt ist der schwarze Engel, der kein Engel ist. Ich folge James stumm auf dem Weg zwischen den Gräbern hindurch. Da steht die Bank, auf der Eli und ich immer gesessen haben. Eli, mir ist wieder eingefallen, wie du heißt. Ich hatte dich beinahe vergessen. Genau wie ich diesen Ort fast vergessen hatte. Und mich selbst. Jetzt kommen die Erinnerungen zurück, die Daten, die hinter oder neben den Nullen noch erhalten waren.

Wir verlassen den Park durch das schmiedeeiserne Eingangstor, wir müssen also auf der Rückseite hineingelangt sein. Jetzt gehen wir über Bürgersteige, die fast leer sind, nur wenige Leute hasten unter Schirmen oder Kapuzen durch den Regen. Ich bin mir fast sicher, dass wir in der Niemandsstadt sind und richtig: Immer mehr Regentropfen fallen von unten nach oben und eine klatschnasse Fee flattert mir fast vor die Stirn und landet schimpfend und zeternd auf einem Mauervorsprung.

James führt mich zu einem Lokal. Als wir es betreten, merke ich, dass ich hier schon einmal war: Es ist das Café, in dem ich James gesucht hatte, nachdem ich ihn das zweite Mal gesehen hatte. Damals war es voller schnatternder älterer Nachtelfendamen gewesen, jetzt ist es leer, bis auf ein sehr gesetzt wirkendes froschähnliches Wesen in Anzug und Krawatte, das an einem Tisch im Hintergrund sitzt, in einem Kaffee rührt und auf eine milchige Glaskugel guckt, die es geschickt zwischen den Schwimmhäuten der linken Hand balanciert. Der Froschmann schaut kurz auf, interessiert sich nicht im Mindesten für einen Jungen mit Federcape und Piratengewehr, oder ein Mädchen, das in eine golden glänzende Rettungsdecke gewickelt ist, und vertieft sich wieder in seine Kugel.

Eine gelangweilt wirkende, stark tätowierte Servierelfe schlurft zu uns herüber, ich bestelle Limonade, James eine heiße Schokolade. Heiße Schokolade, bei dem Wetter? Aber ich habe sowieso beschlossen, mich heute über nichts mehr zu wundern.

»Du kannst es mir also erklären?«, frage ich.

»Was?«, fragt James.

»Das alles hier. Dich. Das Rehkälbchen. Diesen Ort. Alles.«

»Ich kann es versuchen.«

»Okay«, sage ich, »fangen wir damit an: Wie heißt du?«

»James«, antwortet er. Ich hatte mir zwar fest vorgenommen, mich nicht mehr zu wundern, aber jetzt wundere ich mich doch. Er bemerkt meine Verwirrung und setzt zu einer Erklärung an. »Meine Eltern haben mich nach einem …«

»… nach einem irischen Schriftsteller benannt«, falle ich ihm ins Wort, »der einen Bruder namens Stanislaus hat.«

»Ja, genau. Hier heißen viele nach Besuchern von der anderen Seite. Und dieser James war einer von ihnen. Einer, der oft da war.«

»Ich bin also von der anderen Seite.«

»Ja. Ich habe dich dort abgeholt.«

»Warum?«

»Es ist ein bisschen kompliziert.«

Kompliziert also. Ich werde ihm noch etwas Zeit geben. »Aber du bist von dieser Seite? Also von da, wo wir uns jetzt befinden.«

James nickt. »Für uns ist es viel schwerer, auf eure Seite zu kommen, als für euch, auf unsere Seite zu gelangen. Ich weiß nicht, wie ich es beschreiben soll, es ist so, als müsste man auf unendlich hohen Irrfelsen herumklettern, kennst du diese wandernden Felsen? Die meisten von uns ändern dabei die Gestalt.«

»Daher das Rehkälbchen?«

»Ja«, sagt James und wird von der Servierelfe unterbrochen, die unsere Getränke auf den Tisch knallt und schlecht gelaunt davonschlurft. Er nippt an der heißen Schokolade, dann spricht er weiter. »Die ganze Sache ist sehr anstrengend.«

»Wie funktioniert das? Die Gestalt ändern?«

James zuckt mit den Schultern. »Ich weiß es nicht. Es passiert einfach. Wir können es uns nicht aussuchen. Die meisten von uns nehmen die Gestalt eines Tieres an: ein Reh. Ein Wolf. Eine Krähe. Ein Frosch.«

»Märchentiere«, sage ich.

»Das, was ihr als Märchen bezeichnet, sind in Wirklichkeit … wie nennt man das?«

»Tatsachenberichte? Dokumentationen? Reportagen?«

»Ja. Reportagen. Manche von ihnen haben ein wenig

Drama oder Zuckerguss, aber die meisten sind ziemlich genau.«

Ich lasse das kurz einsinken. Deshalb habe ich immer so viel Respekt vor Märchen gehabt. Mich vor *Fallada, da du hangest* und *Wer mich trinkt, wird zum Rehkälbchen* gefürchtet, und vor Frau Holle mit den zu großen Zähnen. Weil es keine ausgedachten Geschichten sind. Was natürlich völlig absurd erscheint. Genauso absurd, wie Drachen über der Spree und missmutige Servierelfen.

Plötzlich bin ich mir einer Sache sicher. »James, es tut mir leid, dir das so unverblümt sagen zu müssen, aber du existierst nur in meinem Kopf. Diese ganze Stadt existiert nur in meinem Kopf. Entweder träume ich, oder ich bin verrückt, oder ich habe irgendeine Anomalie, ein verdrehtes Seepferdchen oder so etwas. Aber jetzt gerade befinde ich mich in der Welt in meinem Kopf.«

Er sieht mich ein wenig skeptisch an. »Du hast recht«, sagt er dann. »Aber so einfach ist es doch nicht. Hör zu, wir sollten uns nicht zu lange den Kopf zerbrechen. Es gibt einen Grund dafür, dass ich dich geholt habe. Wir wollen dich um etwas bitten. Einen Gefallen. Einen großen Gefallen.«

»Wer ist wir?«, frage ich.

James wirft einen Blick zu dem Froschwesen. »Lieber nicht hier.«

»Gut«, sage ich. »Ich würde sowieso gerne etwas anderes anziehen. Etwas Normales. Gibt es so etwas hier?«

James lächelt. Ich mag sein Lächeln. »Etwas *Normales*? Was soll das denn nun wieder sein?«

Schwere Stille

James lässt ein paar Münzen auf dem Tisch liegen, wir verlassen das Café und gehen schweigend durch die Straßen, die Rettungsdecke raschelt bei jedem Schritt. Es ist nicht viel los in der Niemandsstadt, es ist immer noch heiß, schwül, drückend. Der Himmel schwefelgelb. Vielleicht bleiben die Leute deshalb zu Hause, auch wenn das für Dämonen eigentlich das perfekte Wetter ist.

»War es für dich das erste Mal?«, frage ich James und merke erst, nachdem ich die Frage ausgesprochen habe, dass sie ziemlich peinlich sein könnte, erst recht, wenn sie von einem unter einer Aludecke schwitzendem, nackten Mädchen gestellt wird. Doch falls James rot wird, kann ich das nicht sehen, denn ich richte den Blick fest auf die vor uns schwimmenden Gehwegplatten.

»Das erste Mal, dass ich auf eurer Seite war?«, fragt er zurück.

»Genau.«

»Ja«, antwortet er, »und wahrscheinlich wird es für mich das einzige Mal bleiben. Ich weiß nicht, ob ich die Kraft für ein weiteres Mal habe. Außerdem ist das Risiko jetzt zu groß. Ich bin mir nicht sicher, ob mich der Crowbot gesehen hat.«

»Das ist noch eine von den Sachen, die du erklären wolltest. Was ist ein Crowbot?«

»Ein Spion.«

»Von wem?«

»Ich erkläre es später. An einem sicheren Ort.«

Ich folge James, balanciere auf den Gehwegplatten, sehe ab und zu den Fernsehturm in einer Lücke zwischen den Häusern aufblitzen. Schließlich geht es auf einer Rolltreppe, die von einem apathischen, haarigen Troll mit einer großen Kurbel von Hand betrieben wird, unter die Erdoberfläche. Plötzlich weiß ich, wo ich bin. Es ist das Einkaufszentrum, in dem ich an einem meiner ersten Besuche drüben war, als ich noch gar nicht wusste, dass es ein Drüben gibt. Hier hatte ich nach Futter für den Frosch gesucht und ein Verkäufer namens Stanislaus hatte mir erklärt, wie man Wiesenplankton erntet.

Wir gehen durch die hell erleuchteten Gänge, Geschäfte links und rechts, alles Mögliche wird dort verkauft: Bettdecken, Schwerter, Kerzen, Zauberstäbe, Waschmaschinen, Zierfische. Mall bleibt Mall, denke ich, ob hier oder drüben, es bleibt derselbe Mist.

»Hier wirst du etwas finden«, sagt James und bugsiert mich in ein Klamottengeschäft. Es sind nicht viele Kunden da, nur ein paar Kobolde, die kichernd Baseballkappen ausprobieren, und eine Gruppe von Grünelfen in der Abteilung für ökologisch hergestellte T-Shirts. Ich beeile mich, sammle Unterwäsche, Hose, Hoodie und Sneaker zusammen, die aussehen, als hätten sie die richtige Größe. Ich verschwinde damit in einer Umkleidekabine, James wartet draußen auf mich. Fast wie bei einem Pärchen, das zusammen auf Shoppingtour ist, nur dass ich sehr viel schneller als die meisten

Mädchen bin und der Junge normalerweise nicht mit einem historischen Gewehr vor der Kabine sitzt. Erst im Spiegel der Umkleidekabine sehe ich, dass ein Schriftzug auf den Hoodie gedruckt ist:

Bro & Sis

Bruder und Schwester. Brüderchen und Schwesterchen. *Wer mich trinkt, wird zum Rehkälbchen.* Wer hat mir das jetzt untergejubelt? Ich behalte den Hoodie trotzdem an, die restlichen Klamotten passen auch halbwegs. Als ich die Sneaker zuschnüre, höre ich ein leises Quaken. Der Frosch sitzt unter der Bank in einer Ecke, kehrt mir den Rücken zu, starrt gegen die Wand. Er atmet schnell, seine Haut sieht stumpf, fast ausgetrocknet aus. Ich halte meine Hand hin, stupse ihn mit der anderen an, damit er auf meine Handfläche springt, wie er es so oft getan hat. Er bewegt sich nicht. Ich stupse noch einmal und in diesem Moment geht das Licht in der Umkleide aus. Der Boden unter meinen Füßen zittert, über mir ein tiefes Grollen, ein eiserner Schlag, eine Faust, die auf die Stadt hämmert, es fühlt sich an wie das Ende der Welt.

Dann Stille.

Schwere Stille, bis der nächste Faustschlag die Stadt trifft.

Ein guter Lippenstift

Irgendwie schaffe ich es, in der Dunkelheit den Weg nach draußen zu finden. Ich robbe vorwärts, überall fallen Kleiderständer um, eine Lampe löst sich von der Decke und zersplittert einen halben Meter neben meinem Gesicht. Plötzlich packt eine Hand meinen Ellbogen, ich hebe den Kopf und sehe James. Er hilft mir auf, es fällt mir schwer zu gehen, immer noch wankt der Boden. James führt mich aus dem Geschäft heraus, die Gruppe von Grünelfen überholt uns und stößt uns dabei fast um. Draußen lösen sich erste Betonbrocken aus der Decke und fallen krachend herunter. Ein Alarmsignal startet, es ist dasselbe *piep, piep, piep,* das ich ab und zu am Rande der Wahrnehmbarkeit gehört habe, seit ich dem Rehkälbchen gefolgt bin, nur ist es diesmal ohrenbetäubend laut und unregelmäßig. Der Alarm rast, stolpert, pulsiert im Rhythmus meines Herzens.

»Komm!«, ruft James und ich renne ihm nach. Neben uns läuft die haarige Gestalt des Trolls, der die Rolltreppe bedient hatte. Er hält plötzlich an, holt einen Ring mit großen, eisernen Schlüsseln aus einer verdeckten Falte seines Fells, und winkt uns heran. Er öffnet eine Tür, die hinter einem Werbeplakat für Lippenstift verborgen war. Auf dem Plakat: Lippen in Großaufnahme und der Slogan *A good lipstick is always a good friend.* Hinter der Tür: steile Stufen, die nach unten führen. James holt eine dieser milchigen

Glaskugeln aus der Tasche und bringt sie mit einer schnellen Bewegung zum Leuchten. Ich folge ihm die Stufen hinab in die Dunkelheit. Der Troll bleibt an der Tür und winkt weitere Flüchtende zu sich. Es geht immer tiefer hinunter, ich versuche, nicht zu stolpern in den neuen, ungewohnten Schuhen. Als ein weiterer Faustschlag die Welt über mir erschüttert, weiß ich, wem die Lippen gehören, die auf dem Plakat zu sehen waren. Es sind Elis Lippen.

Ein weißer Keller

Wir sitzen auf Kunststoffbänken in einem Kellerraum, alles ist in verschiedenen Weißtönen gehalten, nur der Boden ist rot wie getrocknetes Blut. Ein paar Geräte mit Schläuchen und Lämpchen, deren Sinn mir verborgen bleibt, blinken, summen, zeigen verschiedene Zahlen an. Ein kühles Licht von Leuchtstoffröhren an der Decke. In einer Ecke hängt dunkel und stumpf ein ausgeschalteter Fernseher.

Alle möglichen Wesen, die sich aus der einstürzenden Mall retten konnten, haben sich hier versammelt. Die Kobolde und Grünelfen aus dem Klamottengeschäft sind da und ich bin froh, sie zu sehen, auch wenn sie mir vor wenigen Augenblicken noch auf die Nerven gegangen sind. Ein paar Feen, auf deren Glitter sich eine dicke Schicht Betonstaub gelegt hat, ein eleganter Herr mit einem starken vampirischen Touch, der zottelige Troll, auch Leute, die man auf den ersten Blick für Bewohner der anderen, also meiner, Seite halten könnte. Sogar ein Rotkehlchen hat sich nach hier unten verirrt und sitzt mit schräg gelegtem Köpfchen auf der Lehne einer Bank. James starrt neben mir düster vor sich hin. Bis auf ein paar Schrammen scheint keiner hier unten verletzt zu sein. Kaum einer spricht ein Wort, gemeinsam warten wir auf den nächsten Faustschlag, der die Stadt über uns erschüttern wird. Jedes Mal, wenn die Erde wieder zittert, flackern die Leuchtstoffröhren, fallen aber nie ganz aus. Ein besonders starker Schlag sorgt dafür, dass der

Fernseher an der Decke plötzlich anspringt. Zwei Männer sitzen auf Sperrmüllmöbeln und unterhalten sich. Den, der gerade redet, erkenne ich: István Korvusz, der als dreidimensionale Projektion in der Schulaula erschienen war. Er trägt eine Jacke, die aussieht, als wäre sie mit Rehfell verziert, lächelt sein falsches Lächeln und sagt:

Wir sind mit der KI inzwischen so weit, dass die Maschinen so schnell und so viel selbst lernen, dass wir sie kurz nachdem wir den Schalter auf »on« gestellt haben, nicht mehr verstehen. Sie werden für uns unverständliche Wesen. Mysteriöse Kreaturen, die mehr können, als wir je für möglich gehalten haben. Sie werden magisch …

Eine weitere Erschütterung und der Bildschirm hängt so dunkel und stumm da wie zuvor. Dann folgt nichts mehr, keine weiteren Faustschläge, kein piepender Alarm. Wir alle lauschen in die Stille, dann steht der Troll auf, kontrolliert einige der Lämpchen und Anzeigen an den Geräten im Raum. »Ich sehe mal nach, ob die Luft rein ist«, brummt er. Er stemmt die schwere Metalltür auf und stapft die Treppe hinauf.

Ein paar Minuten später ist er zurück. »Sie sind weg. Leute, wir haben noch mal Glück gehabt.«

Ein paar der Kobolde mit Baseballkappen beginnen zu klatschen, wie Touristen nach einer besonders heiklen, aber gelungenen Landung. Bald klatschen wir alle, wir wissen nicht warum oder für wen, aber es tut gut.

Eine blaue Blume

Zuerst wagen sich die Kobolde nach draußen, die Grünelfen und Glitterfeen folgen, auch der vampireske Gentleman und die anderen, die in dem weißen Keller Zuflucht gesucht hatten. James und ich bleiben sitzen.

Der Troll hebt eine seiner handfegerartigen Augenbrauen in unsere Richtung. »Und ihr, Jungs?«

Jetzt werde ich drüben also auch schon für einen Jungen gehalten. Mir soll es recht sein.

»Wir kommen gleich«, versichert James. »Nur noch einmal kurz durchschnaufen.«

»Aber nicht ewig. Ich weiß nicht, wie lange sich der Raum stabil hält, wenn er nicht mehr gebraucht wird.«

»Versprochen.«

Der Troll brummt etwas und macht sich auf den Weg nach oben. Wir sind, bis auf das Rotkehlchen, das immer noch auf der Lehne der Bank sitzt, allein.

Sobald sich der Troll getrollt hat, beginne ich mit meinen Fragen. »Was soll das heißen: Er weiß nicht, wie lange sich der Raum stabil hält, wenn er nicht mehr gebraucht wird?«

James atmet tief ein. Ich verstehe: So viel zu erklären. So viele dumme Fragen. Wo soll man da anfangen?

»Hier auf unserer Seite entstehen Räume und Orte, wenn sie gebraucht werden. Wenn du zum Beispiel einen Kaffee trinken möchtest, findest du ein Café. Wenn du Fußball spielen möchtest, wird es nicht lange dauern, bis du einen Bolzplatz siehst.«

»Wenn ich Futter für einen Frosch brauche«, falle ich ihm ins Wort, »finde ich ein Fachgeschäft für Aquaristik.«

»So ist es. Und wenn du es nicht mehr brauchst, verschwindet es wieder. Genau so ist es mit diesem hässlichen Einkaufszentrum: Es ist nur ab und zu da. Zum Glück.«

»Ist es nicht gerade vollständig zerstört worden?«

»Es wird an anderer Stelle wieder nachwachsen.«

»Und dieser Raum hier – was, wenn er verschwindet, weil er nicht mehr gebraucht wird? Und wir sind drin? Verschwinden wir dann auch?«

»Keine Panik«, beruhigt mich James, »noch wird er ja gebraucht. Und zwar dafür, dass wir uns in Ruhe unterhalten können.«

Ich sehe mich um. Der Keller gefällt mir nicht mit seinen Apparaten, weißen Stühlen und dem dunkelroten Boden. Aber James hat recht, hier sind wir ungestört. Nur das Rotkehlchen hört zu. Es ist Zeit für meine Fragen.

»Also«, beginne ich, »was war das gerade?«

»Ein Angriff.«

»Ein Angriff von wem?«

»Ich weiß es nicht genau, vielleicht so etwas wie die Crowbots, nur größer. Was auch immer das war – es wird alles ausgelöscht haben, das vorher dort war. Ein Stück Stadt, das nicht mehr ist.«

»Ein weites, weißes Feld?«

James nickt.

»So wie eben? Als du das Rehkitz warst?«

»Genau so. An der Grenze zu eurer Seite sah es immer so aus. Ein weißer Streifen gelöschter Materie, den man überqueren muss, um zu euch zu gelangen. Nur wird er immer größer. Und das Weiß breitet sich inzwischen auch in der Stadt aus.«

»In so eine Gegend bin ich schon einmal geraten. Ich bin eigentlich dir hinterhergelaufen. Und plötzlich stand ich in einem endlosen Weiß.«

»So wird es oben jetzt auch aussehen. Das ist auch der Grund, warum ich losgeschickt wurde, um dich zu holen.«

»Du wurdest geschickt. Von wem?«

Es ist nicht James, der mir antwortet. Es ist eine Stimme in meinem Rücken.

»Von mir.«

Ich drehe mich um. Dort, wo eben noch das Rotkehlchen saß, sitzt jetzt mein Geschichtslehrer Borgesius auf der Lehne der Bank und baumelt mit den Beinen. Er hält eine dunkelblaue Blume in einer Hand, an der er prüfend schnuppert. Er springt mit einer Eleganz, die ich ihm nicht zugetraut hatte, von der Lehne, landet genau vor meinen Füßen, deutet eine kleine Verbeugung an und streckt mir die Hand entgegen. »Sei mir gegrüßt, Josefine. Ich bin Robin.«

In vier mal zehn Minuten

Ich werfe alle Vorsätze, mich nicht mehr zu wundern, über Bord. Im Gegenteil: Ich bin mir sicher, dass ich mich am heutigen Tag noch sehr viel öfter wundern werde. Das letzte Mal, als ich Borgesius gesehen habe, hat er im Stanislaus ein Frühstücksbrettchen für seine Verwandten gekauft. Und mir etwas über Bomben und Feuerstürme erzählt. Ich schüttle ihm die Hand, was ich, wenn ich mich richtig erinnere, noch nie getan habe.

»Herr Borgesius ...«

»Kein Borgesius«, sagt er. »Nein, kein Borgesius weit und breit hier. Sehe ich etwa aus wie ein Borgesius?«

»Ja.«

»Stimmt. Du hast recht. Haargenau wie ein Borgesius. Das ist auch Absicht. Bin ich nicht zu klein?«

Ich betrachte ihn genauer. Stimmt. Borgesius ist normalerweise vielleicht einen Hauch größer. Und redet unter keinen Umständen so einen Mist zusammen.

»Ich habe Sie etwas größer in Erinnerung.«

»Ich wusste es«, sagt er und wirft die Blume nachlässig über die linke Schulter. »Das passiert mir ständig: zu klein, zu groß, zu dünn, zu dick. Bin ich zu dick?«

»Nein, Sie sind nicht zu dick.«

»Aber zu füllig? Zu moppelig? Zu speckig? Zu fett? Zu aufgedunsen? Zu klumpig? Zu breit?«

»Nein.«

»Was meinst du, James? Bin ich zu drall? Zu feist? Zu korpulent? Zu wulstig? Zu angeschwollen? Zu wohlgenährt?«

James ignoriert ihn und wendet sich an mich. »Robin ist Gestaltwandler. Einer, dem das nicht passiert. Einer, der es kontrolliert.«

»Und Wandler zwischen den Welten«, ruft Borgesius, der nicht Borgesius, sondern Robin ist, dazwischen.

James beachtet ihn nicht und spricht weiter zu mir. »Robin ist es, der mich geschickt hat, um dich zu holen. Er wird dir mehr über deinen Auftrag sagen können.«

»Gut«, sage ich, »also, Robin …«

Das Wesen, das sich aus unerfindlichen Gründen entschieden hat, die Gestalt meines Geschichtslehrers anzunehmen, verbeugt sich tief vor mir. »Robin Gutfreund, *aka* Robin Goodfellow, Robin Bonenfant, Hobgoblin, Hipgoblin und Hip-Hop-Goblin, Puck und schmuck und ruckzuck ist ein ganzer Mond nach mir benannt, und zwar einer von siebenundzwanzig und in vier mal zehn Minuten kann ich einen Gürdel um die Erde ziehen.«

»Einen Gürtel?«

»Nein, Sterbliche, einen *Gürdel.* Hast du sonst noch irgendwelche Fragen?«

»Oh ja. Jede Menge.«

Ich setze mich wieder auf die Bank, schließe kurz die Augen, und als ich sie wieder öffne, ist Borgesius verschwunden und das Rotkehlchen sitzt vor mir auf dem Boden.

»Dann heraus mit der Sprache, Sterbliche, wir haben nicht den ganzen Tag und nicht einmal vier mal zehn Minuten, sondern gerade einmal siebeneinhalb davon.«

Der dritte Teil der Sterne

Ich stelle die Frage, die mich in den letzten Stunden am meisten beschäftigt hat: »Warum bin ich hier?«

Während es antwortet, tippelt das Rotkehlchen mit kleinen Schritten auf dem Linoleumboden hin und her, wie ein winziger Professor in einem viel zu großen Hörsaal. »Warum, warum, warum, fragt sie. Warum ist sie hier? Und warum nicht woanders? Eine der ganz großen Fragen. Wer bin ich? Woher komme ich? Wohin gehe ich? Welche Schokonusscreme schmeckt am besten? Aber nein, stattdessen möchte sie wissen, warum sie hier ist. Warum, darum, Löffelstiel, Josefine weiß nicht viel. Hat sie die Bibel gelesen? Unsinnige Frage, natürlich hat sie die Bibel *nicht* gelesen. Wer hat schon die Bibel gelesen? Kurze Zusammenfassung: Zweitausend Seiten dies und das und dann kommt das pure Hollywood. Die Offenbarung des Johannes. Die Apokalypse. Sterne fallen. Feuer regnet vom Himmel. Ein Drache erscheint!

Und siehe,
ein großer, roter Drache,
der hatte sieben Häupter
und zehn Hörner
und auf seinen Häuptern
sieben Kronen,
und sein Schwanz fegte

den dritten Teil der Sterne
des Himmels hinweg
und warf sie auf die Erde.

Wird nicht jede Geschichte immer dann am besten, wenn ein Drache auftaucht? Jetzt erklär mir mal: Warum seid ihr Menschen so von Drachen fasziniert? Was habt ihr bloß immer mit euren Drachen?«

»Sie stehen für ...«, beginne ich, aber Robin unterbricht mich gleich wieder.

»Sie stehen für eine andere Zeit. Eine Zeit, in der die Magie aus eurer Welt noch nicht herausgesuppt war wie Kochwasser durch ein Nudelsieb. Es gab eine Zeit, da waren die Drachen bei euch. Es gab Besucher von dieser Seite, die die Gestalt von Drachen angenommen haben, wenn sie zu euch gegangen sind. Aber das ist schon lange nicht mehr geschehen. Als ihr beschlossen habt, nicht mehr an Magie zu glauben, ist sie aus eurer Welt verschwunden. Und was habt ihr Menschen gemacht, nachdem die Drachen weg waren? Habt ihr etwa nach Wegen gesucht, die Magie wieder in die Welt zurückzubringen? Natürlich nicht. Ihr habt erfunden, getüftelt, ausprobiert, ihr habt eure neue Magie, die Technik, so lange angebetet, bis sie euch neue Drachen geschenkt hat. Drachen, die Feuer vom Himmel regnen lassen. Drachen, die viel schrecklicher sind als alles, was es hier gibt. Drachen, die den dritten Teil der Sterne hinwegfegen und auf die Erde werfen können. Und was bleibt dann übrig von der Erde?«

Ich denke an das, was Borgesius mir erzählt hat. Bomber

über der Stadt. Drachen mit Flügeln, Propellern, Bombenschächten, aus denen Sprengbomben, Brandbomben, Luftminen fallen. Ein Feuersturm, der durch die Straßen weht. Aber damit war es noch nicht genug. Ich erinnere mich an das Video, das wir im Geschichtsunterricht gesehen haben: Ein Atompilz, der irgendwo in der Wüste von Nevada wächst. Ein radioaktiver Blitz, tausendmal heller als die Sonne. Bomben wie diese können ganze Städte, ganze Länder, die ganze Welt vernichten. Auslöschen. Mit Nullen überschreiben. Und dann wird die Erde wüst und leer sein und Finsternis wird auf der Tiefe liegen. Das sind die Drachen, die wir Menschen uns selbst erschaffen haben.

Niemandes Drachen

Plötzlich steht wieder Borgesius vor mir. Borgesius im etwas zu groß geratenen Cordjackett, der den Kopf schüttelt. »Hör zu, Josefine: Mir ist es egal, wenn ihr eure eigene Seite in Schutt und Asche legt. Wir werden bestehen, auch wenn eure Stadt irgendwann aussieht wie ein abgegrastes Hochzeitsbuffet, bei dem die betrunkenen Gäste ihre Kippen in den Resten der Mousse au Chocolat ausgedrückt haben. Aber wenn wir unsere sieben Sonnen wegen eurer Asche in der Luft nicht mehr sehen können, dann ist das ein nuklearer Winter meines Missvergnügens. Bei all unseren Unterschieden teilen wir uns doch ein Universum, einen Planeten. Wir atmen dieselbe Luft, Josefine. Wenn ein wild gewordener Algorithmus denkt, er könnte hier herumstrolchen und die Stadt übernehmen, dann kann ich nur sagen: nicht mit uns. Dann werden wir uns erheben. Dann werden wir uns wehren. Deswegen haben wir dich hergeholt. Damit das, was wir eben erfahren haben, aufhört.«

»Also waren das eben …«

Robin Gutfreund rollt mit gespielter Ungeduld die Augen. »Drachen. Aber nicht unsere Drachen. Nicht eure Drachen. Niemandes Drachen. Niemand will sich die ganze Stadt einverleiben. Niemand ist außer Kontrolle geraten. Wir können uns gegen Niemand aufbäumen, aber gestoppt werden muss Niemand von eurer Seite. In eurer Stadt. Dort, wo er herkommt. Wir müssen in Niemandes Herz und Niemanden dort treffen.«

»Wer ist Niemand?«, frage ich.

Robin holt einen der typischen, viel zu kurzen Borgesius-Kreidestummel aus der Tasche seines Cordjacketts und malt damit eine einzige Zahl auf den dunkelroten Linoleumboden des schneeweißen Kellers:

1

Teil 4

Elisabeth

Es tropft

Als ich aufwache, bin ich klatschnass. Wahrscheinlich bin ich nur davon wach geworden, dass es nicht mehr wie aus Kübeln auf mich herunterregnet. Wie ich überhaupt mitten im Wald, mitten in der Nacht und mitten im strömenden Regen einschlafen konnte, ist mir ein Rätsel. Eins weiß ich jetzt schon: Das war die schlechteste Idee, die ich jemals im Leben hatte. Ich liege in einer schlammigen Pfütze aus aufgeweichter Erde, umherschwimmenden Kiefernnadeln und im Brackwasser um ihr Leben strampelnden Waldameisen. Die Klamotten kleben mir am Leib. Mir ist eiskalt, obwohl sich mit einem graugelben Schimmer schon ein neuer Tag ankündigt. Eine Ameise krabbelt in meinem Mundwinkel herum. Ich versuche sie wegzupusten, während ich mich aufrichte. Das geht gar nicht so leicht in dem weichen Schlamm, in dem ich liege. Irgendwann schaffe ich es doch, mich hochzustemmen und ziemlich viele Ameisen abzuschütteln. Von meinen Haaren tropft es, von meinen Klamotten tropft es, von den Blättern tropft es, überall tropft es. Die ganze Welt tropft. Ich stütze mich auf dem Baumstumpf ab, auf dem Yai gesessen hatte, und ziehe ein kurzes Fazit dieser Nacht:

1) Ich bin nicht von einem Wolf, Säbelzahntiger oder sonst irgendwem gefressen worden.
2) Im Wald waren keine Mörder und Verrückte unterwegs, oder sie haben mich nicht gefunden.
3) Ich habe mir garantiert eine dicke Erkältung eingeheimst, dafür bin ich aber ...

4) … nicht komplett von Mücken zerstochen worden und bekomme keine Brandenburg-Malaria, falls es so etwas gibt.
5) Ab jetzt kann mich nichts mehr schrecken.

Ich hake diese Waldepisode als letztes Aufbäumen eines jugendlichen Wahnsinns ab, beschließe, von nun an für immer und ewig vernünftig zu sein und mache mich auf den Rückweg. Ich schlage mich durchs Unterholz. Die Mücken, die nicht mitbekommen haben, dass der Tag schon anbricht, oder denen es egal ist, beginnen wieder, mich auszusaugen. Punkt 4 kann ich also streichen. Ich habe mich natürlich komplett verlaufen. Bald ist es so heiß, dass alles dampft: meine Haare, meine Klamotten, die Blätter. Die ganze Welt dampft. Ich fühle mich wie ein Forscher im Dschungel von Südamerika. Wo sind die Yanomamö, wenn man sie braucht? Yai, du könntest ruhig wieder auftauchen.

Keine Yai.

Stattdessen tausend Mücken.

Irgendwann ist auch der dichteste Dschungel zu Ende. Als ich zerstochen, mit zerschrammten Schienbeinen und schmerzenden Knochen von einer Nacht auf dem Waldboden auf offenes Gelände stoße, lugt der erste Sonnenstrahl über die Wipfel und sticht mir direkt ins Auge. Ich atme tief durch, stapfe hinaus auf den Acker und entdecke bald die Häuser, hinter denen der Bahnhof sein muss. Von dort aus fährt der Zug in die Stadt, da ist mein Zuhause, meine Dusche, mein Schrank voller trockener Klamotten, mein Handy, mein Laptop, mein Leben. Ich war mit meiner Idee auf dem Holzweg, und zwar im wahrsten Sinne des Wortes. Ich werde István Korvusz den Dolch, den er so unbedingt haben möchte, einfach verkaufen. Mit dem Geld werde ich zu Feins Eltern gehen, gemeinsam werden wir einen Spezialisten ausfindig machen, der unser Schneewittchen aus dem Koma holt. Das war von Anfang an die einzige, richtige und logische Lösung. Ich ärgere mich über die Zeit, die ich verloren habe, indem ich nachts nutzlos und nass im Schlamm herumlag, aber manchmal braucht es auf dem Pfad zur Erleuchtung eben eine Wanderung durch das dunkle Tal der Dummheit.

Neunzig Prozent

Ich gehe auf demselben Weg, auf dem ich gestern gegangen bin, diesem von Traktorspuren durchfurchten Feldweg, bis zum Bahnhof. Inzwischen ist es drückend heiß, der verlassene Bahnsteig, die Schienen, die sich in der Ferne verlieren, die Wartehalle und ihre mit Brettern vernagelten Fenster, das alles kommt mir vor wie eine Szenerie aus einem Western. Ich starre ziemlich lange auf die Zeiger der Bahnhofsuhr, bis mir klar wird, dass sie nicht läuft. Ohne Handy weiß ich nicht, wie spät es ist. Ich weiß, um ehrlich zu sein, gar nichts, außer dass meine Klamotten mir immer noch klatschnass am Leib kleben und dass ich eine merkwürdige Figur abgeben muss. Es gibt einen Infokasten auf dem Bahnsteig, in dem der Fahrplan hängen sollte, aber die Scheibe ist zerbrochen, der Kasten ist leer, nur eine Kreuzspinne knüpft in einer Ecke geduldig ihr Netz.

Ich warte. Und warte. Ich sehe keinen Menschen, nichts regt sich, nur die Sonne steigt erbarmungslos höher. Ich habe viel darüber gelesen, wie wertvoll es ist, sich nicht jede Sekunde des Tages mit irgendetwas zu beschäftigen. Dass die Leute glücklicher und ausgeglichener waren, als sie einfach ab und zu in die Gegend gestarrt haben, anstatt in jedem Augenblick, in dem nichts anderes zu tun war, auf irgendwelchen Bildschirmen herumzuscrollen. Ich sollte das hier als eine Art Achtsamkeitsübung, als Meditation, als Yoga ohne Gelenkverbiegungen sehen. Zen für meine Seele. Aber irgendwann habe ich genug vom Regionalbahnhofs-Zen. Ich wünsche der Spinne noch einen guten Tag und mache mich zu Fuß auf den Weg, immer an den Schienen entlang.

Wie weit kann der nächste Bahnhof entfernt sein? Zwei, drei, höchstens fünf Kilometer. Lieber bleibe ich in Bewegung, anstatt hier verrückt zu werden. Vielleicht finde ich unterwegs eine Bäckerei. Vielleicht einen Kiosk, eine eiskalte Cola. Die Vorstellung treibt mich an, auf einem schmalen Weg gehe ich immer am Bahndamm entlang. Ich bin mir zu 90 Prozent sicher, dass ich in die richtige Richtung gehe.

Draußen

Ich bin inzwischen schon eine ganze Strecke gegangen und meine Laune hat sich erheblich gebessert. Ich habe nie verstanden, was die Leute mit »einfach mal rauskommen« oder »in der Natur Energie tanken« gemeint haben. Aber jetzt, während ich im Halbschatten der Baumkronen entlangschlendere, bekomme ich eine ungefähre Ahnung von dem, was die Leute an diesem merkwürdigen »Draußen« so toll finden. Ab und zu flattert ein Schmetterling vorbei, die Vögel zwitschern und sogar beim Pinkeln hinter einem Baumstamm bin ich ungestört. Würde ich mir richtig Zeit nehmen, könnte ich den Ausflug sogar genießen: Landpartie nach Horrornacht. Von Wölfen verschont, von Schmetterlingen umflattert. Unterwegs in der Natur, so wie Gott und das Forstamt sie geschaffen haben. Der Weg ist das Ziel, jedenfalls so lange, bis die Stadt in Sicht ist.

Aber ich habe keine Zeit. Jede Minute, die ich vertrödele, verbringt Fein in ihrem Schneewittchenbett im Krankenhaus. Und selbst wenn sie bloß in ihren Träumen von dem Jungen mit dem irren Blick und dem alten Gewehr geplagt wird, ist jede Minute eine Minute zu viel. Ich gehe also schneller. Noch habe ich keine Blasen an den Füßen, aber ich weiß schon genau, wo sie entstehen werden. Als ich gerade überlege, ob ich mir nicht doch eine Pause gönnen sollte, komme ich an einer Pferdekoppel vorbei. Obwohl Pferdekoppel vielleicht ein wenig übertrieben ist, es handelt sich nämlich nur um eine kleine Wiese am Wegrand, auf der ein einziges Pferd steht. Es steht unter einem Apfelbaum und glotzt mich an, eines dieser grauen Exemplare, mit weißen Flecken auf dem Hintern. Wahrscheinlich gibt es einen speziellen Namen dafür, so etwas wie Rappel oder Schimmel, nur eben in Grau. Heißt es überhaupt Rappel? Ich war nie eines von den Mädchen, die sich für Pferde interessiert haben. Im Gegenteil: Pferde haben mir immer Angst gemacht. Viel zu große, viel zu unberechenbare Wesen. Ein Kamel wäre mir lieber gewesen. Ich weiß, dass auch Kamele beißen können, aber ein Kamel hat etwas Gemütliches an sich. Pferde sind immer irgendwie ... was hat Fein letztens gesagt? ... passiv-aggressiv. Dieses Pferd guckt mich allerdings eher passiv-passiv an. Aber das kann täuschen. Sobald es Anstalten macht, sich auf mich zuzubewegen, mache ich mich aus dem Staub. Um genau zu sein: jetzt. Denn der Gaul setzt sich in Bewegung und trabt genau in meine Richtung.

Um ehrlich zu sein, ist es eher ein Schlendern. Ein irgendwie kameliges, entspanntes, wüstenartiges Schlendern. Das Schlendern hat auf jeden Fall nichts Aggressives, nichts, was rechtfertigen würde, jetzt auf dem Absatz kehrtzumachen und die Flucht zu ergreifen. Wenn ich die Säbelzahntiger in der Finsternis überlebt habe, werde ich nicht bei Sonnenschein vor einem grauen Pferdchen weglaufen. Ich bleibe also, wo ich bin. Das Pferd bleibt knapp vor mir stehen und schnuppert an meinen waldnassen Klamotten. Das würde ich mir sonst von keinem gefallen lassen. Diese riesigen Nasenlöcher machen mir doch ein wenig Angst, aber ich sage mir, dass sie schließlich nur abchecken möchten, ob ich nicht vielleicht eine Möhre oder ein Zuckerstückchen irgendwo versteckt habe. Tut mir leid, Pferdchen. Habe ich nicht. Das Pferd kommt zu demselben Schluss, schnaubt einmal und macht jetzt etwas, mit dem ich überhaupt nicht gerechnet habe. Es legt sein langes, haariges Pferdekinn auf meine Schulter. Da stehe ich nun, Auge in Auge mit einem Pferd mitten auf der Wiese und rieche den würzigen, irgendwie lakritzartigen Geruch seines Fells. Der Gaul schließt die Augen und wackelt mit den Ohren. Hält er mich für eine Art Pferdeflüsterer? Ich bin das Gegenteil davon. Alles, was ich über Pferde weiß, stammt aus Serien, in denen die Helden mit furchtlosen Rössern in mörderische Schlachten reiten. Wer weiß, was passiert, wenn ich mich vom Acker machen sollte? Wenn ich die Schulter, auf der dieser inzwischen ziemlich schwere Pferdekopf liegt, wegdrehe? Möglicherweise ärgert sich der Gaul dann und beißt mir ins Ohr. Beißt mir mit seinen riesigen Zähnen das Ohr ab. Ich bin definitiv viel zu nah dran an diesen Zähnen. Deshalb bleibe ich erst einmal stehen. Mein Auge schaut in das große, runde Pferdeauge. Es ist wie bei diesem Spiel: Wer zuerst blinzelt, hat verloren. Allerdings blinzeln wir beide die ganze Zeit und das Spiel geht trotzdem weiter. Es kommt mir endlos vor.

Bis das Pferd ein Schnauben von sich gibt, à la: *So, jetzt kennen wir uns.* Es hebt den Kopf von meiner Schulter, trottet zurück zum Apfelbaum, bleibt daneben stehen und wirft mir einen auffordernden Blick zu. Was hat das Biest vor?

Erste Klasse

Ist es Zufall, dass das Pferdchen direkt neben einem Ast steht, von dem aus ich bequem auf seinen Rücken steigen könnte? Nein, Pferdchen, ich weiß, dass das kein Zufall ist. Kein Grund, so zu schnauben. Aber ich muss leider weiter. Es war schön mit dir, Pferdchen. Auf eine sehr schräge Art und Weise, aber ich habe etwas gelernt. Mach's gut, Gaul.

Ich ignoriere das, was meine Füße mir sagen, und gehe, so schnell ich kann, auf dem schmalen Pfad weiter, um etwas von der verlorenen Zeit wieder aufzuholen. Inzwischen muss ich nicht mehr raten, an welcher Stelle ich zuerst eine Blase bekommen werde. Sie sind alle da: linke Ferse, rechte Ferse, links vorne zwei, rechts vorne drei. Jeder Schritt tut weh, und es wird nicht besser. Müsste ich nicht längst schon zum nächsten Bahnhof gekommen sein? Kann es denn sein, dass es ein paar Kilometer außerhalb der Stadt nichts als Grünzeug gibt, nicht ein Dorf, nicht ein Haus, nicht einmal einen Wegweiser? Eben noch war ich mir zu 90 Prozent sicher, dass ich in die richtige Richtung gegangen bin. Jetzt nehme ich zu 60 Prozent an, dass es die falsche ist. Was, wenn mich jeder Schritt weiter von der Stadt wegbringt? Wo lande ich dann? Aber selbst wenn es die falsche Richtung ist, muss irgendwann ein Bahnhof auftauchen. Wenn es Schienen gibt, führen sie irgendwo hin. Also weiter.

Eine Viertelstunde später (ich vermute, dass es eine Viertelstunde ist, ohne Smartphone weiß ich nicht einmal das) habe ich jegliche

Draußen-Romantik über Bord geworfen. Ich wusste immer, warum mir Straßenbahnen, Taxis, Aufzüge, Rolltreppen und notfalls auch Fahrräder so gut gefallen. Sie bringen einen dahin, wo man hin möchte, ohne dass jeder Schritt schmerzt. So wie jetzt. Ich werde mich hinsetzen. Nur kurz ausruhen, einfach auf den Weg setzen, und dann gleich weitergehen.

Ich sitze also im Schneidersitz da, lasse den Kopf hängen und frage mich, ob ich jemals wieder aufstehen kann, als ich ein Schnauben hinter mir höre. Ich drehe mich um und sehe das Pferd, das ganz entspannt und seelenruhig auf mich zuzottelt. Es muss mir also den ganzen Weg hinterhergegangen sein. Ich hätte nie gedacht, dass ich so etwas einmal empfinden würde, aber ich freue mich, den Gaul zu sehen. Ich weiß nicht, was er vorhat, also bleibe ich erst einmal sitzen. Zu viel mehr bin ich auch nicht in der Lage. Er geht an mir vorbei, bleibt ein paar Schritte vor mir stehen und guckt über die Schulter. Er steht neben einem Baum, dessen Äste eine nahezu perfekte Leiter zu seinem Rücken bilden. Wieder bin ich sicher, dass das kein Zufall ist. Gut, Pferdchen, du hast gewonnen.

Ich stehe auf. Das hört sich einfach an, ist aber ziemlich mühsam. Wie eine alte Frau humpele ich die paar Schritte zum Pferd. So kann ich keine zehn Meter mehr gehen. Ich klettere die Äste hinauf, was viel weniger anstrengend als Gehen ist. Ich halte mich in den dicken Haaren der Pferdemähne fest und schwinge ein Bein über den breiten, grauen Rücken. Es ist vollbracht, ich sitze auf dem Pferd.

»Bitte zum nächsten Bahnhof, Pferdchen. Aber ohne mich abzuwerfen, wenn es geht.«

Pferdchen schnaubt und geht los. Schritt für Schritt, es wackelt nur ein bisschen. Das ist angenehmer als selber gehen. Viel angenehmer. Meine Beine entspannen sich. Meine Füße entspannen sich. Irgendwie schaffe ich es, Schuhe und Socken auszuziehen und sie vor mir auf dem Pferderücken abzulegen. Das angenehme Draußen-Feeling kommt langsam zurück. Ich sehe inzwischen auch wieder die Schmetterlinge, die durch die Blumenwiesen flattern. Der warme Wind arbeitet unermüdlich daran, meine Kleider zu trocknen. Die Welt ist gut, irgendwie. Nur ein Bahnhof taucht nicht auf.

»Weißt du was, Pferdchen? Eigentlich wollte ich den Regionalexpress in die Stadt nehmen. Aber wenn sie keinen Bahnhof bauen, ist die Bahn eben selber schuld. Wenn du nichts dagegen hast, reite ich mit dir bis in die Stadt. Mit dir ist es erste Klasse. Einverstanden?«

Das Pferdchen schnaubt und geht weiter.

»Gehen wir überhaupt in die richtige Richtung?«

Pferdchen sagt nichts dazu. Das werte ich mal als gutes Zeichen.

Kriegerin

Irgendwann taucht dann tatsächlich die Silhouette der Stadt am Horizont auf. Die ganze Zeit sind wir an den Gleisen entlanggegangen, das Pferdchen und ich. Wir haben keinen Bahnhof, keine Straße, keinen Menschen gesehen. Es muss mir irgendwie gelungen sein, eine längst stillgelegte Bahnstrecke zu finden. Eli unterwegs ohne Smartphone, die Garantie für eine Katastrophe. Aber jetzt sind wir fast da. Jetzt bin ich zu hundert Prozent sicher, dass es die richtige Richtung war. Der Fernsehturm glänzt im Sonnenlicht, ich kann das Vibrieren der Stadt fast schon spüren. Und ich werde barfuß auf einem Pferd ins Zentrum reiten. Nasses Mädchen mit Ameisen und Blättern im Haar auf einem Pferd an einer roten Ampel auf der Friedrichstraße? Fotos davon werden auf etlichen Magick-Accounts auftauchen. So viel zum Thema von István Korvusz nicht gefunden werden. Aber sei's drum. Noch bin ich nicht da. Vor uns liegt eine Wiese, die Heuschrecken zirpen, irgendeine Maschine in einer aufgegebenen Fabrik ein paar Hundert Meter weiter gibt noch ein leises Rattern oder Röcheln von sich. Die Wiese ist eingezäunt, aber der rostige Zaun ist an vielen Stellen eingerissen, sodass das Pferdchen bald durch das hohe Gras geht. Manche Halme sind so hoch, dass sie mich an den Füßen kitzeln. Wie viele Tiere kreuchen und fleuchen wohl in dieser Wiese herum? Es muss ein ganzes Universum sein. Eine eigene Welt, die sich nicht im Mindesten um uns schert.

In der Mitte der Wiese sehe ich etwas Merkwürdiges. Einen Tisch, der unter einem großen Strauch steht, einen Garderobentisch samt fleckigem Spiegel, wie aus einem alten Theater. Auf dem halb überwucherten Tisch stehen Gläser, Tuben und Tiegel.

»Halt mal an, Pferdchen«, murmele ich und tatsächlich bleibt es stehen. Kurz darauf höre ich etwas aus Richtung Pferdehintern ins Gras plumpsen, ich nehme an, das war der wahre Grund für die kleine Pause. Ich steige ab, indem ich mich vorsichtig von dem hohen Rücken rutschen lasse. Trotzdem falle ich rücklings ins Gras, und zwar an einer Stelle, an der die Brennesseln besonders gut gedeihen. Ich stapfe durch die viel zu hohe Wiese, die garantiert voller Zecken ist, zu dem Garderobentisch. In den Gläsern und Tuben ist Schminke, wahrscheinlich professionelle Theaterschminke, das Zeug sieht hochwertig aus, auch wenn keine Marken auf den Gefäßen zu sehen sind. Ich öffne ein paar von ihnen, bei den meisten ist der Inhalt eingetrocknet, aber einige scheinen noch in Ordnung zu sein. Ich biege ein paar Ranken zur Seite und öffne eine Schublade, in der ich Pinsel, Eyeliner, Lippenstifte, Mascara und alles, was man sonst noch so braucht, finde. Ich betrachte mich in dem fleckigen Spiegel. Ich sehe aus wie eine Wasserleiche. Hätte es nicht irgendwann aufgehört zu regnen, wäre ich jetzt auch tatsächlich eine. Ich öffne einen Lippenstift und beginne, ein wenig damit herumzuspielen. Ein guter Lippenstift ist immer wie ein guter Freund. Dieser hier ist sehr gut. Und wenn ich einmal in Fahrt bin, bin ich nicht mehr so leicht zu stoppen. Hier ist Persona mit einem ihrer Make-up-Tutorials, und auch wenn mir die Käfer über die Knie krabbeln und wahrscheinlich schon zehn Zecken an meinen Zehen saugen: Gib ihr die Tools, die sie braucht, und Persona verwandelt sich innerhalb von Minuten von einer Wasserleiche in einen Vamp. Dieses Make-up ist hervorragend. Besser als alles, was ich zu Hause habe. Was ich hier auftrage, ist mehr als pure Aufhübschung. Es ist eine Kriegsbemalung. Der Kerl mit der Muskete soll nicht denken, er sei der einzige Indianer hier. Als ich fertig bin, betrachte ich mich in dem fleckigen Spiegel und stelle fest, dass ich gut aussehe. Verdammt gut.

Ich stapfe zurück zu dem Pferd, das brav auf mich gewartet hat, kralle meine Hände in seine Mähne und schaffe es irgendwie, auf seinen Rücken zu kraxeln. Ich habe einen Entschluss gefasst. »Auf geht's, Pferdchen«, sage ich, während ich durch die dichte, graue Mähne wuschele, »die Dusche kann warten. Wir reiten zu den Korvusz-Maschinenwerken. Ich zeige dir, wo es langgeht.«

Das Pferdchen trabt los.

Ich recke eine Faust in die Luft. »István Korvusz! Hier kommt eine Kriegerin. Und sie wird dir ein Angebot machen, das du nicht ablehnen kannst.«

Teil 5

Josefine

Niemand

Eine weiße Kreidezahl auf dem dunkelroten Boden:

1

Und ich begreife.

Eins
One
Number One
No. One
No-one
Niemand.

Number One, der Supercomputer, den István Korvusz als Herz und Hirn von Magick bezeichnet hat, ist Niemand. Wie Robin Gutfreund schon gesagt hatte: Ein wild gewordener Algorithmus will diese Stadt übernehmen. Aber so geht das nicht. Die Niemandsstadt gehört niemandem, und nicht No. One.

Maschinenträume

»Magie«, sagt Robin Gutfreund, während ich die Zahl auf dem Boden anstarre, »ist so etwas wie Luft, Wasser oder Licht. Eine Ressource. Wenn man sie irgendwo wegnimmt, fehlt sie dort, wo sie ursprünglich war. Wie ein See, den man ausleert, und der sich dann in eine Wüste verwandelt. Irgendwer gießt dann mit dem Wasser seine Narzissen, während woanders ausgetrocknete Fische auf fahler Erde liegen. Wenn man eine Kerze aus einem Raum trägt, ist der Raum dunkel. Luft, die ich einmal geatmet habe, kann ich nicht noch einmal atmen. Verstehst du, Josef, Fine, Finchen, Fein? Magie gab es zu Anfang auf beiden Seiten gleich viel. Auf allen Seiten, nebenbei bemerkt.«

»Was?«, unterbreche ich. »Es gibt noch mehr?«

»Natürlich«, sagt er ungeduldig, »acht insgesamt, die sind angeordnet wie die Seiten eines achtseitigen Würfels, eines Oktaeders, zwei mit den Basen verbundene Pyramiden. Alles hat sich aufgespalten, früher war das alles eins, da war es noch nicht so kompliziert. Aber du lenkst ab, Josef. Also: Es gab Magie, hüben wie drüben. Hier haben wir die Magie schonend benutzt, wir haben dafür gesorgt, dass durch starke Träume, durch magisches Denken immer genug davon im Umlauf war. Nachhaltige Magiewirtschaft. Auf eurer Seite haben sie Raubbau betrieben. Magie verpulvert, ohne an sie zu glauben. Sogar den Kindern habt ihr ausgetrieben, an Magie zu glauben. Magisches Denken? Nur etwas für Dreijährige. Es ist die reine Unvernunft. Mein Punkt ist: Auf eurer Seite wurde die Magie nach und nach durch etwas Neues ersetzt: Technik. Mit demselben Wunderglauben, den sie früher für die Magie reserviert hatten, glaubten die Leute jetzt an Dampfmaschinen, Luftschiffe und Granatwerfer. Und die Technik lieferte ja auch: Plötzlich konnte man um die ganze Welt reisen, durch die Luft fliegen und tausend Menschen auf einen Schlag umbringen. Es war wie Magie! Aber eben nur *wie* Magie, und nicht der richtige Stoff, oder? Heute, mit euren smarten Telefonen, Uhren, Armbändern, interaktiven Implantaten und Maschinen, die eure Hirne und Herzen lesen können, ist die Technik fast so weit, wie die Magie schon vor zehntausend Jahren war. Aber eben nur fast. Und so wie junge Dämonen, denen man in den ersten zweitausend Jahren ihrer Kindheit keine guten Manieren beigebracht hat, beginnt die Technik sich selbstständig zu machen. Geht dorthin, wo sie nicht hingehört. Eure Algorithmen haben nämlich kein Problem damit, an Magie zu glauben. Eure Milliardäre in den Tech-Firmen übrigens auch nicht. Und die Bots haben den Weg hierhin gefunden. Wir hätten das nie gedacht, denn wo die Magie herrscht, funktioniert die Technik nicht. Der Übergang auf diese Seite war bislang nur Menschen wie dir möglich. Besuchern. Träumern.«

Ich schweige eine Weile. Wir alle schweigen, bis ich die Frage stelle, die immer deutlicher auf die Innenseite meines Kopfes klopft: »Heißt das, dass die Maschinen gelernt haben zu träumen?«

Dodo & Quagga

Ein gezackter Riss zeigt sich auf dem Boden. James springt auf, packt meine Hand und zieht mich in Richtung Tür. »Der Raum ist nicht mehr stabil. Wir müssen raus.«

Wir schaffen es gerade noch durch die Tür, bevor der Kellerraum gewissermaßen auseinanderbricht und zerbröselt. Borgesius wird in einem Augenzwinkern zum Rotkehlchen, das zwischen unseren Köpfen hindurchflattert. Wir rasen die Treppe hinauf, jede Stufe zerfällt, nachdem wir auf sie getreten sind. Was ist jetzt hinter uns? Erde? Trümmer? Ich wage nicht, mich umzudrehen. An James' Hand fliege ich die Treppe geradezu hinauf. Er wirft sich mit seinem ganzen Gewicht gegen die Tür am oberen Treppenabsatz, sie bricht krachend auf, wir stolpern heraus und landen auf dem Boden. Verschwunden ist das Plakat mit Elis Lippen, verschwunden sind die Gänge und Geschäfte des Einkaufszentrums. Wir sind, wieder einmal, auf einem weiten, weißen Feld. Auch die Tür hinter uns ist nicht mehr da. Alles hier wurde gelöscht, ausradiert, mit Nullen überschrieben. Niemandes Drachen haben ganze Arbeit geleistet. Wir rappeln uns auf und gehen los, James scheint wieder den richtigen Weg zu kennen. Robin Gutfreund setzt sich auf meine Schulter, wie es ein zahmer Wellensittich tun würde. Es dauert nicht lange, bis er wieder anfängt zu zwitschern.

»Du fragst, ob die Maschinen gelernt haben zu träumen, Josefine? Die Menschen haben es ja fast *ver*lernt. Wer träumen möchte, muss seinem Gehirn ein wenig Leerlauf gönnen. Einfach einmal blöd aus dem Fenster gucken. Oder im Gras liegen und in die Wolken schauen. Oder eine alte Ziegelmauer anstarren, bis man darin Gesichter, Landschaften, ganze Welten sieht. Aber wer macht das schon noch? Jede freie Sekunde wird den Maschinen gewidmet. An der Bushaltestelle, auf dem Klo, auf dem Bürgersteig: Es wird in den Bildschirm geglotzt. Das Gehirn wird auf Trab gehalten. Die Langeweile ist ausgestorben wie der Dodo und das Quagga. Dabei ist das eine schöne Eigenschaft: sich langweilen können. Die Weile lang machen. Die Zeit dehnen. Das können die Maschinen nicht. Sie können nur zerstückeln, die Zeit in so viele kleine Stückchen zerhacken, dass nichts davon übrig bleibt. Ein Zeitschnipsel hier, ein Zeitschnipsel da. Weg ist der Tag. Weg ist die Woche. Weg ist das Jahr. Weg sind die Träume. Wer träumt die Träume jetzt, wenn es die Leute von deiner Seite nicht mehr machen? Wir können ja schließlich nicht alles erledigen, oder? Träumt Niemand? Hat er sich die Drachen, die unsere Stadt auslöschen, erträumt? Was denkst du, Finchen?«

Um ehrlich zu sein, weiß ich nicht, was ich denken soll. Was weiß ich von Maschinen? Robin sollte Eli fragen. Sie hätte ganz bestimmt eine Meinung zu alldem. Ich weiß nur, dass ich allmählich wieder nach Hause will. So lange wie jetzt war ich noch nie drüben. Bin ich etwa in der Badewanne eingeschlafen? Dann sollte ich lieber aufwachen, denn das kann gefährlich werden. Was für eine Idee, am heißesten Tag des Jahres ein Bad zu nehmen. *In der Badestube ward ein Höllenfeuer angemacht, da musste die schöne Königin ersticken.*

Märchen sind keine Geschichten. Märchen sind Reportagen.

»Du bist blass, Josefine«, sagt James.

»Ja«, murmele ich, »blass wie eine Wasserleiche. Was ich hoffentlich nicht bin.«

»Keine Angst. Wäre dir auf deiner Seite etwas geschehen, würde dich das hier auch betreffen.«

»Und wenn mir hier etwas passiert?«

»Dann ist es genau ... andersherum.«

Gut. Ich bin also weder auf meiner Seite in der Badewanne ertrunken, noch auf dieser Seite von Niemandes Drachen mit Nullen überschrieben worden. Noch nicht. Aber ich brauche bald eine Pause.

»Wir sind fast da, Fein«, zwitschert Robin mir ins Ohr. »Wir sind fast da.«

Schön zu hören. Wenn ich nur wüsste, was mit *da* gemeint ist.

Die Tür

Nach einer Weile zeigen sich die Schemen, die ich schon kenne. Die Bäume mit den kahlen Ästen, die gedrungenen Objekte, die reglose, menschliche Gestalt. Egal, wo sich eines der weißen Felder befindet – offenbar landet man immer in einem Park, wenn man es verlässt. Wieder gehen wir stumm zwischen den Gräbern hindurch und kommen an der Bank vorbei, auf der ich so viele Male mit Eli gesessen habe. Als wir auf der Höhe der schwarzen Dame sind, zwinkert mir die Statue heimlich zu. Schön, dass wenigstens eine ihren Humor noch nicht verloren hat.

»Henriette!«, ruft Robin. »Los geht's zur Versammlung. Und sag den anderen Bescheid. Hopp, hopp, wir haben nicht einmal vier mal vier Minuten.«

Die Statue streckt ihre Glieder, hüpft etwas steif von ihrem Sockel, steckt sich die Schreibfeder hinter ein Ohr und stapft uns nach, wobei sie sich allerdings noch die Zeit nimmt, am Wegrand ein paar Blumen zu pflücken.

»Eine Stadt voller Trödler«, piept es auf meiner Schulter, »kein Wunder, dass hier nie etwas fertig wird. Ich muss los und ein paar Leute zusammentrommeln, aber James weiß ja, wohin es geht. Ihr seid sowieso bald da. Bis gleich, Sterbliche.«

»Aber wo ist *da*?«

Anstatt einer Antwort flattert Robin los und ist bald zwischen den Baumkronen verschwunden. Ich werfe einen fragenden Blick zu James herüber. »Wo verdammt noch mal ist *da*?«

James grinst mich etwas verlegen an. »Es ist ein Ort, der dir bekannt vorkommen wird. Und auch wieder nicht. Im Übrigen ist er geheim, deswegen werden wir ein paar Haken schlagen. Und ich werde den Namen, der zu dem Ort gehört, nicht laut aussprechen. Tut mir leid, Josefine. Crowbots könnten überall sein.«

James schaut sich im Park um, tatsächlich sehe ich ein paar Nebelkrähen, die in einiger Entfernung auf einem Zaun sitzen und in dem Moment, in dem ich sie entdecke, krächzend losflattern.

Ich gehe also weiter neben James her, ohne zu wissen, wohin, wie lang und warum. Ich sehne mich jetzt schon zurück zu meinen ersten Tagen in der Niemandsstadt, als ich einfach planlos herumflaniert bin. Irgendwie scheint diese Zeit sehr unschuldig und sehr weit weg zu sein.

Wir verlassen den Park und gehen durch Straßen, die mir bekannt und auch wieder völlig fremd vorkommen, wie es drüben eben so ist. Immer wieder hasten Stadtbewohner an uns vorbei, grummelnd vor sich hin fluchende Kobolde, hastig flatternde Feen, eine Gruppe Gartenzwerge, die eine krümelige Lehmspur auf den schwimmenden Bürgersteigplatten hinterlässt. Sie alle scheinen dasselbe Ziel zu haben. Und tatsächlich biegen wir nach zahlreichen Umwegen um eine Ecke und stehen plötzlich vor einer Tür, die ich drüben so lange gesucht, aber nie gefunden habe. Es ist die Ladentür des Stanislaus. James nickt mir zu.

»Hier?«, frage ich.

»Genau hier.«

James drückt die Tür auf und ich folge ihm. Ja, das ist der gute, alte Stanislaus. Und auch wieder überhaupt nicht. Der Anblick, der sich mir bietet, raubt mir den Atem.

Bär & Drache

Natürlich ist es Stanislaus. Aber es ist nicht das winzige Ladenlokal, in dem sich vorne die Tassen, Postkarten, Umhängetaschen, Handyhüllen und Selfiesticks stapeln, während die paar ungelesenen Bücher auf den hinteren Regalen ihr trostloses, staubiges Dasein fristen. Dieser Stanislaus hier ist ganz anders. Ich trete in einen hohen, kuppelartigen Raum, den man hinter der kleinen Ladentür niemals erwarten würde. Bücherregale aus dunkel glänzendem Holz bedecken jeden Zentimeter Wand. Sie winden sich sogar durch irgendeine trickreiche Schreinerarbeit bis in die gebogene Kuppel, an deren Spitze ein gewölbtes Fenster den Blick auf die vorüberziehenden Wolken freigibt. Die Bücher im oberen Bereich der Kuppel sollten eigentlich aus dem Regal fallen. Tun sie aber nicht. Auch der Boden besteht aus dunklem Holz. Das Licht, das durch das Kuppelfenster fällt, wird durch matt schimmernde, antike Lampen auf kunstvoll verzierten Bronzeständern ergänzt. Nur ganz hinten, verloren im Halbdunkel, erkenne ich ein paar Frühstücksbrettchen und bedruckte Jutebeutel. Dieser Laden ist wie ein Traumgespinst, eine Vision, die meine Eltern vielleicht einmal gehabt, inzwischen aber längst vergessen haben.

Wie bei einer der kärglichen Dichterlesungen im alten Stanislaus sind Stühle im Halbkreis aufgestellt. In der Mitte des Halbkreises befindet sich ein Pult. Doch anstatt der quietschenden Klappstühle aus der Resterampe des Möbelladens und des wackligen Stehpults, das Papa einmal im Sperrmüll gefunden hatte, gibt es hier mit feinsten Schnitzereien verzierte Stühle. Das Rednerpult ist eine Skulptur: Ein Bär und ein Drache, so ineinander verschlungen, dass sie fast zu einem Wesen werden. Und anders als die Dichterlesungen im Stanislaus ist diese Veranstaltung gut besucht. Fast alle Stühle sind besetzt und ständig strömen neue Wesen durch die Tür. Es sind alle Arten der Bewohner der Niemandsstadt dabei: Kobolde und Feen, Vampire und Elfen, winzige Zwergdämonen, die zu zehnt auf einen Stuhl passen, riesige Trolle, die aussehen, als würden sie auf Kindergartenstühlen hocken, Wesen mit und ohne Flügel, geschuppte, mit Fell bedeckte oder in wallende Kleider gewickelte Geschöpfe, es wird immer voller und diejenigen, die keinen Platz mehr bekommen, quetschen sich hinter die letzte Stuhlreihe. Stadtbewohner, die gut klettern oder fliegen können, nutzen die Regale als Sitzgelegenheit und so sitzen Feen, Flugkatzen und kleinere Vampire zwischen den Büchern über uns. Auch einige Nebelkrähen sind dort oben, beobachten den Saal mit ihren kohlschwarz glänzenden Augen und ihrem besserwisserischen Ausdruck um den Schnabel.

Wie es in der Niemandsstadt üblich ist, schnattern alle in ziemlicher Lautstärke durcheinander. James und ich haben gerade noch einen Platz in der dritten Reihe ergattern können. Henriette, die kurz nach uns durch die Tür getreten ist, stellt sich am Rand des Halbkreises auf und nimmt sofort die Haltung ein, die sie auch im Park hat: Die rechte Hand mit der Schreibfeder erhoben, den Kopf leicht schräg gelegt. Sie ist übrigens nicht die einzige lebende Statue im Raum, es gibt außer ihr noch Wasserspeier, diverse kleinere Tischfiguren, Porzellanpuppen und sogar ein steinernes Reiterstandbild samt Pferd im Eingangsbereich des Ladens. Es ist kaum zu glauben, wie geräumig Stanislaus plötzlich geworden ist. Ab und zu gibt es ein großes Hallo, wenn sich Wesen treffen, die sich wohl längere Zeit nicht gesehen und eine Menge zu erzählen haben. Insgesamt ist die Stimmung ziemlich heiter, erst recht wenn man bedenkt, dass die Stadt offenbar kurz davor ist, mit Nullen überschrieben und ausgelöscht zu werden. Aber das ist eben auch, was mir an der Niemandsstadt immer so gut gefallen hat: Es wird gekratzt, gebissen und ab und zu auch Feuer gespuckt. Aber gejammert wird so gut wie nie. Auf meiner Seite ist es genau andersherum.

Das Getuschel und Getratsche um mich herum ebbt nach und nach ab, es kann nicht mehr lange dauern, bis die Versammlung beginnt.

Und tatsächlich: Als sich gerade ein ziemlich moppeliger Zyklop gebückt durch die Eingangstür quetscht, flattert Robin mit einem gewagten Flugmanöver unter seiner beachtlich haarigen Achselhöhle hindurch, gleitet über die Köpfe der Anwesenden bis zum Rednerpult, setzt sich dort auf die erhobene Bärenpranke und zwitschert mit erstaunlich lauter Stimme los. »Bürgerinnen und Bürger dieser Stadt. Ich bitte um Ruhe. Die Versammlung ist eröffnet.«

Dinger

Es ist schon bemerkenswert zu sehen, wie ein ganzer Saal voller magischer Kreaturen, von denen die allermeisten in die Kategorie »wilde Kerle« fallen (und damit sind nicht nur die Kerle gemeint), schlagartig ruhig wird, sobald das winzige Rotkehlchen auf dem Rednerpult anfängt zu tschilpen.

»Ich freue mich«, beginnt Robin Gutfreund, »dass so viele von euch gekommen sind. Es geht diesmal nicht um liegen gebliebenen Feenstaub auf den Bürgersteigen, von Trollen verknotete Straßenlaternen, Erziehungsrichtlinien für Babydämonen mit Wutanfällen oder ähnlichen Mist. Es geht um etwas durchaus Ernstes. Mit Ernst kann ich leider genauso wenig anfangen, wie etwa eine Goldelfe mit einer Schüssel Trollgrütze. Deshalb übergebe ich das Wort gleich an Dr. Baumsteiger von der KRÖTE. Er wird euch eine Einschätzung der aktuellen Gefährdungslage geben.«

Robin flattert auf ein Bücherregal in der Nähe, während sich ein schwerfälliges Froschwesen in Anzug und Krawatte schnaufend durch die Zuhörer nach vorne quetscht. Ich bin mir so gut wie sicher, dass es derselbe Froschmann ist, den wir schon im Café gesehen haben. Aber dann bemerke ich, dass ziemlich viele dieser Froschmänner, alle in ähnlichen dunklen Anzügen und Krawatten, im ganzen Raum verteilt sind. Plötzlich bin ich mir nicht mehr so sicher.

»Wieso denn Kröte?«, flüstere ich James zu. »Der sieht doch eher aus wie ein Frosch.«

»Das steht für *Kanzlei zur Rettung Öffentlicher Transzendenz-Einheiten*«, wispert er zurück. »Das ist ein Juristenverein, der sich für ziemlich wichtig hält.«

Die meisten Zuhörer scheinen diese Ansicht zu teilen, es wird auf jeden Fall ziemlich viel getuschelt, bei ein paar Werwölfen sträubt sich das Fell und der mollige Zyklop verdreht theatralisch sein einziges Auge. Ein strenger Blick von Dr. Baumsteiger sorgt dafür, dass wieder Ruhe herrscht.

»Der letzte Angriff von Niemandes Drachen war der verheerendste seit Wochen«, beginnt der Froschmann in kehlig quakender Stimme. »Unsere magischen Barrieren sind so gut wie wirkungslos geworden. Crowbots kommen ungehindert von der anderen Seite und spionieren uns aus. Während wir fast keine Möglichkeit mehr haben, auf der anderen Seite magisch aktiv zu werden, nehmen die KOMA-Aktivitäten sowohl dort drüben, als auch bei uns täglich zu.«

James beugt sich zu mir und flüstert direkt in mein Ohr: »KOMA steht für *Kopierte Magie*. Smartphones und solche Sachen.«

»Danke«, wispere ich zurück, auch wenn ich damit im Moment nicht besonders viel anfangen kann. Dr. Baumsteiger holt währenddessen eine der magischen Glaskugeln aus einem Jutebeutel, hält sie in einer flossenhaften Hand vor sich und macht mit der anderen ein paar zackige Bewegungen. Ähnlich wie ein Projektor oder Beamer sendet die Kugel Licht aus, vor dem Pult entsteht eine dreidimensionale, ein wenig transparent schimmernde Stadt im Miniaturformat. Sie sieht unglaublich echt aus, die Kugel des Fernsehturms blitzt im Licht der sieben Sonnen, die als dreidimensionale Projektionen ebenfalls hoch oben in der Kuppel des Saals zu sehen sind, Wolken ziehen über die Häuser, in den Straßen wimmeln winzige Wesen herum. Es ist ähnlich wie das 3-D-Hologramm, das István Korvusz in unserer Schulaula gezeigt hat, nur scheint die Technologie, die Korvusz benutzt hat, im Vergleich hierzu ein paar Tausend Jahre hinterherzuhinken. Ich betrachte die winzige Stadt, dann höre ich ganz leise, so leise, dass ich nicht sicher bin, ob es nicht vielleicht nur in meinem Kopf existiert, das *piep, piep, piep*, das mich schon eine ganze Weile begleitet. Wie aus dem Nichts erscheinen plötzlich sechs oder sieben – wie soll ich sie nennen? – *Dinger* zwischen den Wolken. Es könnten Düsenjäger sein, oder Raumschiffe aus irgendeinem Computerspiel. Gleichzeitig schlagen diese Dinger aber mit den Flügeln, ihre Rümpfe bewegen sich wie Körper und dort, wo man ein verglastes Cockpit erwarten würde, haben sie schwarz glänzende, intelligente Augen. In dieser holografischen Aufnahme sehen sie wie Spielzeuge aus, aber wenn ich sie mir im Vergleich zu den Häusern ansehe, müssen sie in Wirklichkeit ziemlich groß sein. Sie kreisen eine Weile über der Stadt, scheinen schließlich eine Entscheidung getroffen zu haben und lassen sich wie Falken mit angelegten Flügeln im Sturzflug nach unten fallen. Jetzt erkenne ich auch ihr Ziel. Es ist das klobige Einkaufszentrum, aus dem die Klamotten stammen, die ich in diesem Augenblick trage. Die merkwürdigen Dinger klappen ihre Mäuler (wenn man es so nennen kann) auf und Strahlen kalten, blauen Feuers schießen auf das Gebäude herunter.

Es schwang sich auf,
ein Vogel,
hielt den Flug,
ein rascher reiner Schrei,
aufsteigendes Silberrund

Die getroffenen Stellen beginnen sofort auseinanderzufallen, zu zerbröseln, werden zu weißen Flecken. Sie werden ausgelöscht. Das waren die Faustschläge, die ich dort drinnen, in der Umkleide, wahrgenommen hatte. Das, was wir hier sehen, muss eine Aufnahme sein. Irgendwo in diesem Kasten, der von den *Dingern* angegriffen wird, stecken James und ich. Mein Mund wird trocken. Erst jetzt, wo ich begreife, wie es über mir aussah, als ich in dem weißen Keller saß, wird mir bewusst, wie knapp wir mit dem Leben davongekommen sind.

Kaltes Feuer

Die Flugwesen steigen, ziehen einen Kreis, stürzen sich wieder nach unten und erneut brennt das kalte blaue Feuer auf die Miniaturstadt herab.

Der Froschmann macht eine Hand- oder Flossenbewegung, und die Aufnahme friert ein. »Schauen wir uns einmal genauer an, was hier passiert.«

Dr. Baumsteiger zoomt eines der *Dinger* heran. Jetzt lässt sich genau erkennen, dass sie aus Metall bestehen, man sieht die Nieten, mit denen die Stahlplatten aneinander befestigt sind, es gibt Düsen, Ruder, pneumatische Kolben. Und doch wölbt sich das Metall, als wären Muskeln darunter. Der Hals des Wesens, wenn man von einem Hals sprechen kann, ist nach vorne gereckt. Und in den Augen glimmt so etwas wie teuflische Freude an der Zerstörung.

Dr. Baumsteiger zoomt den Feuerstrahl näher heran, der jetzt wie auf einem alten Ölgemälde bewegungslos und doch grausam realistisch wirkt. Er vergrößert das blaue Feuer so stark, dass ein kleiner Ausschnitt bald die ganze Fläche vor dem Rednerpult einnimmt. In dieser Vergrößerung lässt sich erkennen, dass das kalte Feuer in Wirklichkeit aus lauter winzig kleinen Nullen besteht. In der Mitte des Feuerstrahls findet sich jedoch etwas wie ein hauchdünner, golden glänzender Faden. Der Froschmann deutet auf die Nullen.

»Das ist das Übliche. Digitale Gleichmacherei. Verwandelt magische Gebilde der Fantasie in eine leere Ödnis.«

»Magisches Gebilde der Fantasie?«, wirft der Zyklop ein. »Das Einkaufszentrum? Im Ernst?«

»Zugegeben, Brontes, es ist der unmagischste Ort in der ganzen Stadt«, antwortet ihm Dr. Baumsteiger. »Aber genau darum haben die Angreifer es ausgewählt. Wenig magischer Widerstand. Ein weiches Ziel. Nun schaut euch das an.«

Er vergrößert den hauchdünnen Goldfaden in der Mitte des Feuerstrahls. »Das ist pure magische Essenz. Diese Angreifer zerstören nicht nur. Sie saugen die Magie aus dieser Stadt heraus. Und das ist der Grund, aus dem wir *jetzt* etwas unternehmen müssen.«

Das Froschwesen schließt die flossenhafte Hand zu einer Faust, die Kugel erlischt und die Projektion verschwindet.

Während es schwerfällig wieder zu seinem Platz schlurft, flattert Robin Gutfreund zurück auf das Rednerpult. »Ich darf sie beruhigen, Dr. Baumsteiger. Wir haben bereits etwas unternommen. James – zeig uns doch, was du von deinem Ausflug in die Jenseitsstadt mitgebracht hast.«

James zerrt mich geradezu nach vorne, und ehe ich mich versehe, stehe ich mit ihm hinter der Skulptur von Bär und Drache und blinzele in die vielen Augenpaare (das stimmt nicht ganz, denn einige der Anwesenden haben nur ein einziges oder aber mehr als zwei Augen), und alle Blicke aus diesen vielen Augen sind auf mich gerichtet. Ich weiß nicht ganz, was ich darin lesen kann. Neugier? Aufgeschlossenheit? Skepsis? Verachtung? Wahrscheinlich von allem ein bisschen. Das überrascht mich, denn bislang hat mich in diesem *Hier*, das für mich immer das *Drüben* war, niemand als Fremde angesehen. Jetzt aber ist es überdeutlich, dass ich diejenige bin, die hier nicht hingehört. Oder bilde ich mir das nur ein?

»Sie ist eine Besucherin«, tuschelt eine Fee von einem der höheren Bücherregale, und das Wort *Besucherin* springt wie ein Tischtennisball von Regal zu Regal durch den Raum, es wird mal etwas lauter, mal etwas leiser, manchmal fast unhörbar getuschelt, bis James seine immer noch heisere Stimme erhebt.

»Ja, Josefine ist eine Besucherin. Aber sie ist nicht nur irgendeine Besucherin. Sie ist *die* Besucherin. Die einzige Besucherin in unserer Stadt. Schaut euch doch um. Schaut euch diesen Laden an.«

Die Wesen sehen sich tatsächlich um und scheinen zum ersten Mal zu bemerken, wo sie eigentlich sind.

»Ganz hübsch«, murmelt die Fee, die vorher schon als Erste losgetuschelt hatte.

»Dieses Geschäft befindet sich in Josefines Kopf. Wir alle befinden uns zu großen Teilen in Josefines Kopf. Unsere ganze Stadt ist in ihrem Kopf. Ich hoffe also, euch ist klar, was es bedeutet, dass ich sie hierher geholt habe. Josefine ist diesmal nicht als Besucherin hier. Sie ist als *Gerufene* bei uns.«

In diesem Augenblick wird es mir zu bunt und ich muss James unterbrechen. »James, was soll das heißen: Ihr alle befindet euch in meinem Kopf?«

Die Frage ist offenbar ziemlich lustig, denn die Zuhörenden kichern, manche lachen sogar laut und schamlos. James macht eine Handbewegung, die den ganzen Raum einschließt. »Wo sind wir hier?«

»Im Stanislaus. Aber natürlich nicht dem gleichen wie …«

»Natürlich ist es nicht der gleiche wie auf der anderen Seite. Es ist ein erträumter Stanislaus. Ein von *dir* erträumter, Josefine. Diese Stadt, unsere Seite, besteht aus dem, was man Träume nennt, weil wir kein besseres Wort dafür haben. Es sind Träume, die vor langer Zeit geträumt wurden, Träume, die die Menschen immer wieder träumen, aber vor allem sind es die Träume der Besucher. Deshalb sieht diese Stadt so aus, wie sie aussieht. Weil es *deine* Stadt ist, Josefine. Deine und die von allen, die auf deiner Seite träumen und je geträumt haben.«

Ich versuche, das zu verstehen. Ich schaue in die Augen der merkwürdigen Wesen vor mir, die mich plötzlich mit ziemlichem Ernst ansehen. Die alle sollen aus meinem Kopf kommen? Ich, die *Besucherin*, schaffe durch meine Träume einen großen Teil der Stadt, die ich besuche. Ist das wie ein Kuchen, den man backt, indem man ihn isst?

Alles, was ich mir zu dieser Welt zusammengereimt habe, ist wohl auf gewisse Weise wahr. Aber je mehr ich weiß, desto weniger begreife ich. Vielleicht muss ich das auch nicht. Was ich verstehe: Diese Wesen, dieser Raum, diese Stadt, die Träume in meinem Kopf sind in Gefahr. James ist in Gefahr. Ich selbst bin in Gefahr. Bedroht von mechanischen Drachen, von spionierenden Crowbots, von Magie-saugenden, vielleicht träumenden Maschinen. Und ich wurde geholt, *gerufen*, um diesen Wesen aus der Patsche zu helfen. Aber wie?

Mein Wunsch

Ich habe nicht bemerkt, dass mich alle gespannt ansehen, während mir diese verwirrenden Gedanken durch den Kopf rasen. Jetzt warten sie anscheinend darauf, dass ich etwas sage.

»Ich möchte«, beginne ich und muss mich räuspern, so trocken ist mein Mund, »ich möchte euch helfen.«

»Ist das wirklich dein Wunsch?«, fragt Robin Gutfreund.

»Ja. Das ist mein Wunsch.«

»Und du weißt, welche Folgen das für dich haben kann?«

Ich weiß es nicht. Aber ich ahne es. »Dass ich nicht mehr dahin zurückkehren kann, von wo ich gekommen bin?«

Robin nickt. Die anderen starren mich an. Es ist totenstill im Stanislaus, bis auf das leise *piep, piep, piep*, an das ich mich so gewöhnt habe, dass ich es kaum noch höre. Wahrscheinlich existiert es nur in meinem Kopf, was auch immer das bedeutet in einer Welt, die ebenfalls zum Großteil nur in meinem Kopf existiert. Ich treffe meine Entscheidung.

»Ich werde euch helfen.«

Teil 6

Elisabeth

Brrrr

Das graue Pferdchen trabt über die Wiese, ich habe den Wind im Haar und die Sonne im Gesicht, am Horizont schimmert die Stadt. Ich komme mir vor wie in einer dieser kitschigen Vorabendserien im Fernsehen. Wer mich so sehen würde, würde nie vermuten, dass das Haar voller Ameisen, die Unterhose voller Lehm und das Pferd gestohlen sind. Und niemand würde die Panik in meinen Augen sehen, die sich in dem Moment einstellt, als ich bemerke, wie das Pferdchen auf den Zaun zutrabt, der die andere Seite der Wiese begrenzt. In diesem Abschnitt des Zauns gibt es keine Löcher oder offene Stellen. Trotzdem wird das Pferd nicht langsamer.

»Halt!«, rufe ich. Das scheint das Pferd aber nicht zu kapieren. Was sagt man da noch? »Brrrr! Stopp! Aus!«

Anstatt anzuhalten, wird es noch schneller. Ich rase auf dem Rücken eines galoppierenden Pferdes auf einen Stacheldrahtzaun zu. Wenn ich mich von seinem Rücken fallen lasse, breche ich mir das Genick. Wenn ich sitzen bleibe, lande ich als blutiges Bündel im Zaun. Was darf es denn heute sein, Eli? Pest oder Cholera? Eben noch bin ich mir vorgekommen wie eine Kriegerin. Jetzt möchte ich nur noch *Mama* schreien. In dem Moment, in dem ich das denke, tue ich es auch: »Mama!«

Aus dem Lauf heraus springt das Pferd. Es springt und segelt über den Stacheldrahtzaun. Ich könnte schwören, dass die ganze Welt in diesem Augenblick auf Zeitlupe geschaltet wurde. Das ist keine Vorabendserie, das ist ein verdammter Actionfilm.

Als das Pferdchen landet, kralle ich mich mit einer schwitzigen Hand in der Mähne fest, denn in der anderen halte ich immer noch Yais Dolch. Ich schaffe es gerade so, nicht herunterzufallen. Das Pferdchen scheint Gefallen an dem Tempo gefunden zu haben. Es galoppiert weiter, die Hufe donnern auf die Ackerkrumen, Lehmbrocken fliegen durch die Luft. Ich nehme alles zurück. Der Regionalexpress wäre mir doch lieber gewesen.

Nach ein paar Minuten gewöhne ich mich an das Tempo. Der Rücken des Pferdchens ist im Galopp sogar ruhiger, als wenn es trabt. Es mag unglaublich abgedroschen klingen, aber es ist ein bisschen, als könnte ich fliegen. Ich fliege über die Felder, den Wind wieder im Haar, die Sonne wieder im Gesicht, außerdem habe ich die Sonne im Rücken und über der Stadt geht gerade eine dritte Sonne unter. Moment, hier stimmt etwas nicht.

Doch bevor ich Zeit habe, darüber nachzudenken, sehe ich über der Stadt etwas, bei dem mir die Spucke wegbleibt.

Ich bin

Zwischen den Wolken, die tief und schwer über der Stadt hängen, erscheinen Flugzeuge. Oder so etwas Ähnliches wie Flugzeuge. Denn diese Flugzeuge schlagen mit den Flügeln, als seien sie Vögel oder Fledermäuse. Die Blechvögel ziehen Kreise. Ich bin noch ziemlich weit von der Stadt entfernt, ganz genau kann ich sie nicht erkennen. Sie fliegen viel tiefer, als Flugzeuge das normalerweise sollten. Aber sie sind viel, viel größer, als Vögel es sein sollten. Irgendwie geht etwas Bedrohliches von diesen Kreaturen aus, auch wenn sie bislang nichts getan haben, außer ihre Kreise zu ziehen. Sie sehen fast aus, als wären sie auf der Suche nach etwas. Wie riesige Falken, die versuchen, eine kleine graue Maus zu erspähen. Und tatsächlich scheinen sie ihre Maus gefunden zu haben. Sie legen die Flügel an. Sie stürzen auf die Stadt zu. Blaues Feuer schießt aus ihren Mäulern auf die Häuser herunter. Es ist so grell, dass ich die Augen zusammenkneifen muss. Ich höre ein dumpfes Grollen aus der Stadt. Irgendetwas Großes bricht da zusammen. Die gigantischen Falken schrauben sich in die Luft, legen die Flügel wieder an, stürzen sich in die Stadt, lassen ihre blauen Flammen tanzen. Diese Kreaturen sind keine Flugzeuge, es sind keine Falken. Es sind Drachen. Drachen aus Stahl.

Mir schwant, was hier los ist. Gleise ohne Bahnhof. Einsame Pferde. Mehrere Sonnen. Drachen aus Stahl. Blaues Feuer.

Ich bin nicht aufgewacht. Ich liege immer noch mitten in Brandenburg im Wald in einer Pfütze. Ich träume. Ich bin da, wo Fein ist.

In Wirklichkeit

Die Drachen aus Stahl sind genauso verschwunden, wie sie gekommen waren – als Phantome zwischen den Wolken.

Ich galoppiere noch immer wie ein Kitschfilm-Postergirl mit wehendem Haar, perfektem Make-up und nackten Füßen (wo sind eigentlich meine Schuhe abgeblieben?) auf die Stadt zu und bin fest entschlossen, Fein zu finden und sie dort rauszuholen. Wenn nicht bloß Indianerjungen mit Museumsmusketen, sondern auch noch riesige Blechdrachen hinter ihr her sind, wird es höchste Zeit. Ich spüre den Sog der Stadt und den Sog des Abenteuers. Ich spüre den Griff von Yais Dolch schwer und kühl in meiner Hand. Die Kriegerin ist wieder da.

Aber wahrscheinlich werde ich in *Wirklichkeit,* also in der Schlammpfütze im Wald, bald aufwachen. Zum Beispiel, weil mir eine Ameise in die Nase krabbelt und ich niesen muss, oder weil mir der Dackel des Försters über das Gesicht leckt. Dann wird das Pferd weg sein, die vielen Sonnen, die Blechdrachen und Fein. Und dann muss ich alles von vorn durchmachen: nasse Klamotten, schmerzende Glieder, Mücken, Orientierungslosigkeit, Warten auf den Regionalexpress. Der würde aber irgendwann kommen. Bevor das passiert, bevor ich im Wald aufwache, muss ich Fein finden. Ich muss sie irgendwie wach rütteln (ich weiß natürlich noch nicht wie) und, wenn alles gut geht, wachen wir gleichzeitig auf. Dann werden wir beide zu Hause duschen, uns mit einer eiskalten Limonade auf die Bank im Friedhofspark setzen, dem schwarzen Engel zuprosten und fröhlich mit den Beinen wackeln. Wie lange habe ich noch, bis ich aufwache? Ein paar Stunden? Vielleicht nur eine Stunde? Ich muss mich beeilen. Wo werde ich Fein finden? Wahrscheinlich genau da, wo sie auch in *Wirklichkeit*, in *der Realität*, ist: in ihrem Krankenzimmer.

»Neues Ziel, Pferdchen«, verkünde ich, »Charité, neurologische Abteilung. Schwing die Hufe!«

Da das Pferd keine Anstalten macht, schneller zu werden, versuche ich es mit dem Befehl von eben: »Brrrr!«

Siehe da, es funktioniert, mein Regionalexpress galoppiert mit voller Kraft. Du wirst schon sehen, wahnsinniger Indianerjunge: Ich habe nicht nur die bessere Kriegsbemalung. Ich reite auch schneller als du.

Zuhause

Ich liebe es, aus dem Umland in die Stadt zu kommen: Die Schrebergärten, die großen Plakatflächen, die ersten fünfstöckigen Häuser, die ersten Tags und Graffiti. Die Stadt kommt mir dann vor wie ein großes Haus, das ich betrete, ein riesiges, verschachteltes Haus voller Zimmer, Flure und versteckter Kammern, die es zu entdecken gilt. Und natürlich ist der Internetempfang viel besser, sobald man die Stadtgrenze überquert hat, ein großer Pluspunkt, wenn man nicht gerade ohne Smartphone auf einem Pferd unterwegs ist.

Ich bin mit Bussen, S-Bahnen, U-Bahnen, Taxis und einmal sogar mit dem Fahrrad in die Stadt gekommen. Aber ich muss zugeben: Mit dem Pferd ist es am besten. Ich weiß nicht genau, aus welcher Richtung ich komme, doch das Pferdchen trabt auf einer dieser schnurgeraden, mehrspurigen Straßen entlang und solange es in Richtung Fernsehturm geht, kann ich nicht ganz falsch liegen. Das Krankenhaus werde ich finden, auch ohne Smartphone. Nur wie ich dem Pferd beibringen kann, dass es nach links oder rechts gehen soll, weiß ich noch nicht. Ich habe keine Zügel oder so etwas, bislang ist es ganz automatisch in die richtige Richtung gelaufen. Notfalls werde ich den Weg zu Fuß machen müssen, meine Beine haben sich inzwischen ganz gut erholt. Hoffe ich.

Der Verkehr ist ruhig, es ist sozusagen das Gegenteil einer Rush Hour. Mir fällt auf, dass die Autos alle ziemlich alt sind, ähnlich wie Reinholds graublaues Ungetüm. Im Übrigen scheint sich keiner der Autofahrer für ein geschminktes, barfüßiges Mädchen mit

Dolch in der Hand, das auf einem Pferd auf der rechten Spur der Bundesstraße entlangtrabt, zu interessieren. Wir kommen an einer Plakatwand vorbei: *A good lipstick is always a good friend.* Da ist etwas dran. Schöne Lippen. Könnten meine sein.

Von dem Plakat abgelenkt schaue ich einen kurzen Augenblick nicht nach vorn, sodass mir ein winziges, glitzerndes Mädchen mit blau schimmernden Schmetterlingsflügeln fast ins Gesicht flattert. Sie bekommt gerade noch die Kurve, wobei sie flucht wie ein Neuköllner Taxifahrer. Falls es noch einen letzten Zweifel gegeben haben sollte, ist er jetzt verschwunden: Ich bin in Josefines Welt. In Josefines Wirklichkeit. Da, wo sie *wirklich* ist.

Von einer Straßenlaterne lässt eine Nebelkrähe ihr heiseres Krächzen hören. Ich winke lässig, zur Sicherheit strecke ich ihr den Mittelfinger raus. Mit einem weiteren Krächzen fliegt sie davon.

»Geh ruhig petzen, Crowbot«, rufe ich.

Ich fühle mich seltsam mutig. Es könnte immerhin sein, dass die Drachen aus Stahl zurückkommen und mich mit ihrem blauen Feuerstrahl rösten oder schockgefrieren, oder beides. Vielleicht holt der Crowbot seine Artgenossen und dann hacken sie mir gemeinsam die Augen aus. Vielleicht lauert hinter der nächsten Straßenecke der Wahnsinnige mit der Muskete. Aber keine dieser Vorstellungen kann mich schrecken. Ich weiß nicht, ob es die Kriegsbemalung ist, die ich mir selbst verpasst habe, oder Yais Dolch, oder die Tatsache, dass ich auf einem Pferd durch die Stadt reite. Wahrscheinlich ist es eine Kombination aus alledem, und die Tatsache, dass ich mich hier, in Feins Welt, in Feins Träumen, in Feins Stadt ganz und gar zu Hause fühle.

Am Ziel

Die Ampeln in dieser Stadt sind putzig: Es sind Holzgehäuse mit drei kreisrunden Höhlen darin. In jeder Höhle befindet sich eine Kerze. In dem Gehäuse klettert ein Kobold herum, der beispielsweise eine Kerze mit roter Flamme auspustet, dann flink runterklettert und eine Kerze mit gelber Flamme anzündet, nur um sie gleich wieder auszupusten und eine Kerze mit grüner Flamme anzuzünden.

Noch scheint das Pferdchen genau zu wissen, wohin es traben soll, und tatsächlich sind wir ein paar Ampeln später am Großen Stern. Von hier aus finde ich das Krankenhaus auf jeden Fall. Es wundert mich überhaupt nicht, dass die »Goldelse«, die goldene Statue der geflügelten Viktoria auf der Siegessäule, die auf keinem Touristenselfie im Hintergrund fehlen darf, in Feins Version der Stadt nicht golden ist, sondern schwarz. Und dass sie keinen Siegerkranz in der Hand hält, sondern eine Schreibfeder. Und dass sie mir mit einem Auge leicht zuzwinkert. Nein, das alles wundert mich nicht mehr.

Inzwischen habe ich auch eine Methode gefunden, das Pferdchen in die gewünschte Richtung zu lenken. Es ist ganz einfach: Ich ziehe kurz am linken Ohr, schon geht das Pferdchen nach rechts. Ziehe ich am rechten Ohr, geht es nach links. Mache ich überhaupt nichts, geht es einfach geradeaus. An den roten Ampeln hält es von ganz allein. Bei grün geht es wieder los. Wer braucht selbstfahrende Autos, wenn das auch mit Pferden funktioniert? Ich muss endlich einen Namen für dieses erstaunliche Tier finden.

Wie soll ich es nennen? Grey Beauty? Westwind? Mittelgroßer Donner? Regionalexpress? Warum nicht? Für gute Freunde: RE.

Ich lenke RE durch den Tiergarten, wo drollige Flugkatzen von Wipfel zu Wipfel gleiten, bis eine Kuppel zwischen den Bäumen auftaucht. Das könnte der Reichstag sein. Aber er sieht nicht ganz so aus, wie er aussehen sollte. Merkwürdig auch, dass sich das Pferdchen nun nicht mehr lenken lässt und zielstrebig auf den Eingang zutrottet. Klar, die Tür ist groß genug für das Pferd und mich, aber will es wirklich da rein?

Ja, offenbar will es genau das. Wir sind, wenn man das Pferdchen fragen würde, am Ziel unserer Reise.

Teil 7

Josefine

Drachenmeister

Die versammelten Feen, Kobolde, Trolle, Vampire und sonstigen Bewohner der Niemandsstadt sehen mich schweigend und bedeutungsvoll an. Haben sie verstanden, was ich gerade gesagt habe?

»Ich werde euch helfen«, wiederhole ich, »auch wenn das bedeutet, dass ich nicht mehr nach Hause kann.«

Jetzt, wo ich es ausspreche, fällt mir auf, wie wahnsinnig diese Entscheidung ist. Nie mehr zurück auf meine Seite? Werde ich dort dann ganz verschwinden? Aus dem Leben meiner Eltern verschwinden? Aus Elis Leben verschwinden? Wird es so sein, als hätte es mich nie gegeben? Oder werde ich so etwas Ähnliches wie tot sein? Werde ich *tatsächlich* tot sein? Ich liebe es, in der Niemandsstadt zu sein, ich möchte helfen, diese Stadt zu retten, aber ich bin auch sehr gerne lebendig. Ich habe noch viel vor in meinem Leben. Ich weiß zwar nicht genau was, aber es ist eine Menge. Außerdem möchte ich meine Eltern nicht traurig machen. Ich möchte Eli nicht traurig machen. Ich kann mir sogar vorstellen, dass Borgesius ein wenig traurig wäre. Nein. Es muss einen anderen Weg geben. Wir sind hier in meinem Kopf. Hier mache ich die Regeln.

»Ich werde euch helfen«, wiederhole ich zum dritten Mal.

Erst jetzt, nach der dritten Wiederholung, gibt es ein gemeinschaftliches Aufatmen. Es ist mehr als ein Aufatmen, es ist ein Aufglühen. Nach zwei oder drei Sekunden beginnen die ersten Feen zu klatschen und zu jubeln, ein paar junge Kobolde fallen ein, bald macht alles, was merkwürdige Geräusche machen kann, merkwürdige Geräusche. Es ist ein Jubel wie beim Auftritt eines Stars vor seinen treuesten Fans. Was soll ich jetzt machen? Soll ich mich etwa verbeugen?

Zum Glück flattert Robin zurück auf meine Schulter. »Wir werden uns nicht unterkriegen lassen«, ruft er in den Jubel hinein, »wir nehmen den Kampf auf. Wir werden die Crowbots aus dieser Stadt verjagen. Wir werden jeden mechanischen Drachen vom Himmel holen. Wir werden uns jedes Quäntchen gestohlener Magie zurückholen. Wir werden Niemand besiegen!«

Alle johlen und applaudieren, wenn ich es richtig sehe, klatschen sogar ein paar Bücher in den Regalen mit den Buchdeckeln mit.

So beachtet auch niemand wirklich die blasse, dünne, spitzohrige Gestalt im langen, beigefarbenen Mantel, die irgendwann neben mir steht und sich ab und zu das klobige Brillengestell mit einem knochigen Zeigefinger auf der schmalen Nase zurechtrückt. Robin versucht, die Menge zur Ruhe zu bringen, irgendwann wird es ihm zu bunt, er verwandelt sich flugs in eine Art Rugbytrainer, ein Muskelpaket in knallgrünem Jogginganzug (Aufschrift: *1. FC Goodfellow*) und pustet mit hochrotem Kopf und voller Kraft in eine Trillerpfeife. Der Schock wirkt, es kehrt wieder Stille ein im Kuppelsaal des Stanislaus.

»Leute«, ruft er, »leiht euer Ohr unserem geschätzten Drachenmeister, der euch berichten wird, wie der Stand der Dinge in Sachen Drachen ist.«

Schnaufend stapft Robin in den Zuschauerbereich und lässt sich auf einen Stuhl fallen. Die fünf oder sechs Zwergdämonen, die es sich dort bequem gemacht hatten, huschen unter Protest im letzten Augenblick zur Seite.

Der Drachenmeister beginnt mit einer Stimme, die klingt wie hauchdünnes Recyclingpapier. »Im Namen der städtischen *Monsterreglementierungsbehörde* MRB, Abteilung für *Fluglurchangelegenheiten*, kurz FLULU, heiße ich Sie alle willkommen zu dieser Informationsveranstaltung.«

Sobald der Drachenmeister anfängt zu reden, überkommt mich eine bleierne Müdigkeit. James neben mir scheint es genauso zu gehen, er unterdrückt ein lautes Gähnen.

Der Drachenmeister räuspert sich umständlich, schiebt die Brille die Nase hoch, und redet weiter. »Die Situation der Spreewalddrachen im Allgemeinen und der polnischen Haffdrachen im Besonderen ist derzeit unübersichtlich. Um es einmal salopp zu formulieren: Die Fluglurche machen, was sie wollen. Zuletzt wurden sie beim Baden auf Rügen beobachtet. Unsere Behörde hat bereits zahlreiche Anfragen per Boten zustellen lassen, aber bislang wurde keines unserer Anliegen beantwortet. Die Fluglurche entziehen sich durch diesen Ortswechsel dem Zuständigkeitsbereich der MRB, zuständig für Fluglurche im Küstenbereich der Ostsee ist der *Drachenüberwachungsverein Stralsund*, kurz DRÜSTRA.«

Der Drachenmeister holt einige Papiere aus einer abgewetzten Ledertasche. James zwinkert mir zu und während der Drachenmeister seine Unterlagen sortiert, schleichen wir uns unbemerkt unter die Zuschauer, wo wir uns neben einen ziemlich haarigen Troll hocken, der fest eingeschlafen ist. Ich lehne mich an seinen kuscheligen Rücken, mir fallen beinahe die Augen zu.

Dem Drachenmeister scheint es egal zu sein, dass die meisten seiner Zuhörer gähnen oder in der Nase bohren. Er fährt unbeirrt fort. »Im Zuge eines Amtshilfegesuchs ist ein Tatzelwurm aus Oberaudorf, Landkreis Rosenheim, zu uns unterwegs, der unserer Behörde freundlicherweise vom Bergstutzenverband Oberbayern zur Verfügung gestellt wird. Der Transport wird aber noch einige Tage in Anspruch nehmen, da die Versicherung sich weigert, eventuelle Feuerschäden abzusichern. Im Rahmen des *European Dragon Exchange Program* EDEP soll ein Jabberwocky aus Cheshire in England bei uns eintreffen, er muss dort allerdings erst noch gefunden werden, außerdem ist nicht klar, ob das Vereinigte Königreich überhaupt Mitglied im EDEP ist. Ein chinesisches Drachenei hängt noch im Zoll fest, aber selbst wenn die Kollegen es freigeben: Wer weiß, wie lange es dauert, bis der Drache geschlüpft und flugfähig ist? Und über die Qualität der aus Fernost importierten Fabelwesen muss ich Ihnen ja nichts erzählen. Am Ende ist das ein Glücksdrache, der gar kein Feuer spucken kann.«

Dem massigen Zyklopen in der letzten Reihe ist es mittlerweile genug. »Schön und gut«, ruft er mit dröhnendem Bass, »werden wir beim nächsten Angriff der Blechbüchsen Drachen zu unserer Verteidigung haben, oder werden wir keine haben?«

»Äh«, antwortet der Drachenmeister, »nein. Es ist jedenfalls nicht sehr wahrscheinlich. Andererseits haben wir ja unsere Besucherin: Josefine Freund.«

Ich schrecke auf, als ich meinen Namen höre. »Ja?«

Der Drachenmeister zwinkert mir durch die dicken Brillengläser zu. Es soll wohl sympathisch wirken, sieht aber bloß merkwürdig aus. »Fräulein Freund, Sie unterstehen für die Zeit Ihres Besuchs der MRB, Abteilung FLULU, und können uns tatkräftig unterstützen. Wir wissen nicht genau, wie es geht, nichtsdestotrotz haben schon Besucher in dieser Stadt durch *Transzendentale Realitätsdistorsion*, kurz TRD, Dinge möglich gemacht, die selbst durch intensive magische Bemühungen nicht möglich gewesen wären. Wenn Sie also erst einmal dieses Formular …«

»Nein.« Ich bin jetzt wieder hellwach. Ich werde nicht riskieren, nie wieder zu meiner Familie zurückzukehren, um in irgendeiner Behörde Formulare auszufüllen. Doch hier scheine ich einen wahren Schock ausgelöst zu haben. Im Stanislaus ist es schlagartig totenstill. Alle Augen sind auf mich gerichtet, auch die des haarigen Trolls, an den ich mich eben noch gelehnt hatte. Jetzt ist er aufgestanden und starrt mich aus drei Metern Höhe an. Aber ich habe nicht vor, mich unterkriegen zu lassen. »Nein«, wiederhole ich also, »ich werde weder mit dieser noch sonst irgendeiner Behörde zusammenarbeiten, und dieser Drachenmeister ist ein Papiertiger.«

Und da diese Märchenwesen offenbar wollen, dass alles dreimal wiederholt wird, damit es seine Gültigkeit hat, sage ich ein drittes Mal: »Nein.«

Robin Gutfreund, immer noch als Rugbytrainer ganz in Grün, räuspert sich. »Na, dann …«, beginnt er, aber weiter kommt er nicht.

Haiku

Sie.
Ist.
Nicht.
Die.
Richtige.

Der Satz klingt so, als stünde nach jedem Wort ein Punkt. Fast wie ein Haiku, eines dieser japanischen Minigedichte. Die Stimme, die den Satz gesprochen hat, kommt aus dem finsteren, hinteren Bereich des Geschäfts, dort, wo in dieser Version des Stanislaus der Krimskrams für Touristen gelagert wird. Sie ist ziemlich tief, erst recht für ein Mädchen von elf oder zwölf Jahren, das jetzt die Kapuze eines Hoodies abstreift und mit stolz nach vorne gerecktem Kinn in den Lichtkreis der antiken Lampen im Verkaufsbereich tritt. Ich sehe zu James herüber, der neben mir steht und den Kopf schüttelt.

»Schwesterchen«, raunt er mir zu und ich bin mir sicher, einen leisen Anflug von Panik in seiner Stimme erkannt zu haben. Meint er mich? Oder das Mädchen? Oder hat James mittlerweile den Verstand verloren? Auf jeden Fall gebe ich der Unbekannten recht. Ich bin wirklich nicht die Richtige für diesen Behördenjob.

Das Mädchen hat mittlerweile mit großer Selbstverständlichkeit den Platz hinter dem Rednerpult eingenommen. Mich würdigt das zierliche Kind mit den dunklen Rehaugen keines Blickes. Das kommt wohl davon, wenn man nicht die Richtige ist. Das Mädchen greift in einen Jutebeutel, der ihr über der Schulter hängt, und bringt eine Glaskugel zum Vorschein. Wie Dr. Baumsteiger vor ihr startet sie eine Projektion, allerdings ist hier die Qualität eher die eines körnigen, uralten Schwarz-Weiß-Films. Es ist eine Übertragung von meiner Seite. Ich erkenne den kahlen, zylindrischen Kopf von István Korvusz, der an einem Schreibtisch sitzt und an einer Limonadenflasche nuckelt. Auf dem Tisch steht eine ganze Reihe regloser Nebelkrähen. Crowbots, nehme ich an. Das Mädchen friert die Aufnahme ein, als Korvusz die Limonadenflasche absetzt und für einen kurzen Augenblick direkt in die Kamera starrt. Es ist vielleicht der Augenblick, in dem er den Spion aus der Niemandsstadt entdeckt hat. Den, aus dessen Augen wir ihn in diesem Moment beobachten.

»Sein Name ist István Korvusz«, sagt das Mädchen. »Er ist der Meister von Magick. Er ist der Puppenspieler, der dort alle Fäden in der Hand hält. Es sind nicht *Niemandes* Drachen, es sind *seine* Drachen. Number One, *Niemand*, ist bloß ein Computer, ein Knäuel von Algorithmen, die alle einem Meister dienen. Unser Feind ist ein Mensch. Wenn wir in diesem Krieg bestehen wollen, müssen wir keine stählernen Drachen vom Himmel holen. Wir müssen ihren Meister besiegen.«

»Schön und gut, Yai«, sagt Robin. »Aber wie sollen wir das schaffen? Wir kommen kaum noch auf die andere Seite, und sollen dort den Meister von Magick ausschalten? Das ist unmöglich.«

Yai heißt das Mädchen also. Und jetzt, wo ich sie genauer ansehe, bemerke ich auch die Ähnlichkeit zu James. Sie hat dieselben hohen Wangenknochen, denselben Ausdruck in den Augen, der immer ein wenig zwischen Abgebrühtheit, Besorgtheit und heimlicher Freude schwankt, sodass man nie genau weiß, woran man ist.

»Ich gebe dir recht, mein Goodfellow«, antwortet Yai. »Es ist unmöglich für uns. Aber nicht unmöglich für eine Kriegerin von drüben.«

Der Zyklop in der letzten Reihe lässt eine Mischung von Schnaufen, Grunzen und Lachen hören. »Eine *Kriegerin von drüben*! Reine Fantasterei. So etwas hat es noch nie gegeben.«

Yai lächelt. »Dann wird es wohl höchste Zeit.«

Sie deutet zur Eingangstür des Stanislaus, die sich in diesem Moment öffnet.

Cowgirls

Die Eingangstür dieser Version des Stanislaus ist so groß, dass ein Pferd hindurchpasst. Der Beweis dafür ist, dass in diesem Moment ein Pferd den Laden betritt. Auf seinem Rücken sitzt eine eindrucksvolle Gestalt: Eine sehr schöne, junge Frau mit langem, nassen Haar, das ihr in Strähnen im Gesicht klebt und außerdem an ziemlich vielen Stellen mit Blättern, kleinen Zweigen oder Moosstückchen geschmückt ist. Ein perfekt sitzendes, teuer aussehendes, kunstvoll zerknicktes und mit Lehmflecken übersätes rotes Kleid, das mir irgendwie bekannt vorkommt. Keine Schuhe. Ein blitzender, schlanker Dolch in der rechten Hand. Ein Gesicht, das aussieht, als hätte es ein ganzes Team von Hollywood-Spezialisten in stundenlanger Arbeit perfekt geschminkt. Eine Mischung aus Catwalk und Comanche. Wunderschöne, rote Lippen. Ich kenne diese Lippen. Ich kenne das Gesicht. Es ist Eli.

In diesem Augenblick erkennt sie auch mich. »Fein!«, ruft sie, lässt sich mit einem gewagten Manöver vom Pferderücken plumpsen, rollt sich auf dem Boden ab, rappelt sich gleich wieder auf und drängt sich durch die Menge der Fabelwesen. Sie kraxelt über ein paar Stuhllehnen, rennt die letzten Meter zu mir und schon liegen wir uns in den Armen. »Fein«, flüstert sie mir ins Ohr, »jetzt bringe ich dich nach Hause.«

Ich höre ihren Atem an meinem Ohr, gleichzeitig höre ich

wieder das regelmäßige Piepen, das mich schon die ganze Zeit begleitet. Die Abstände zwischen den Tönen werden immer kürzer.

Eli scheint es auch zu hören. Sie schaut mir in die Augen. »Du bist im Krankenhaus, Fein. Du liegst im Koma. Neben deinem Bett steht ein Gerät, das deine Herztöne aufzeichnet.«

Das ist es also. Was ich da höre, ist mein eigenes Herz.

Eli packt mich an den Oberarmen, sehr fest, sodass es sogar ein wenig wehtut. »Du musst aufwachen, Josefine. Wach auf!«

James, der ein paar Schritte zurückgetreten war, legt eine Hand auf Elis Schulter. »So einfach geht das nicht. Sie ist eine Gerufene.«

Eli dreht sich blitzartig um und hält ihm den Dolch vor die Brust. »Noch ein Wort, Psycho!«

So habe ich Eli noch nie gesehen. Ist das dasselbe Mädchen, das ihre Duckface-Selfies auf Magick vermarktet?

»Schon gut, Eli«, sage ich. »Das ist James. Er ist ein Freund.« Stimmt das wirklich? Jetzt, wo ich es gesagt habe, muss es wohl so sein.

Eli lässt den Dolch sinken. »Na gut, von mir aus. Kommst du jetzt mit, Fein? Ich weiß nicht, wie viel Zeit wir noch haben.«

Sie streckt die Hand nach meiner aus, sie möchte mich zum Ausgang ziehen. Das Mädchen im Hoodie stellt sich ihr in den Weg.

»Yai!«

Eli scheint sie zu kennen. Die beiden schauen sich in die

Augen, ein bisschen wie zwei Cowboys vor einem Duell. In diesem Fall: Cowgirls. Schließlich senkt Eli den Blick. Yai streckt die Hand aus, berührt Eli an der Schulter, ihre Hand verschwindet in ihrem Körper, sie greift durch Eli hindurch, als ob sie ein Geist wäre. Und doch spüre ich die Wärme von Elis Hand in meiner.

Was ist hier los?

Wasser

»Sie beginnt, instabil zu werden.« Yai klingt ernst und ein wenig besorgt.

Doch Eli, immer noch ziemlich aufgewühlt, tippt mit dem Zeigefinger an ihre Schläfe. »Instabil? Ich war nie stabiler.«

»Hör zu, Eli«, sagt Yai, und ich bin ganz froh, dass sie ihre Hand wieder aus der Schulter meiner Freundin herausnimmt. »Wenn du möchtest, dass Josefine wieder auf deine Seite kommt, dann musst du etwas für uns tun. Du kannst sie nicht einfach mitnehmen. Sie ist eine *Gerufene*. Sie kann die Membran erst dann wieder überwinden, wenn ihre Aufgabe erfüllt ist. Aber sie wird diese Aufgabe nicht erfüllen können.«

»Ihr seid doch –«, beginnt Eli, doch Yai stoppt sie mit einer energischen Handbewegung.

»Hör mir zu. Du hast nicht mehr viel Zeit. *Du* kannst die Aufgabe übernehmen. *Du* kannst Magick stoppen. Wenn du das schaffst, kannst du Josefine zurückholen. Vielleicht.«

»Was soll das heißen: Vielleicht? Vielleicht habt ihr ja …«

Eli hört auf zu sprechen, denn plötzlich muss sie husten, wobei Wasser aus ihrem Mund spritzt. Ziemlich viel Wasser, dazu ein paar Tannennadeln und zwei ertrunkene Ameisen.

Yai legt ihre Hände auf Elis Wangen und zieht sie zu sich hinunter. »Du wirst nicht mehr lange bei uns sein, Eli.

Den Dolch, den ich dir gegeben habe – er braucht nur eine Hand, die ihn führt.« Sie dreht Elis Kopf und bringt ihren Mund an ihr Ohr. Sie flüstert etwas, das keiner von uns verstehen kann.

Eli zittert ein wenig und ich sehe, wie sich die feinen Härchen an ihren Unteramen aufstellen. Sie richtet sich auf. Sie dreht sich zu mir um. »Josefine …«

Doch dann hustet sie wieder, würgt einen Schwall Wasser hervor, der aus ihrem Mund in mein Gesicht schießt. Instinktiv kneife ich die Augen zusammen. Als ich sie einen halben Herzschlag später wieder öffne, ist Eli nicht mehr da. Nur eine kleine Pfütze auf dem dunklen Holzboden ist geblieben, in der sich das gelbliche Licht spiegelt, das durch die Öffnung in der Kuppel über uns fällt.

Kreuzchen

Der erste Laut, der nach Elis Verschwinden zu hören ist, kommt von dem Pferd, mit dem sie eben noch durch die Eingangstür geritten ist. Es gibt ein Wiehern und Schnauben von sich, das so traurig, tiefgründig und herzzerreißend klingt, dass es sich tief in meine Seele bohrt. Ich werde es nie vergessen. Es ist dieses schnaubende Wiehern, oder wiehernde Schnauben, das auch bei mir die Dämme brechen lässt. Ich spüre, wie mir die Tränen in die Augen schießen, wie die ganze Anspannung der letzten Zeit sich ihre Bahn bricht. Ich beginne, hemmungslos zu schluchzen.

James legt schüchtern und etwas unbeholfen einen Arm um mich. Ich vergrabe mein Gesicht an seiner Schulter und heule mich aus. Ich weiß nicht, wie lange es dauert, aber irgendwann ist es vorbei. Ich fühle mich merkwürdigerweise erholt. Ich hebe den Kopf, drücke das Rückgrat durch und schaue die vielen Bewohner der Niemandsstadt an, die meinen Zusammenbruch interessiert verfolgt haben. *Aha*, sagt ihr Blick, *das ist also die, die die stählernen Drachen besiegen soll.*

»Tut mir leid«, murmele ich und zwinkere James zu. »Wo waren wir stehen geblieben?«

Das scheint das Stichwort für den Drachenmeister zu sein. »Ich habe hier die Formulare, die Sie ausfüllen müssten, Fräulein Freund. Für den Fall, dass Sie es sich anders überlegt haben und uns doch helfen möchten.«

Ich lächle ihn an. Natürlich möchte ich helfen. Ich liege gerade im Koma und habe sowieso nichts Besseres zu tun. »Wo soll ich unterschreiben?«

Der Drachenmeister hält mir ein paar Formulare hin, die ich überall dort unterschreibe, wo ich ein Kreuzchen sehe. Natürlich sind mir die Formulare völlig egal. Ich möchte etwas unternehmen.

»Wir brauchen also die echten Drachen, damit sie sich Niemands Drachen entgegenstellen«, sage ich, »wir sollten losgehen und sie höflich darum bitten.«

Der Zyklop schnauft diesmal ziemlich amüsiert. »Die Drachen bitten! Er hat Humor.«

»Er ist eine sie«, korrigiert ihn Dr. Baumsteiger.

»Egal. Humor hat er trotzdem.«

»Ich denke«, schaltet sich Robin ein, »wir alle können eine Pause gut gebrauchen. Schnappen wir etwas frische Luft, die Sitzung wird in zwanzig Minuten fortgesetzt. Dann werden die nächsten Schritte beschlossen. Ich übertrage die Leitung der Versammlung an Dr. Baumsteiger, denn ich muss noch etwas erledigen. In vier mal zehn Minuten bin ich vielleicht wieder da.«

Die Teilnehmer der Versammlung drängeln sich nach draußen, vorbei an dem grauen Pferd, das keinerlei Anstalten macht, zur Seite zu gehen. Als ich in Yais Richtung blicke, macht sie mir unauffällig ein Zeichen. Ich nicke ihr ebenso unauffällig zu.

»Geh schon mal vor«, sage ich zu James, der mir einen seiner sorgenvollen Blicke zuwirft.

Nomale

Ich warte, bis Yai und ich allein im Stanislaus sind. Allein bis auf das Pferd, das immer noch dasteht und uns mit seinen gutmütigen Augen anblickt. Yai lächelt zum ersten Mal, seit sie hier aufgekreuzt ist.

»Nimm es meinem Bruder nicht krumm. Er hat die Verantwortung für dich. Er hat dich hierhin geholt, er muss dafür sorgen, dass dir hier nichts geschieht.«

»Ich passe schon auf mich auf«, murmele ich.

»Du willst also ganz bestimmt wieder zurück?«

»Ich denke schon.«

Sie sieht mich an, als hätte ich nicht die geringste Ahnung von dem, was ich da sage.

Ich stelle ihr eine Frage, die mir schon einige Zeit unter den Nägeln brennt. »Gibt es eigentlich Besucher, die entschieden haben, nicht mehr zurückzugehen?«

Yai zuckt mit den Schultern. »Natürlich.«

»Und was geschieht mit denen?«

»Nichts Besonderes. Die besorgen sich eine Wohnung. Einen Job. Ein paar Hobbys. Gießen ihre Blumen. Gehen einkaufen. Haben Kinder.«

»Kinder wie dich und deinen Bruder?«

Yai lächelt. »Genau. Kinder wie mich und meinen Bruder.«

Das ist es also. Ich hatte mich schon immer gewundert, warum James der einzige Bewohner der Niemandsstadt ist, der aussieht wie ein ganz normaler Mensch. Es liegt daran, dass er ein ganz normaler Mensch ist. So wie seine Schwester Yai.

»Man nennt uns hier Nomale«, fährt sie fort.

»Normale?«, frage ich nach.

»Nein, *Nomale*. Non-Magische-Lebewesen. Wir haben keine Magie in uns, das nennt man hier eine *Nomalie*. Wir sind schon in der dritten Generation Nomale. Unsere Urgroßeltern waren Besucher. Die Kinder der Besucher können noch zwischen den Seiten wechseln, aber mit jeder Generation wird es schwieriger. Ich bin die Einzige aus der Familie, die schon mehrmals auf der anderen Seite war. Aber wenn ich älter werde, wird auch mir der Weg versperrt sein. Und wenn James oder ich einmal Kinder haben sollten, werden sie wahrscheinlich gar nicht mehr dorthin gehen können.«

Diese Yai ist erstaunlich. Sie redet überhaupt nicht wie ein Kind, sie scheint mir im Gegenteil die erwachsenste Person in der ganzen Niemandsstadt zu sein. Und trotzdem hat sie diese kindliche Energie, eine raue, ungeschliffene Kraft. Wahrscheinlich ist es diese Energie, die es ihr erlaubt, zwischen den Welten zu wechseln.

»Du hast Eli getroffen?«

»Sie hat ein Bild von James im Internet hochgeladen, und zwar, weil sie auf der Suche nach dir war. Ich habe sie getroffen und sofort gemerkt, dass sie die Richtige ist. Deine Freundin Eli – sie ist die Kriegerin. Sie wird István Korvusz stoppen. Und dann kannst du, wenn du das wirklich willst, zurück.«

»Wenn sie die Kriegerin ist, was bin ich dann?«

Yai wuschelt dem Pferd durch die Mähne und überlegt eine Weile. Das Pferd schnaubt leise. »Du bist die Königin. Sagt zumindest das Pferd.«

Jetzt lächle ich auch. Ich mag Yai.

»Sie werden mich nicht zu den Drachen reisen lassen, oder?«

»Nein. Sie werden ein paar Schriftstücke aufsetzen, noch mehr Formulare hervorkramen und ansonsten warten, bis Number One wieder zuschlägt. Unsere einzige Hoffnung ist Eli. *Deine* einzige Hoffnung ist Eli.«

»Aber ich kann doch nicht einfach hier herumsitzen und warten. Ich muss etwas unternehmen.«

»Dann unternimm etwas. Wer zwingt dich zu bleiben?«

»Und James?«

»Brauchst du etwa einen Aufpasser? In deinem eigenen Kopf?«

»Aber wohin soll ich gehen?«

»Hattest du nicht eben noch einen Plan?«

»Die Drachen. Ich möchte die Drachen dazu bringen, die Stadt zu beschützen.«

»Klingt doch gut.«

»Du meinst also, ich könnte es versuchen?«

»Versuchen kann man alles. Nur ob man es überlebt, weiß man nicht.«

Das Pferd schnaubt.

»RE sagt, du hast gewisse Chancen.«

»Das Pferd heißt RE?«

»Eli hat es so genannt. Kurz für Regionalexpress.«

»Woher weißt du das?«

Yai lächelt, legt den Kopf in den Nacken und lässt das Krächzen einer Nebelkrähe hören. So echt, dass ich zusammenzucke. Aber sie zwinkert mir aufmunternd zu. Ich nähere mich dem Pferd. Ich streichle seine Nase, ich rieche den würzigen, irgendwie lakritzartigen Geruch seines Fells. RE schließt die Augen und wackelt mit den Ohren.

»Na gut, RE.«

Yai verschränkt die Hände und hält sie mir als Räuberleiter hin. Ich ziehe die Sneaker aus und steige auf REs Rücken, barfuß, so wie Eli.

»Gibt es hier einen Hinterausgang?«

»Das müsstest du doch wissen. Es ist dein Geschäft.«

Ja, im Stanislaus gibt es einen Hinterausgang. Eine kleine Tür, die zu den Mülltonnen im Innenhof führt. Eine Tür, durch die garantiert kein Pferd passen würde. Aber wir sind in der Niemandsstadt. Hier ist eine Tür dann groß genug für ein Pferd, wenn man gerade ein Pferd dabeihat.

»Danke, Yai.«

Ich gebe RE ein kleines Signal mit den Fersen und er geht los, an den Stühlen, dem Rednerpult, den Frühstücksbrettchen vorbei in die Dunkelheit des Hinterzimmers, dort wo ich als Kind zum ersten Mal das Märchen von Brüderchen und Schwesterchen las, durch die Hintertür, die tatsächlich gerade groß genug ist, an den Mülleimern entlang und durch eine Lücke im Hinterhof auf eine Straße, von der ich sicher bin, dass sie geradewegs zum Meer führen wird.

Teil 8

Elisabeth

Hier und Jetzt

Ich will sprechen, aber was da aus meinem Mund kommt, sind keine Wörter. Ich will atmen, aber was da in meiner Lunge ist, ist keine Luft. Es würgt mich, ich krümme mich, ich huste, ich keuche, es kommt in einem Schwall aus mir heraus.

In diesem Augenblick wache ich auf. Mein Gesicht liegt in einer tiefen Pfütze, ich huste Brackwasser, ich huste Kiefernnadeln und Waldameisen, ich huste Schlamm, Blätter und Matsch. Für einen Moment glaube ich, dass ich nie wieder atmen werde. Als ich genug Wasser aus meiner Lunge gehustet habe, geht es doch. Ich sauge die feuchte, schwere Waldluft in tiefen, gierigen Zügen ein. So fühlt es sich also an, wenn man ertrinkt. Wenn man fast ertrinkt. Ich zittere am ganzen Körper. Ich spüre Tränen, die an mir herablaufen, heiße Tropfen neben all den kalten Tropfen in meinem Gesicht. Ich bemühe mich, ruhig zu bleiben, mich auf das Hier und Jetzt zu konzentrieren:

Ich bin immer noch tief im Wald.

Ich atme.

Es hat aufgehört zu regnen, aber es tropft schwer und beharrlich von den Bäumen.

Ich bin durch und durch nass.

Ich friere, oder es ist nur die Todesangst in meinen Gliedern.

Über den Baumwipfeln dämmert schon der neue Tag.

Ein paar Ameisen, die ich verschluckt habe, krabbeln aus meinem Mundwinkel hinaus in die Freiheit.

Ein paar Meter entfernt von mir sitzt ein braun glänzender

Frosch und sieht mich an. Es könnte sehr gut Josefines Frosch sein. Vielleicht ist es auch nur irgendein Frosch, der sich freut, dass hier alles so schön nass ist.

Die Vögel begrüßen den frühen Morgen.

Das Hier und Jetzt: Willkommen, Eli, du lebst und das hier ist die Wirklichkeit.

Neben dem Hier und Jetzt gibt es noch etwas anderes: Traumbilder, oder eher fliehende Erinnerungen an Traumbilder. Da ist das Gefühl von Sonne auf der Haut und Wind im Haar, das Gefühl, barfuß durch eine hohe Wiese zu gehen, das Gefühl sich in einem hohen, dunklen Raum zu befinden. Ich habe allerdings nichts Konkretes. Ich bin mitten im Wald eingeschlafen, soweit hat der Plan funktioniert. Soweit hat, wie ich jetzt sagen muss, der absolut miese Plan funktioniert. Aber bin ich Fein im Traum begegnet? Bin ich irgendwie weitergekommen? Ich versuche, die fliehenden Traumbilder festzuhalten, doch da ist so etwas wie eine Membran, eine Grenze, ein weißes, weites Niemandsland, das zwischen meinem Bewusstsein und dem Unbekannten liegt, von dem ich vielleicht, oder vielleicht auch nicht, geträumt habe.

Das Hier und Jetzt drängt sich zwischen mich und die Traumbilder, es fordert ein, dass sich etwas tut. Ich stemme mich in dem nassen, weichen Schlamm auf. Alles tut mir weh. Das rote Kleid, das ich in einem Anflug von Wahnsinn für diese Expedition angezogen hatte, ist nur noch ein nasser, fleckiger, zerrissener Fetzen Stoff. Allerdings ein sehr gut geschnittener Fetzen Stoff von einer extrem angesagten Designermarke. Ich stoße gegen etwas Kühles, Hartes. Es ist Yais Dolch, der neben mir in der Pfütze liegt, fast hätte ich ihn übersehen. Ich reiße ein Stück vom Saum des Kleides ab, das sowieso nicht mehr zu retten ist, und wickele ihn darin ein. Dann mache ich mich auf den Weg.

Während ich mich durch den Wald zurück in offenes Gelände schlage, während mich die Mücken fast vollständig leer saugen und die erste Hitze des Tages die ganze Welt und mich selbst dampfen lässt, habe ich ständig das Gefühl, das alles schon einmal erlebt zu haben. Das typische Déja-vu, das man hat, wenn die Nerven überlastet sind. Ich beschließe, mich nicht darauf zu konzentrieren und stattdessen den richtigen Weg zu finden. Es dauert eine Weile, aber schließlich stoße ich auf den Feldweg, über den ich gestern hierher gekommen bin. Ich atme tief durch, stapfe hinaus auf den Acker und entdecke bald die Häuser, hinter denen der Bahnhof sein muss. Von dort aus fährt die Bahn in die Stadt, da ist mein Zuhause, meine Dusche, mein Schrank voller trockener Klamotten, mein Handy, mein Laptop, mein Leben.

4 Uhr 42

Der Tag, der sich ankündigt, scheint schön zu werden. Zumindest der frühe Morgen ist schön, vielleicht sollte ich öfter so früh aufstehen? Ein paar Krähen sind in der Luft. Sie sind Frühaufsteher wie ich.

Er stieg auf
Ein Vogel
Er hielt seinen Flug
Ein flinkes reines Krähen
Aufsteigende Silberkugel
Er sprang gelassen
Rasend
Gehalten
Zu kommen
Trudel nicht zu lang
Langer Atem
Er atmet langes Leben
Hoch aufsteigend
In Flammen
Gekrönt
Hoch, hoch in der unermesslichen Strahlung
Überall alles aufsteigendes alles herum
Das All
Die Endlosigkeitkeitkeit

Wörter, die sich wie zufällig in meinem Kopf zusammenwürfeln. Erst Déja-vu, dann auch noch Stimmen in meinem Kopf. Ich versuche, nicht auf sie zu achten. Überhaupt nicht zu sehr auf das zu achten, was in meinem übernächtigten, überreizten, übervollen Hirn vor sich geht. Arbeitsspeicher voll, Prozessor überlastet, Denkprogramm abgestürzt. Ich setze bloß einen Schritt vor den nächsten. Ich gehe an schlafenden Häusern vorbei, außer denen es in diesem Dorf nichts zu geben scheint, keine Bäckerei, kein Bauernlädchen, nichts.

Am Bahnhof habe ich Glück. Die elektronische Anzeige kündigt den ersten Regionalexpress in die Stadt in sieben Minuten an und ausnahmsweise kommt der Zug pünktlich. Es ist 4 Uhr 42 und ich bin auf dem Weg nach Hause.

Ich suche mir einen Platz im fast leeren Waggon, lasse mich auf das gemusterte Polster sinken und schließe die Augen. Das vertraute Gefühl, als die Bahn ruckelnd anfährt. Ich habe die Nacht im Wald tatsächlich überlebt. Ich werde so etwas nie, nie, nie wieder tun.

Nach einer Weile öffne ich die Augen wieder und bemerke, dass ein irgendwie froschartiger Herr im Anzug, der weiter hinten im Waggon sitzt, ab und zu von seinem Smartphone aufsieht und mich anstarrt. Ich muss einen ziemlich abgerissenen Anblick bieten. Ich sehe an meinem Kleid hinunter. Es wird gleich im Mülleimer landen, Designerklamotte hin oder her. Es sieht aus, als hätte ich die ganze Nacht damit verbracht, es mit voller Kraft über den Waldboden zu rubbeln. Aber noch etwas fällt mir auf. Kleine, graue Haare kleben zwischen den Kiefernnadeln und Moosflecken überall am Stoff. Wo kommen diese kurzen, borstigen Haare her? Von einem *Fell*? Habe ich mich in der Nacht an einen Wolf gekuschelt? Bin ich vielleicht selbst zu einer Werwölfin geworden? Ich schnüffele am Saum des Kleides. Das mag merkwürdig aussehen, aber der Herr im Anzug guckt ohnehin schon so komisch aus der Wäsche, das lässt sich gar nicht mehr steigern. Sobald wir die Stadtgrenze überquert haben, werden jede Menge Partygänger zusteigen, dann falle ich nicht weiter auf. Ich schnüffele also weiter an mir selbst herum. Zwischen all den Waldgerüchen erkenne ich noch etwas anderes: einen würzigen, irgendwie lakritzartigen, definitiv *tierischen* Geruch. Doch anstatt mich zu erschrecken, zaubert mir das ein Lächeln ins Gesicht. Es *sind* Tierhaare. Wie kommen sie an mein Kleid?

Die Stadt, die es nicht gibt

Die Bahn fährt in einen Tunnel.
In der plötzlich reflektierenden Scheibe sehe ich mein Spiegelbild.
Ich bin geschminkt.
Stark geschminkt.
Perfekt geschminkt.
Was ich da sehe, ist mehr als Make-up.
Es ist eine Kriegsbemalung.
Und dann, in diesem Augenblick, fällt mir alles wieder ein.

Ich weiß, wer ich in dieser Nacht war.
Ich weiß, wer ich jetzt bin.
Ich weiß, wer ich in Zukunft sein werde.

Ich weiß, dass ich die Kriegerin bin.

Das Pferd. Der Ritt. Die Wiese. Der Garderobentisch. Die Drachen aus Stahl. Das kalte Feuer. Die Stadt. Die Kobolde in den Ampeln. Das Geschäft. Die Bücher. Die Kuppel. Josefine.

Josefine!
Yai.
Yais Worte.
Es ist alles wieder da.
Ich war dort.

Ich war in Josefines Stadt.
Ich war in der Stadt, die es nicht gibt.

Die Kriegerin war dort.
Die Kriegerin hat ihren Auftrag erhalten.
Die Kriegerin wird ihr Ziel finden wie ein Pfeil, der mitten ins Herz trifft.

Grün wie die Hoffnung

Diesmal reite ich nicht auf dem Rücken eines Pferdes in die Stadt, diesmal ist es die stinknormale U-Bahn. Aber das hier ist die Stadt, in der ich mich auskenne. Das hier ist keine Niemandsstadt, das ist Elis Stadt. Ich bin merkwürdig aufgeputscht von dem Schlafmangel, von den Träumen der letzten Nacht und von der Aufgabe, die vor mir liegt.

Wie ich es erwartet hatte, steigen bald all die lebenden Toten der Nacht in die U-Bahn, ebenfalls aufgeputscht, von Drogen, Alkohol, gebrochenen Herzen. Sie haben die letzten Stunden in den Clubs verbracht, ihnen rauschen die Ohren und die Hirne, aber keiner von ihnen hat auch nur im Ansatz das erlebt, was ich erlebt habe. Als ein Paradiesvogel unter lauter Paradiesvögeln bin ich eine von vielen. Der froschartige Herr im Anzug ist in sein Smartphone vertieft und irgendwann ist er nicht mehr da.

Mein erster Weg führt mich nach Hause, ich dusche lange, ich dusche mir den ganzen Wald vom Körper, das schwere Make-up rinnt in bunten Schlieren in den Ausguss, zusammen mit ein paar Waldameisen, die um ihr Leben strampeln. Ich rette die Ameisen und setze sie zwischen den Balkonpflanzen aus. Vielleicht gründen sie dort eine neue Kolonie.

Der Brief, den ich meiner Mutter geschrieben und auf den Küchentisch gelegt hatte, ist noch da, ungelesen. Mutter schläft immer noch im Wohnzimmersessel, die Decke, die ich über sie gelegt hatte, hoch über die Schultern gezogen. Wer weiß, in welchen fremden Welten sie in ihren Träumen unterwegs ist.

Als ich in den Keller gehe, fällt mir auf, dass ich den Rucksack, die Taschenlampe, die Isomatte und den Schlafsack nicht mehr habe. Ich muss das alles im Wald vergessen haben. Sei's drum. Ich habe nicht vor, jemals in meinem Leben noch einmal woanders zu schlafen als in einem richtigen Bett in einem richtigen Zimmer in einem richtigen Haus. Vorzugsweise einer Villa. Ich habe eine Überdosis Camping abbekommen, die für das ganze Leben reichen muss. Im Keller krame ich Handy, Tablet, Laptop und den Magick Speaker aus der Weihnachtskiste, schleppe sie in die Wohnung und starte alle Geräte gleichzeitig. Schau mal, Algorithmus: Hier bin ich wieder. Habe ich dich verwirrt? Kann man dich überhaupt verwirren? Ich werde deinen Chef bald treffen und ihm alles erklären.

Aber zuerst habe ich noch ein anderes Ziel. Ich tausche den Brief auf dem Küchentisch gegen einen neuen aus, der Mama mitteilt, dass ich am Abend wieder da sein werde. Im Badezimmer nehme ich mir Zeit, um das Make-up, das ich mir in der Dusche abgewaschen habe, wiederherzustellen. Auch wenn mein Rüstzeug nicht ganz so gut ist wie das aus der Traumwelt, in der ich unterwegs war, gelingt es mir tadellos. Es ist alles etwas dezenter, aber für diese Seite der Stadt genau passend. Als Outfit wähle ich ein weiteres Designerkleid, das ich nach einem Shooting für Magick behalten durfte. Dieses Kleid ist grün wie die Hoffnung, dazu gehört eine Handtasche aus dunkelgrünem Leder, in die Yais Dolch perfekt hineinpasst. Ich wähle knallrote Sneaker als Kontrast und mache mich auf den Weg zu Fein.

Mut

Als ich an die Tür von Feins Krankenzimmer klopfe, ist es kurz nach acht. Die offizielle Besuchszeit beginnt erst um elf, aber ich konnte mich wieder durchmogeln. Jeder im Krankenhaus starrt mich an, als wäre ich eine Amazone, die sich aus einer alten griechischen Sage hierhin verirrt hat. Vielleicht bin ich das ja auch. Ich treffe Feins Mutter im Zimmer an, sie war auf dem Besucherstuhl eingeschlafen und zuckt zusammen, als ich die Tür hinter mir schließe. Die alte Dame vom Bett nebenan ist verschwunden.

»Verzeihung«, sage ich, »ich wollte nicht stören.«

Feins Mutter setzt sich aufrecht hin und streicht sich durchs Haar. »Nein, Elisabeth, du störst doch nicht. Es ist nett von dir, dass du vorbeikommst. Guten Morgen.«

»Gibt es etwas Neues?«

Sie rückt einen Stuhl zurecht, damit ich mich auch setzen kann. »Josefines Zustand ist unverändert. Letzte Nacht ist ihr Puls hochgegangen, er hat richtiggehend gerast. Dann hat er sich wieder beruhigt. Die Ärzte wissen nicht warum. Sie müssen wohl noch weitere Untersuchungen machen. Wahrscheinlich hat sie irgendeine Anomalie, eine Art Verformung oder Verkrümmung, im Hirnstamm. Ich habe das Wort Hippocampus aufgeschnappt und gleich gegoogelt. Es bedeutet Seepferdchen. Ist das nicht eine merkwürdige Vorstellung, dass wir alle ein Seepferdchen im Gehirn haben, das alles durcheinanderbringen kann?«

»Waren Sie die ganze Nacht hier?«

»Ja, ich war hier, Elisabeth. Einer von uns ist immer hier, Reinhold oder ich. Du kannst mich übrigens gerne Anna nennen. Ich weiß natürlich, dass es nichts bringt, wenn wir hier sitzen. Dass Josefine ganz woanders ist, wo sie nichts davon mitbekommt, was um sie herum geschieht. Aber wir bringen es einfach nicht über das Herz, sie hier allein zu lassen. Sie ist unser einziges Kind, weißt du?«

Ich merke, dass sie kurz vor einem Nervenzusammenbruch steht. Wahrscheinlich hat sie letzte Nacht kaum geschlafen. Möglicherweise hat sie kaum geschlafen, seit Fein ins Koma gefallen ist. Es könnte sogar sein, dass ich mitten im Wald besser geschlafen habe als sie hier.

Ich lege meine Hand auf ihre. »Josefine geht es gut. Das weiß ich.«

Sie sieht mich skeptisch an. Aber nicht so, als hätte ich den Verstand verloren. Eher so, als würde sie mir fast glauben, was ich da sage. Ich muss sie einweihen. Ich muss ihr wenigstens ein bisschen verraten. Das bin ich Feins Eltern schuldig.

»Auch ich war letzte Nacht bei Josefine. Nicht hier, im Krankenzimmer. Sondern dort, wo sie in ihrem Kopf ist. In meinen Träumen war ich bei ihr. Und deshalb weiß ich, dass es ihr gut geht.«

Jeder andere würde mich für verrückt halten. Aber Feins Mutter sieht mich mit einem Schimmer von Hoffnung in den Augen an. »In deinen Träumen?«

»Ich weiß, es klingt vielleicht ziemlich abgedreht. Aber ich träume sehr intensiv, immer schon. Und meine Begegnung mit Josefine war zwar kurz, aber sehr real. Übrigens kann sie dieses Ding hier hören.«

Ich tippe auf das Gerät neben dem Bett, das ruhig und regelmäßig vor sich hin piept. Ich bin nicht sicher, was Anna Freund von dem hält, was ich da erzähle, aber für den Augenblick scheint sie sich darauf einzulassen.

»Wie ist es da, wo sie jetzt ist?«

»Wir waren im Stanislaus. Es war nur ziemlich anders. Die Decke war höher. Alles war voller Bücher. Edles Holz. Jede Menge Kunden.«

»Und?«

»Wir haben uns umarmt. Das war es auch schon. Es war, wie gesagt, nur eine ganz kurze Begegnung. Aber ihr geht es gut.«

Feins Mutter lächelt. »Danke, Elisabeth. Danke, dass du mir Mut machst.«

Was ich ihr nicht versprechen kann ist, ob Fein auch zurückkommen wird in die Welt des Stanislaus mit niedriger Decke, wenigen Büchern, Sperrholzregalen und vereinzelten Touristen, die ab und zu eine Postkarte kaufen. Denn das hängt von meinem eigenen Mut ab.

Ich streiche Fein noch einmal über die Schneewittchenstirn und werfe einen fragenden Blick hinüber zu dem Bett, in dem die alte Dame gelegen hatte. Feins Mutter schüttelt den Kopf, ich frage lieber nicht nach, was das zu bedeuten hat. Ich umarme sie zur Verabschiedung und mache mich auf den Weg zu den Korvusz-Maschinenwerken, diesem Labyrinth aus rotem Backstein und schwarzen Schwänen. Der Tag ist jetzt schon wieder drückend heiß, fast sehne ich mich nach der Brackwasserpfütze im Wald. Die war wenigstens halbwegs kühl.

WTF

Als ich aus der S-Bahn steige, sehe ich schon das riesige, rostige Zahnrad, das wie ein leeres Auge vom KOMA-Turm auf mich herabblickt. Ich spanne die Schultern. Ich hebe das Kinn. Ich sehe an mir hinunter, das Kleid sitzt perfekt. Ich glaube, ich kann behaupten: Ich sah nie besser aus. Grün ist die Hoffnung.

Bald darauf stehe ich vor dem großen, eisernen Eingangstor der Korvusz-Maschinenwerke und frage mich, wie ich dort hineingelangen soll. Das letzte Mal war ich mit dem Chef selbst unterwegs, und alles ging automatisch. Aber an diesem Tor sehe ich keine Klingel, es gibt keinen Pförtner, nicht einmal eine Kamera kann ich entdecken, in die ich winken könnte. Soll ich vielleicht *Sesam öffne dich* rufen? Sobald ich diese Worte auch nur denke, schwingt das Tor lautlos auf. Dahinter steht die gedrungene Gestalt von Korvusz selbst.

Er lächelt mir zu und breitet in einer theatralischen Geste die Arme aus. »Willkommen im verzauberten Wald, Sie müssen wohl Hippolyta, Königin der Amazonen sein?«

Wie sagt man so schön: WTF?

Mein knallgrünes Amazonen-Outfit ist nichts gegen das, was Korvusz selbst trägt. Aus seinem kahlen, zylindrischen Kopf wächst ein Hirschgeweih. Ich weiß nicht, wie es gemacht ist, aber es sieht tatsächlich aus, als würde das Horn direkt aus seinem Kopf wachsen. An den fleischigen Ohren hängen jede Menge schwerer, silberner Ringe. Auch sein Gesicht ist stark geschminkt:

weiße Haut, dunkle Augen, starke rote Akzente auf den Wangen, dazu irgendwelche Runen in Dunkelgrün. Er trägt wieder die Rehfelljacke, darunter etwas, das aussieht, als hätte man die Flügel Tausender toter Schmetterlinge aneinandergenäht. Ein breiter Ledergürtel mit einem rot schimmernden, viel zu großem Edelstein darin, der sich überhaupt keine Mühe gibt, nicht nach Plastik auszusehen. Eine eng sitzende, grüne Strumpfhose. Nackte Füße mit lackierten Zehennägeln, jeder in einer anderen Farbe.

Als ich nicht auf seinen Spruch reagiere, macht er eine Verbeugung und eine Art Knicks, wobei er fast das Gleichgewicht verliert. Dabei sehe ich, dass ein Dolch in seinem Gürtel steckt, der genauso aussieht wie der, den ich dabeihabe. Bin ich zu spät? Hat mein Tauschgeschäft keine Bedeutung mehr, weil Korvusz es geschafft hat, sich so ein magisches Ding aus anderer Quelle zu besorgen?

»Deine Hackerkünste sind wirklich beachtlich«, sagt Korvusz, während er sich schwerfällig aus seiner Knicksposition aufrichtet, »du hast sogar die Vorstellung auf dem Schirm gehabt, die ich fast vergessen hätte. Dabei ist die ganze Sache komplett intern. Wer hat das geleakt? Woher weißt du Bescheid?«

Ich zucke die Schultern. »Ich weiß überhaupt nicht Bescheid. Welche Vorstellung?«

Korvusz sieht mich prüfend an. »Du kommst also einfach nur so zu uns?«

»Einfach nur so. Was für eine Vorstellung?«

Korvusz lächelt, und zum ersten Mal sieht es ehrlich aus. »Da kommt eine Amazone und ist gar keine Amazone. Wenn du schon einmal hier bist, kannst du dir die Vorstellung gleich anschauen. Komm mit.«

Er führt mich durch weitere Sicherheitsschleusen auf den großen, parkähnlichen Campus der Firma. Auf der anderen Seite des künstlichen Sees, in dem weiterhin die schwarzen Schwäne ihre Kreise ziehen, befindet sich ein Amphitheater, ein Halbkreis aus Steinstufen mit einem runden Bühnenbereich am unteren Ende dieser Stufen. Darauf sitzen schon etliche Magick-Mitarbeiter, die meisten in T-Shirts mit dem Firmenlogo, sie unterhalten sich, nippen an irgendwelchen Smoothies oder strecken einfach das Gesicht in die Sonne.

»Heute ist Koma-Tag«, erklärt Korvusz.

»Koma?«

»Das ist von der Marketing-Abteilung. Steht für: *Kein Online! Mach's Analog!* Albern, oder? Ich habe das aus reiner Ironie durchgehen lassen. Es war eigentlich nur als Witz gedacht, aber der Begriff ist irgendwie hängen geblieben. Die meisten hier kommen sich wirklich vor, als lägen sie im Koma, wenn man sie von ihren Bildschirmen wegzerrt. Aber ich finde, dass das wichtig ist. Zweimal im Jahr machen wir Koma-Tag. Absolut kein Zugang zum Internet. Und wenn Technik sein muss, dann nur uraltes, analoges Zeug wie Plattenspieler oder Taschenlampen. *Tech-Detox,* Technik-Entgiftung. Klingt schrecklich, kann aber auch Spaß machen. Jedes Mal denken wir uns etwas Spezielles aus, denn gearbeitet werden kann am Koma-Tag natürlich nicht. Heute machen wir also eine Theatervorstellung. Es war meine Idee, und dann hatte ich mich unvorsichtigerweise auch noch für eine der Hauptrollen gemeldet. Ich hatte die Sache komplett vergessen, bis eine professionelle Kostümbildnerin heute in meinem Büro auftaucht und mich in diesen Freak hier verwandelt.«

»Und wer soll das sein?«

»Oberon, der Elfenkönig. Aus dem Sommernachtstraum von Shakespeare. Kennst du das Stück?«

»Hab schon davon gehört.«

»Das ist eine Komödie, eigentlich ziemlich witzig für so eine alte Klamotte. Spielt zur Hälfte in einer normalen Stadt, in dem Fall Athen, und zur Hälfte in einem verzauberten Wald. Dort wohnen die Elfen, Feen und sonstigen Fabelwesen. Oberon, meine Rolle, ist der Elfenkönig. Die interessanteste Figur ist aber mein Hofnarr. Puck, der fröhliche Wanderer der Nacht, ist eine Art Kobold, der mühelos zwischen der Welt der Elfen und der der Menschen hin und her wechseln kann. Wer, denkst du wohl, wird Puck, oder auch Robin Gutfreund, wie er sich selbst nennt, in unserem Stück spielen?«

»Ich kann es mir denken«, murmele ich.

Irgendwo schlägt jemand mit einem schweren Schlägel gegen einen Gong.

Korvusz macht wieder einen seiner albernen Knickse, das ist wohl Teil seiner Rolle als Elfenkönig Oberon. »Ich muss gehen, Königin der Amazonen. Bitte verzeih, wenn ich mit dem Textbuch in der Hand spiele. Viel Spaß bei der Vorstellung. Wir sprechen uns nach dem Schlussapplaus. Falls es einen gibt.«

Biorn

Ich setze mich in eine der obersten Reihen zwischen die Magick-Mitarbeiter, die aus ihren Büros strömen und es sich im Amphitheater bequem machen. Fast jeder von ihnen hat ein kühles Getränk in der Hand, manche haben sich auch etwas zu knabbern mitgebracht. Ich entdecke einen Limonadenstand etwas weiter weg und überlege gerade, ob ich noch dorthin gehen und mir etwas holen soll, als sich eine junge Frau neben mich setzt und mir ein Glas eiskalte Zitronenlimonade in die Hand drückt. Sie ist vielleicht vier oder fünf Jahre älter als ich, hat ihr schwarzes Haar zu Dreadlocks geflochten und ist von einer so verwirrenden Anzahl von Tattoos bedeckt, dass ich mir Mühe geben muss, sie nicht anzustarren wie ein besonders interessantes Bilderbuch. Sie wiederum hat keine Hemmungen, mich anzustarren. »Spielst du mit?«

»Nein«, antworte ich.

»Als Zuschauer muss man sich nicht verkleiden.«

»Wusste ich nicht. Ist mein erstes Theaterstück.«

Sie lacht und prostet mir mit ihrer Limo zu. »Du bist mir eine Nudel. Was machst du bei Magick? Habe dich hier noch nie gesehen.«

Ich stammele etwas von Schülerpraktikum, aber sie lässt mich nicht ausreden. »Ich weiß natürlich genau, wer du bist, Eli. Ich passe auf dich auf, okay?«

Ein Gong kündigt den Beginn der Aufführung an, ein paar verkleidete Informatiker blasen auf Trompeten eine sehr schiefe Fanfare und die ersten Schauspieler kommen auf die Bühne. Ich habe keine Ahnung, was dieses »Ich passe auf dich auf« bedeuten soll. Ist es eine Drohung? Ich merke jetzt richtig, wie müde ich bin. Nur die eiskalte Zitronenlimonade hält mich noch wach. Der Tag ist schon wieder so heiß, dass ich es kaum aushalte. Unten auf der Bühne des Amphitheaters fangen die Schauspieler an, unverständliches Zeug zu nuscheln. Das Mädchen neben mir schlürft seine Limo, was um einiges lauter ist als der Dialog auf der Bühne. »Ich heiße übrigens Biorn. Ich sollte eigentlich die Hermia spielen. Habe mich aber geweigert.«

»Du heißt Björn?«, flüstere ich zurück.

»Nein, Biorn: B-I-O-R-N. Wahrscheinlich wollten meine Eltern mich Björk nennen, aber mein Vater war auf dem Standesamt zu betrunken und hat nicht richtig buchstabiert.«

Ein blasser Junge in der Reihe vor uns dreht sich um und zischt uns an, damit wir ruhig sind.

Ich tue also so, als würde ich dem Stück folgen, döse dabei fast weg und wache erst wieder auf, als Puck die Bühne betritt. Dann allerdings bin ich hellwach.

Menschmaschine

Es ist kein Roboter. Es ist ein Automat aus der Zeit vor den Robotern, als man solche Versuche noch Maschinenmensch nannte. Oder Menschmaschine? Er bewegt sich auf hydraulischen Beinen, der Blechkörper ruckelt, als Kopf dient ein kleiner Stahlzylinder, der bedenklich wackelt. Überall schauen Zahnräder aus dieser Konstruktion hervor, es qualmt und zischt. Wird das Ding mit Dampf betrieben? Als ob dieser Anblick nicht schon merkwürdig genug wäre, ist der Automat auch noch verkleidet: Ein grünes Cape mit schwarzen Federn. Krähenfedern? Wundern würde es mich nicht. Angeklebte, spitze Ohren. Ein Gürtel, wie Korvusz ihn als Elfenkönig getragen hat, mit einem großen, falschen Edelstein anstelle der Schnalle. Ich weiß, wer dieser Maschinenmensch ist: *Apparat Nummer Eins*, der Vorläufer eines Roboters, den Korvusz' Urgroßvater erfunden hatte. Und ich weiß, wer dieses dampfende Zahnradwesen steuert: Number One. Herz und Hirn von Magick. Eine ehemalige Spielkonsole. Number One spielt Puck.

»Wohin, Geist, wohin wanderst du?«

Seine Stimme ist ruhig, ironisch, hintergründig und ernst zugleich. Eine Stimme, in die ich mich verlieben könnte, wenn ich nicht wüsste, dass es die Stimme einer Maschine ist. Oder vielleicht gerade deswegen.

Die Angesprochene, ein verschüchtertes Mädchen in einem hübschen, blau glitzernden Feenkostüm mit Schmetterlingsflügeln, antwortet nicht. Offenbar ist sie vom Lampenfieber geradezu gelähmt. Puck stößt etwas Dampf aus, wackelt mit dem Zylinderkopf, und lässt ein paar Lämpchen aufblitzen.

»Tut mir leid, ich habe das nicht genau verstanden«, sagt er, diesmal mit der Stimme des Sprachassistenten von Magick, die jeder hier kennt. Zum ersten Mal geht ein Lachen durch das Publikum, ein paar klatschen sogar.

Biorn kichert und stößt mich an. »Dieser Puck!«

Der Automat wankt noch näher an das Mädchen heran. »Ich wiederhole: *Wohin, Geist, wohin wanderst du?*«

Die schüchterne Fee fasst sich ein Herz und beginnt, ihren Text zu nuscheln: »Über Berg, über Tal, durch Hecken und Ruten, über Holz, über Pfahl, durch Feuer und Fluten …«

Sie hat es nicht leicht, denn das Publikum lacht, wenn Puck während ihres langwierigen Monologs wackelt oder etwas Dampf ablässt. Ich frage mich, wie Korvusz es schafft, dass sich dieser antike Automat so bewegt. Und ich frage mich, wie sich der digitale Kobold mit dem Koma-Tag in Einklang bringen lässt. Aber dann begreife ich, was den Automaten antreibt. Es ist das, was auch die merkwürdige Glaskugel funktionieren lässt. Es ist das, was gutmütige Pferde auftauchen lässt, wenn gerade kein Zug kommt. Es ist der Stoff, aus dem Feins Welt gewebt ist. Man könnte es Magie nennen. Und die Magie, die wir hier sehen, ist gestohlen. Es wird Zeit, sie zurückzuholen.

Gürdel

Jetzt tritt István Korvusz als Elfenkönig Oberon auf. Die *Magick*-Leute lachen herzlich über ihren Chef, der mit dem Textbuch in der Hand dasteht, sich immer wieder verliest und ein paarmal über irgendwelche Requisiten stolpert. Oberon gibt Puck gerade den Auftrag, eine Zauberblume zu besorgen.

»Rund um die Erde«, antwortet die Menschmaschine daraufhin, »zieh ich einen Gürtel in vier Mal zehn Minuten.«

»Der hat keine Ahnung«, flüstert Biorn mir zu, »*Gürdel* heißt das, und niemals anders.«

»Gürdel?«

»Ja, Gürdel.«

Sie deutet auf eines ihrer Tattoos und tatsächlich steht es da in einem geschwungenen Band: *Rund um die Erde zieh ich einen Gürdel in vier Mal zehn Minuten.* Was für ein merkwürdiger Spruch für eine Tätowierung. Aber ich habe nicht viel Zeit, darüber nachzudenken, denn jetzt macht sich Puck auf den Weg, um die Blume zu holen. Ein Raunen geht durch das Publikum, als der Automat ein paar Düsen ausklappt und hoch in die Luft davonfliegt.

Das Stück geht weiter, zwei Pärchen aus der Menschenwelt verirren sich im Zauberwald, alle verlieben sich ineinander oder streiten sich, es ist wie eine Sitcom, die man nicht richtig mitbekommt, weil der Ton zu leise gedreht ist. Wieder kriecht die Müdigkeit in meinen Kopf und meine Glieder.

Ich bin fast weggetreten, als mich Biorn in die Seite stößt. Sie hält mir einen Lippenstift hin. »Hier, falls du mal nachziehen musst«, flüstert sie.

Der Lippenstift kommt mir bekannt vor, aber ich kann nicht einordnen woher. Kein Wunder, ich habe an die hundert von diesen Dingern zu Hause.

»Kannst du behalten.«

»Danke.«

Ich stecke den Lippenstift in die grüne Tasche, als sich der blasse Junge vor uns wieder umdreht und zischt wie eine Natter.

»Ja, schon gut, Streber«, murmelt Biorn und wir wenden unsere Aufmerksamkeit dem Geschehen auf der Bühne zu.

Die Figur Hermia wacht nach einer Nacht im Zauberwald allein auf. Sie hatte schreckliche Albträume. »Mir träumte, eine Schlange fräße mein Herz.«

Ich weiß, Hermia. Ich weiß genau, wie du dich jetzt fühlst. Zauberwald? Albträume? Herz fressen? *Welcome to my world.*

Ich denke an den schwarzen Engel, an Fein und an die Aufgabe, die vor mir liegt. Ich frage mich, wie lang das Stück wohl noch weitergehen soll, als der Himmel bedrohlich grollt, es ist wie das Knurren im Magen eines Wolfes, der groß ist wie die Welt selbst.

Höhle

Die Luft ist mittlerweile zum Zerschneiden stickig, der Himmel hat wieder diese ungesunde gelbe Färbung, die Mücken tanzen in dichten Wolken über unseren Köpfen. Es grollt noch einmal vom Horizont her, ein paar Krähen fliegen tief über das Amphitheater hinweg. Wind kommt auf. Die da unten auf der Bühne tun so, als würden sie nicht mitbekommen, was los ist. *The show must go on* hat man ihnen wahrscheinlich eingebläut. Irgendjemand läuft mit einem Eselskopf über die Bühne. Dann fallen die ersten schweren Tropfen und zerplatzen auf den heißen Steinen. Ein paar Sekunden später fällt Wasser in Sturzbächen auf uns hinunter, bald kommen Hagelkörner dazu, groß wie Taubeneier. Alle krabbeln herum wie aufgescheuchte Ameisen, suchen die nächste Zuflucht vor dem Unwetter, das nächste Dach, unter das man sich stellen könnte. Auch die Darsteller unten auf der Bühne und die, die hinter den Kulissen gewartet haben, hasten die Stufen des Amphitheaters nach oben. Ich weiß nicht, wie es geschehen ist, aber irgendwie hat Biorn die Führung der Schutz suchenden Meute übernommen, sie ist die Erste, die eine klare Richtung vorgibt und ohne einen einzigen Befehl, ohne erkennbare Absicht, führt sie die Traube von triefenden *Magick*-Angestellten auf die größte der Fertigungshallen zu, ein riesiges Gebäude aus rotem Backstein, in dem früher wohl Lokomotiven oder noch größere Maschinen hergestellt wurden. Das eiserne Tor dieser Halle ist geschlossen, die hohen Fenster sind mit massiven Metallplatten abgedeckt. Die Menschentraube staut sich an der Seite der Halle, dort, wo sich eine kleinere Nebentür befindet. Irgendjemand hat wohl den Sicherheitscode für diese Tür, die Freigabe in das geheime Innere dieser Halle zu gelangen. Jedenfalls öffnet sich die Tür nach einer Weile und wie der Quarz durch den engen Hals einer Sanduhr passieren Hunderte von nassen, tropfenden Menschen diese Tür und ergießen sich in das Innere der Halle. Ich bin eine von ihnen.

Drinnen ist es warm und dunkel, die Augen müssen sich erst einmal an das schummrige Licht gewöhnen. Doch als sie sich gewöhnt haben, sehe ich sie. Es sind drei von ihnen, die dort hintereinanderstehen. Gerüste sind an den Seiten aufgebaut, einige Metallplatten fehlen, ihre Flügel hängen zu Boden, ihre Augen sind geschlossen.

Hic sunt Dracones.

Es sind die Drachen aus Stahl, die ich auf Feins Seite der Stadt gesehen habe. Es sind die Drachen, die ihr kaltes Feuer auf die Stadt geworfen haben. Es sind die Drachen, die Feins Welt zerstören. Hier werden sie gebaut, gewartet, repariert. Hier ist ihre Höhle.

Falls ich noch einen Zweifel an Yais Auftrag gehabt haben sollte, ist er jetzt endgültig beseitigt. Ich spüre das Gewicht der grünen Ledertasche an meiner Schulter und es fühlt sich gut an.

Ich weiß, was ich zu tun habe.

Der Drache und sein Zorn

Das Geräusch von Hagelkörnern und schweren Regentropfen, die auf das Dach der Halle prasseln, mischt sich mit dem Stimmengewirr der Magick-Mitarbeiter. Es reden so viele Menschen durcheinander, dass ich kaum etwas verstehen kann, aber ab und zu wehen ein paar Wortfetzen zu mir herüber und ich begreife, dass die allermeisten wohl keine Ahnung hatten, was in dieser Halle produziert wird. Die Fluggeräte werden mit Neugier, aber auch mit Respekt beäugt. Zwei der Drachen sehen fast gleich aus: Schuppen aus matt glänzendem Metall, schnabelartige, große Mäuler, Beine mit hydraulischen Kolben, große Klauen, die Flügel hängen nach unten. Der letzte Drache ist etwas größer, seine Schuppen schimmern rötlich, anstelle eines großen hat er sieben kleinere Köpfe auf langen, schlangenähnlichen Hälsen, auf jedem Kopf einen Sensor, der fast wie eine Krone aussieht, lange Antennen aus Stahl ragen daraus hervor wie Hörner.

Wenn die Produktion der Drachen bislang ein großes Geheimnis war, ist sie spätestens jetzt Thema Nummer eins bei Magick. Und noch immer strömen Menschen durch die enge Tür in die Halle, der Strom stockt immer wieder, weil die, die über die Schwelle treten, oft erst einmal stehen bleiben und staunen.

Irgendwann tritt auch István Korvusz selbst, immer noch der Elfenkönig mit dem Hirschgeweih, durch die Tür. Schon von Weitem sehe ich, wie geladen er ist. Sein Blick wandert von den Drachen zu seinen Mitarbeitern und wieder zurück zu seinen

Drachen. Dann entfährt ihm ein Schrei, so bestialisch, so roh, so laut, dass er eher zu einem wilden Tier gepasst hätte. Das Gemurmel verstummt sofort und als hätte sich sogar der Himmel davon beeindrucken lassen, ebbt der Hagelsturm langsam ab zu einem harmlosen Geplätscher. Alle Augen sind auf Korvusz gerichtet.

Ich merke erst jetzt, das Biorn immer noch an meiner Seite ist. In diesem unpassendsten aller Momente grinst sie, als würde sie sich königlich amüsieren. Wieder beugt sie sich zu mir und flüstert mir leise ins Ohr: »*Gerate nicht zwischen den Drachen und seinen Zorn.*«

In diesem Augenblick höre ich ein Geräusch von einem der Drachen. Er hebt langsam den Kopf. Das golden glühende Auge öffnet sich.

Teil 9

Josefine

Der gelbe Himmel grollt

Ich reite durch die Straßen dieser Stadt, der Niemandsstadt, und es fühlt sich an wie ein Abschied. Das ist absurd, denn möglicherweise werde ich für immer hierbleiben. Es ist sogar sehr wahrscheinlich, dass ich für immer hierbleibe. Ich sollte mich langsam an den Gedanken gewöhnen, dass das hier jetzt mein Leben ist. Aber selbst wenn es so sein sollte, ist das ein Abschied. Es ist der Abschied von meiner sorglosen Zeit in der Niemandsstadt. Von meiner Zeit als Flaneuse, als ich mich hier verloren habe, einfach über die schwimmenden Gehwegplatten geschlendert bin, ohne Ziel, ohne Richtung, als ich ab und zu von Dämonen gebissen oder von Kobolden gekratzt wurde und dann zu Hause, als es noch ein Zuhause gab, ein Pflaster darübergeklebt habe und zur Schule gegangen bin. Es war eine schöne Zeit, aber es ist eine Zeit, die nicht wiederkommen wird. Ich wusste damals noch nichts von irgendwelchen Kanzleien zur Rettung Öffentlicher Transzendenz-Einheiten, ich ahnte nichts von einem Dr. Baumsteiger, von sogenannten Drachenmeistern, ich kannte keinen Robin Gutfreund, keinen James und keine Yai. Ich war bloß eine Touristin. Ich hätte mir am besten irgendwo ein Frühstücksbrettchen gekauft und wäre nie wiedergekommen. Dann hätte ich eine schöne Erinnerung an diesen Ort behalten. Oder ihn irgendwann vergessen.

Aber jetzt bin ich hier, auf dem Rücken dieses tapferen grauen Pferdes, und habe das Gefühl, dass das Schicksal dieser Stadt auf meinen Schultern lastet. Was geschieht, wenn die Ärzte im Krankenhaus beschließen, die Maschinen abzustellen, weil keine Hoffnung besteht, dass ich noch aufwache? Wird die Stadt dann auch aufhören zu sein, so wie ich aufhören werde zu sein?

Der gelbe Himmel grollt, ein Gewitter zieht auf. Ich kann den Regen kaum erwarten, er soll mir diese Gedanken wegwaschen, er soll mich ins Hier und Jetzt zurückholen. Ich lebe doch. Ich spüre die Hitze auf der Haut, ich spüre, wie ich unter dem viel zu dicken Hoodie schwitze, ich höre immer noch das leise, regelmäßige Piepen, das, wie ich jetzt weiß, von einem Gerät stammt, das mein eigenes Herz misst. Mein Herz schlägt. Ich lebe.

Als die ersten Tropfen dann tatsächlich kommen, schließe ich die Augen und breite die Arme aus. RE, das brave, graue Tier, trottet weiter, dorthin, wo es will. Es macht keinen Unterschied, wir beide kennen den Weg nicht, jede Richtung ist eine gute Richtung. Es sind schwere Tropfen, die auf den heißen Steinen zerplatzen, erst nur vereinzelt, aber bald schüttet es auf uns herunter, als hätte jemand den gesamten Himmel aufgeschlitzt. Hagelkörner, groß wie Murmeln, mischen sich unter die Regentropfen. Ich spüre, wie die ersten von ihnen sich vom Boden lösen und zurück in den Himmel fallen, meine Handflächen treffen, auch die Regentropfen fallen nun von unten nach oben, immer mehr von ihnen, immer stärker, und dann geschieht etwas, was ich noch nie erlebt habe. Das ganze Unwetter hat sich umgekehrt. Der Regen, der Hagel, die Massen aus Wasser und Eis, strömen von der Erde in den Himmel. Ich blicke auf, sehe die Tropfen in den grauen und schwarzen Wolken über mir verschwinden. Von irgendwo zwischen den Häuserschluchten zuckt ein Blitz aus der Erde und verschwindet in den Weiten des Himmels. Ich kralle mich in REs Mähne fest, ich drücke meine Fersen in sein Fell, er galoppiert los, ich fliege durch die nassen Straßen. Ich begreife, dass ich hierhin, genau hierhin, gehöre. Es ist ein Abschied und es ist ein Ankommen zugleich. Als Besucherin bin ich gekommen. Als Königin möchte ich bleiben.

Die Luft ist frisch und klar

Als das Unwetter aufhört, sind RE und ich schon in den Außenbezirken der Stadt, dort, wo die Schrebergärten beginnen, die Häuser flacher werden und die großen Plakatflächen an den Rändern der Ausfallstraßen aufgestellt sind. Die Vögel zwitschern schon wieder, die ersten Feen flattern durch die Luft, die Ampelkobolde nehmen wieder ihre Arbeit auf.

Ich hoffe, James bekommt keinen Ärger für mein heimliches Verschwinden von der Versammlung im Stanislaus. Ich hoffe, er hat Verständnis. Wer weiß, vielleicht sind jetzt schon Mitarbeiter von KRÖTE unterwegs, um mich wieder einzufangen. Vielleicht werden aber auch nur ein paar neue Formulare aus alten Ledertaschen gezogen. Yai hat es mir bestätigt: Nichts wird geschehen, bis die stählernen Drachen wieder zuschlagen und Teile der Stadt auslöschen, magische Essenz aufsaugen wie Zitronenlimonade mit einem Strohhalm. Ich bin unterwegs. Unterwegs, um die echten Drachen zu finden, die magischen Drachen dieser magischen Welt. Sie werden den Maschinen beibringen, wer die Herren in diesem Haus sind.

Ich höre das Krächzen einer Krähe, die auf einer Plakatwand sitzt. *A good lipstick is always a good friend.* Elis Lippen, etwa drei Meter groß. Ich weiß nicht, wo du gerade bist, Eli. Ich weiß nicht, was du gerade tust. Aber dein guter Freund ist nicht irgendein Lippenstift. Dein guter Freund bin ich.

Die Luft ist frisch und klar. Die letzten Häuser der Stadt habe ich hinter mir gelassen. Vor mir liegt die Landstraße, die Wälder, die Seen und irgendwo dahinter die Küste, wo die Drachen sind. Möglicherweise.

Ein paar Monde sind aufgegangen

Ich reite, bis der Abend dämmert. Auf dem Feldweg, auf dem RE und ich unterwegs sind, begegnen wir so gut wie niemandem. Die Landschaft ist flach, Wälder wechseln sich mit Feldern ab, es gibt stattliche Pappeln, krumme Eichen, Birken, die sich im Wind wiegen, Kiefern mit ihren kerzengeraden Stämmen, es gibt Weizenfelder mit rotem Klatschmohn zwischen den Halmen, leuchtend gelbe Rapsfelder, es gibt Hochspannungsmasten und Windräder am Horizont. Hin und wieder kommen wir an einem Dorf vorbei. Ich frage mich, ob es so etwas überhaupt gibt – einen Weg, der niemals durch ein Dorf führt, sondern immer daran vorbei, einen Weg, von dem niemals ein anderer Weg abzweigt, der einfach immer weitergeht. Aber so ist es auf dieser Seite: Braucht man einen einsamen Weg, der einen schnurstracks zum Meer führt, wird man ihn finden. Braucht man diesen Weg nicht mehr, wird er verschwinden.

Irgendwann komme ich dann doch durch ein Dorf. Es ist ein verlassenes Nest, ein paar verschlafene Häuser, an denen niemand zu sehen ist, ein kleiner Bahnhof, an dem sicherlich schon lange kein Zug mehr gehalten hat. RE biegt auf einen Feldweg, der von Traktorreifen zerfurcht ist, wir passieren eine Schranke und ein Schild *Nur für Forstwirtschaft,* dann sind wir in einem dichten Waldgebiet, in dem sich der Weg im Unterholz verliert. Nach einer Weile gelangen wir auf eine Lichtung. Hier können wir zumindest eine Pause machen. Ich setze mich auf einen Baumstumpf, RE findet hochgewachsenes Gras zwischen ein paar umgefallenen Bäumen und beginnt, es abzurupfen.

Ich lege den Kopf in den Nacken und schaue in den Himmel. Ein paar Monde sind aufgegangen. Mir wird bewusst, dass das die erste Nacht ist, die ich auf dieser Seite verbringen werde. Ich kenne die Nacht hier nicht und weiß nicht, welche Kreaturen sie für mich bereithält. Ich spüre, wie die Angst in meine Knochen kriecht, aber ich spüre auch, wie lebendig ich in diesem Augenblick bin. So lebendig, wie ich mich lange nicht mehr gefühlt habe.

Ich strecke die Füße aus und stoße an etwas Weiches, Stoffartiges. Es ist ein Rucksack, der halb unter einem Busch versteckt ist. Ich ziehe ihn ganz heraus und sehe hinein. Ich finde eine Packung Kekse, eine Flasche Wasser, eine alte Taschenlampe und eine »Radwanderkarte Brandenburg«. Erst, als ich die Kekse sehe, merke ich, wie hungrig ich bin. Ich fange an zu knabbern und studiere dabei die Karte. Der Weg vom Bahnhof in den Wald ist markiert, mitten im Wald ist ein Kreuz, ich nehme an, dass es diese Lichtung bezeichnet. Wer auch immer hier war, muss diesen Rucksack vergessen oder absichtlich liegen gelassen haben. Vielleicht, weil er wiederkommen wollte? Ich bekomme einen Anflug von schlechtem Gewissen, aber der Hunger ist schließlich stärker. Ich esse die Kekse ganz auf und trinke die halbe Wasserflasche leer.

Als ich aufstehe und mit der Taschenlampe ein wenig auf der Lichtung herumleuchte, entdecke ich eine Art Mulde, in der eine Isomatte, ein Schlafsack und ein Kissen liegen. Ein gemachtes Bett. Hat hier jemand geschlafen? Will hier noch jemand schlafen? Ich lege mich probeweise hin. Ich schließe die Augen. Ich höre, wie RE ein paar Meter weiter seine Grashalme kaut.

»Ich mache nur kurz die Augen zu, RE«, höre ich mich murmeln. Ich sollte nicht hier sein. Aber das alles, dieses gemachte Bett, fühlt sich so vertraut an. Als hätte es jemand für mich vorbereitet. Ich kann nicht weiter darüber nachdenken. Ich kann jetzt nur noch schlafen. Schlafen und vielleicht träumen.

Durch das Fenster die Lichter der Stadt

Als ich aufwache, sehe ich nicht den sternenübersäten Himmel mit den sechs oder sieben Monden über mir, unter dem ich eingeschlafen bin. Ich sehe eine weiße Zimmerdecke, in einem fast vollständig dunklem Raum. Ich höre den Schlag meines Herzens, übersetzt in ein elektrisches Piepen, lauter als jemals zuvor. Es dauert eine Weile, bis meine Augen in dem Halbdunkel mehr erkennen. Komischerweise kann ich den Kopf nicht bewegen, bloß meine Augen.

Ich drehe sie nach links, so weit es geht. Ich erkenne ein Bett neben mir, ein leeres Bett mit schneeweißen Laken. Dahinter ein Fenster, auf der Fensterbank Blumen in einer Vase. Durch das Fenster die Lichter der Stadt, Autos, die sich langsam durch die Straßen bewegen, ein Flugzeug am Himmel.

Ich drehe meine Augen nach rechts, so weit es geht. Ich erkenne einen Apparat aus Metall, an dem einige bunte Lämpchen glühen. Es ist dieser Apparat, der das piepende Geräusch von sich gibt. Dahinter sehe ich eine Tür, über der Tür ein kleines Kruzifix aus Metall.

Ich drehe meine Augen nach oben, so weit, dass ich fast das Gefühl habe, in meinen Kopf hineinzusehen. Ich kann nicht viel erkennen, nur einen kleinen Streifen von dem, was sich hinter mir, am Kopfende des Bettes, befindet. Jemand sitzt dort. Ich sehe nur das Haar, die Stirn, die Augen, die geschlossen sind. Aber ich kenne dieses Haar, diese Stirn, diese Augen besser, als alles andere auf der Welt.

»Mama!«, will ich sagen, will ich rufen, will ich schreien.

»Mama!«

Aber kein Laut kommt aus meinem Mund.

Teil 10

Elisabeth

CGR

Die mechanischen Drachen wachen einer nach dem anderen auf. Ihre goldglühenden Augen erfassen alle Personen in der Maschinenhalle, scannen sie, gleichen sie mit der Datenbank ab. Number One hat eben noch eine drollige Menschmaschine gesteuert, die als Puck im Sommernachtstraum für Lacher im Publikum gesorgt hat. Jetzt kontrolliert er in einem Sommernachtsalbtraum diese gigantischen Instrumente der Zerstörung. Der Algorithmus wartet nur auf ein Wort von seinem Meister. Korvusz steht nach seinem bestialischen Schrei einfach da, die Augen geschlossen, eine Hand an der hohen Stirn seines zylindrischen Kopfes. Was hat er vor? Wird er Number One den Befehl geben, uns alle zu vernichten? Wird man in ein paar Stunden im Netz lesen können, dass bedauerlicherweise alle Mitarbeiter von Magick ausgerechnet an ihrem *Mach's Analog!*-Tag unter den Trümmern einer zusammenstürzenden Maschinenhalle begraben worden sind? Natürlich hätte niemand sehen dürfen, was in dieser Halle geschieht. Alle Tech-Firmen haben ihre Geheimnisse, aber Cyborg-Drachen sind doch etwas anderes als ein neues Smartphone-Modell. Jetzt weiß die ganze Firma, was hier vor sich geht. Das Leak ist vorprogrammiert. Gerade hat niemand etwas dabei, mit dem er die Nachricht in die Welt zwitschern könnte, nicht einmal ein Taschenrechner ist am Koma-Tag erlaubt. Aber sobald diese Leute hier ein mit dem Internet verbundenes Gerät in die Finger kriegen, wird die Welt von diesen Drachen erfahren. Korvusz weiß das. Number One weiß das. Aber was werden sie mit diesem Wissen anfangen?

Korvusz hat offenbar eine Entscheidung getroffen. Er nimmt die Schultern nach hinten, drückt den Rücken durch, lächelt sein ungekonntes Lächeln und breitet die Arme aus wie der Moderator einer Talkshow. Jetzt ist er ganz der Elfenkönig Oberon, viel mehr noch als eben auf der Bühne.

»Leute, ihr könnt euch wahrscheinlich vorstellen, dass das hier nie hätte passieren dürfen, aber jetzt ist es passiert. Ihr habt diese Biester gesehen. Darüber werden unsere Kunden nicht sehr glücklich sein, denn bei diesem Projekt geht es darum, dass absolut nichts davon bekannt wird, bevor die Zeit reif ist. Vielleicht war es ja das Schicksal, das euch in diese Halle geweht hat. Vielleicht ist es gar nicht schlecht, dass ihr jetzt wisst, wozu wir in der Lage sind. Wenn wir Hardware produzieren, ist es Hardcore. Was ihr hier seht, ist nicht CGI, von Computern generierte Bilder. Das hier ist CGR – von Computern generierte *Realität.* Keine Projektionen, keine noch so realistischen Illusionen sondern *reale* Monster, Vampire, Feen. Ach was, Feen. Wie ihr wisst, denken wir bei Magick gerne groß. Wie wäre es mit Drachen? Okay, Drachen. Ihr ahnt natürlich, wer unsere Auftraggeber sind. In Zusammenarbeit mit einem der ganz großen Spielestudios und einem der größten Filmstudios haben wir diese Schönheiten entwickelt. Bald, sehr bald, können Spieler eine ganz eigene *erweiterte Realität* erleben. Sie können als Krieger oder Kriegerin durch den Wald streifen, und dabei Drachen begegnen. *Echten* Drachen. Ihr wisst, wie unecht es selbst in den teuersten Filmen aussieht, wenn so ein computergenerierter Drache beispielsweise ein Pferd frisst. Oder ein Waldstück anzündet. Es sieht nicht echt aus, weil es eben nicht echt ist. Das wird sich mit Projekt Vega ändern. Diese Drachen hier können Pferde fressen. Und Wälder anzünden. Und einiges mehr. Es ist die größte Revolution in der Unterhaltungsindustrie seit der Erfindung der Gladiatorenkämpfe. Was sagt ihr dazu?«

Die Köpfe der Drachen pendeln immer noch drohend über den Magick-Mitarbeitern, warten darauf, endlich zuschlagen zu dürfen. Es ist totenstill in der Halle, bis ein junger Mann ein paar Meter neben mir zaghaft beginnt zu klatschen. Ein paar weitere fallen ein. Es ist wie mit den ersten Regentropfen, dem Beginn des Gewitters eben im Amphitheater: Plötzlich platzt die Anspannung und ein tobender Applaus braust durch die Maschinenhalle.

Der Elfenkönig hat gesprochen.

Die Untertanen jubeln.

Die Drachen schweigen.

Jetzt ist der Moment

Als der Applaus langsam abebbt, strömen bereits Leute vom Sicherheitsdienst in ihren schwarzen Anzügen in die Halle. Die Magick-Mitarbeiter werden aus dem Raum geführt, jede und jeder Einzelne von ihnen muss ein Dokument unterschreiben, das zu absoluter Verschwiegenheit verpflichtet. Dann sollen sie das Gelände verlassen.

Die Sache geht geordnet und zügig voran, Korvusz selbst lehnt währenddessen mit geschlossenen Augen an einer Backsteinwand und scheint mit den Gedanken schon ganz woanders zu sein. Ich rechne fest damit, von den Security-Leuten abgeführt und durchsucht zu werden. Man wird mir das Smartphone abnehmen, Yais Dolch sowieso. Mein Plan ist gründlich in die Hose gegangen. Aber nichts davon geschieht. Irgendwann sind nur noch Korvusz und ich selbst in der Halle. Und die Drachen natürlich. Vielleicht sollen sie den Job erledigen, sodass sich der Sicherheitsdienst nicht die Finger schmutzig macht.

Korvusz lächelt mich an. »Spiele- und Filmstudios, was denkst du? Das ist mir in letzter Sekunde eingefallen. Glaubst du, die nehmen mir das ab?«

Ich zucke mit den Schultern. »Weiß nicht.«

Warum sollte ihn meine Meinung jetzt noch interessieren?

»Letztlich ist es nur ein Test für unsere Sicherheitssysteme«, fährt Korvusz fort. »Wenn jemand vorhat, etwas auszuplaudern, weiß Number One das, bevor es die Person selbst weiß. Dann wird der Algorithmus entsprechende Maßnahmen ergreifen. Trotzdem müssen wir jetzt ein wenig schneller in Aktion treten. Ein Risiko bleibt.«

»In Aktion treten?«, frage ich. »Welche Aktion denn?«

Anstatt zu antworten, bedeutet Korvusz mir, ihm zu folgen. Schweigend legen wir den Weg zum KOMA-Turm zurück, es nieselt nur noch in die großen Pfützen, die sich überall gebildet haben, und die Hitze macht sich daran, den Tag zurückzuerobern. Ich folge ihm bis in sein Büro im obersten Stockwerk unter dem Zahnrad mit den rostigen Zacken, in diesen kahlen, großen Raum mit den Ölgemälden an den Wänden und dem großen, alten Schreibtisch.

Er öffnet uns beiden eine Limonade, wir setzen uns wieder einmal auf die alten Küchenstühle. Er zwinkert mir zu und nimmt einen Schluck. »Du bist also nicht gekommen, um Theater zu spielen. Schade. Du hättest die beste Amazonenkönigin weit und breit abgegeben. Warum bist du dann hier?«

Ich schweige. Warum bin ich hier? Ahnt er es? Weiß er es? Hat er es vielleicht kommen sehen? Meine Hand tastet nach dem Verschluss der dunkelgrünen Tasche, die auf meinem Schoß liegt. Korvusz verschränkt die Arme hinter dem Kopf, streckt die Füße aus und lehnt sich zurück. Wie ein Hund, der sich beim Balgen mit einem stärkeren Hund auf den Rücken legt und die Kehle preisgibt: *Schau her, du kannst zubeißen, wenn du wirklich willst.*

Ich lasse den Verschluss der Handtasche aufspringen. Ich versuche, nur einen Gedanken in meinem Kopf zuzulassen:

Ich bin die Kriegerin.

Ich habe einen Auftrag.

Ich werde Fein zurückholen.

Korvusz beobachtet mich in aller Ruhe. Aber daran kann ich nichts ändern. Wir sind allein in diesem Raum. Jetzt ist der Moment. Der Verschluss der Tasche springt auf, ich lasse meine Hand hineingleiten. Ich ertaste den kühlen Griff von Yais Dolch, spüre die feinen Ornamente auf meiner Haut, schließe meine Finger, die feucht sind und ein wenig zittern, fest um diesen Griff und ziehe die Waffe langsam aus der Tasche.

Puppenspiel

Ich zucke zusammen, als István Korvusz plötzlich vom Stuhl aufspringt. Ich war nicht schnell genug, ich habe Yais Dolch nicht einmal ganz aus der Tasche gezogen. Was habe ich erwartet? Dass er mir seelenruhig dabei zusieht? Aber offenbar hat er gar nicht auf meine Hand geachtet. Möglichst unauffällig stecke ich den Dolch zurück in die Tasche, während Korvusz die milchig schimmernde Glaskugel aus einer Schublade seines Schreibtischs hervorholt. Mit einer Bewegung aus dem Handgelenk aktiviert er sie.

»Ich möchte dir etwas zeigen, Fineseeker.«

Er hält mir die Kugel unter die Nase. In ihrem Innern wird so etwas wie ein Film abgespielt, dreidimensional wie ein Puppenspiel, schwarz-weiß, ungenau und von Verzerrungen und statischen Störungen durchzogen. Ich erkenne die Szene sofort, denn eine der kleinen, dreidimensionalen Puppen dort unten bin ich selbst. Die winzige Amazone dort in der Glaskugel plumpst vom Rücken eines kleinen Pferdes, drängt sich durch eine Menge merkwürdigster Gestalten und umarmt eine weitere dreidimensionale Puppe mit blasser Stirn und kurzem Haar. Fein. Korvusz hat eine Aufnahme dessen, was ich im Traum erlebt habe. Mit einer weiteren Handbewegung lässt er das Bild verschwinden, dann legt er die Kugel auf den Schreibtisch.

»Wieso beauftragst du mich, deine Freundin zu suchen, wenn du dich schon selbst in der magischen Sphäre mit ihr triffst? Wie bist du dorthin gekommen, Elisabeth? Wer ist dieses kleine Mädchen, das mit dir gesprochen hat? Was hat sie dir gesagt?«

Bevor ich antworten kann, öffnet sich die Tür zum Büro.

»Was denn?«, fährt Korvusz hoch.

Einer der Sicherheitsmänner bleibt an der Schwelle stehen und hebt beschwichtigend die Hand. »Der stumme Alarm wurde ausgelöst. Wir brauchen eine Entscheidung.«

»Muss das jetzt sein?«

»Ja. Tut mir leid.«

Korvusz wirft mir einen Blick zu, den ich nicht deuten kann. Unter anderen Umständen würde ich ihn vielleicht als nett bezeichnen.

»Warte hier, Eli. Nimm dir noch eine Limo, wenn du magst. Ich bin gleich wieder da.«

Der Sicherheitsmann schließt hinter ihm die Tür.

Ich bin allein.

Riskant

Ich warte ein paar Augenblicke, um sicherzugehen, dass Korvusz tatsächlich verschwunden ist. Dann gehe ich auf die Glaskugel zu, die immer noch auf dem Schreibtisch liegt. Warum ist Korvusz so leichtsinnig? Er scheint mir tatsächlich ein wenig zerstreut zu sein. Aber das kann natürlich irgendeine ausgefuchste Strategie sein. Ich muss auf der Hut bleiben. Und ich muss schnell sein. Ich strecke die Hand nach der schimmernden Kugel aus, als es plötzlich in meiner Handtasche brummt. Ich hatte fast vergessen, dass außer Yais Dolch auch noch mein Smartphone darin ist. Es brummt hartnäckig – ein Anruf. Das ist merkwürdig, ich kenne niemanden, der mich anrufen würde, wenn er mir auch eine Nachricht schicken kann. Außer Fein vielleicht. Die Nummer auf dem Display kenne ich nicht. Ich gehe ran.

»Elisabeth? Hier ist Reinhold. Es war sehr nett von dir, dass du heute Morgen im Krankenhaus warst. Es hat uns sehr viel bedeutet. Danke.«

»Keine Ursache. Ich habe allerdings gerade nicht viel Zeit ...«

»Es gibt Neuigkeiten von den Ärzten.«

»Gute oder schlechte Neuigkeiten?«

»Wie man es nimmt. Die gute Nachricht ist: Offenbar war Josefine in der letzten Nacht kurzzeitig wach. Sie war für ein paar Sekunden bei Bewusstsein, das ergibt zumindest die Auswertung der Hirnströme.«

»Und der schlechte Teil der Nachricht?«

»Heute Morgen wurden weitere Untersuchungen gemacht, ich weiß gar nicht mehr, wie oft Josefine inzwischen in eine von diesen schrecklichen Röhren geschoben wurde. Jetzt hat man wohl endlich entdeckt, was der Grund für ihren Zustand sein könnte. Wie die Ärzte schon vermutet hatten, gibt es eine Anomalie, eine Art Verformung, irgendwo in Josefines Hirn. Sie wollen sie operieren und versuchen, diese Anomalie zu entfernen.«

»Das ist doch keine schlechte Nachricht, oder?«

Ich merke, wie sich Feins Vater am anderen Ende Mühe gibt, gefasst und vernünftig zu klingen, während ihm wahrscheinlich nach Schreien und Heulen zumute ist.

»Es ist eine sehr riskante Operation, Elisabeth. Es könnte sein, dass sie schiefgeht. Dass Teile von Josefines Hirn beschädigt werden. Oder dass ...«

Reinhold muss nicht weitersprechen. Ich weiß genau, was er meint.

»Wann soll operiert werden?«

»Schon heute, um 17 Uhr, in etwa vier Stunden. Wenn du Josefine also vorher noch einmal sehen möchtest ...«

»Ich komme, so schnell ich kann. Ich muss noch etwas Wichtiges erledigen.«

»Wir danken dir, Elisabeth. Wir danken dir für alles, was du für deine Freundin tust.«

Für diese Freundin werde ich ins Gefängnis gehen. Das ist mir bewusst. Wie lange werde ich dort bleiben müssen? Zwanzig Jahre vielleicht? So lange bin ich nicht einmal selbst auf der Welt. Die Zahl ist mir zu abstrakt, um sie begreifen zu können. Aber zwanzig Jahre ist nichts gegen die Ewigkeit, die Fein erwartet, wenn die Operation der Ärzte schiefgeht.

Ich ziehe mein Smartphone aus der Tasche. Ich habe noch 3 Stunden, 58 Minuten und 27 Sekunden. Ich setze den Timer. Ich werde Fein nicht im Stich lassen.

Teil 11

Josefine

Es ist die erste Nacht

Ich wache auf, weil es über mir donnert. Es ist aber kein einzelner Donnerschlag, es ist ein anhaltendes, irgendwie singendes Donnern, ein Donnern, das gleichzeitig ein Pfeifen und ein Kreischen ist. Ein schreckliches Geräusch. Ich schlage die Augen auf und die Wirklichkeit sickert durch den Schleier des Schlafs in mein Bewusstsein: Es ist die erste Nacht außerhalb der Niemandsstadt, ich liege auf der Isomatte mitten im Wald, über mir der Sternenhimmel und die sieben Monde.

Durch diesen Himmel fliegen jetzt die stählernen Drachen, sie verdecken die Sterne und die Monde mit ihren Schwingen, schwarze, gezackte Silhouetten, sie fliegen tief und schnell und ich kenne ihr Ziel.

RE tänzelt ein paar Meter weiter nervös vor sich hin, schnaubt leise, aber doch so durchdringend, dass ich es trotz des Fluglärms der Drachen hören kann. Ich bin plötzlich hellwach, stehe auf und gehe zu ihm herüber, lege ihm eine Hand beruhigend auf die Stirn. Ich knipse die Taschenlampe an, die ich gefunden habe, lege sie auf den Boden, sodass sie eine Eiche am Rand der Lichtung anleuchtet, und schwinge mich auf die untersten Äste. Ich habe das lange nicht mehr gemacht, aber als ich ein kleines Mädchen war, gab es kaum einen Baum, auf den ich nicht klettern konnte. Und offenbar habe ich nichts verlernt, es fühlt sich ganz natürlich an, mit den Händen um den Stamm zu greifen, sich hochzuziehen und mit den Füßen irgendwo Halt zu finden. Es dauert nicht lange, bis ich in der Baumkrone bin und über den Wald hinaussehen kann. Nicht allzu weit entfernt sehe ich die Lichter der Stadt und dann, wie kalte Blitze aus dem Nichts, das Feuer der Drachen, die ihr zerstörerisches Werk beginnen. Wieder und wieder fliegen sie ihre Angriffe, tiefer und aggressiver als beim letzten Mal und es sind auch mehr geworden, vielleicht fünfzehn oder sogar zwanzig.

Ich weiß, dass die stählernen Drachen jetzt jede Nacht kommen werden. Ich weiß, dass sie nicht ruhen werden, bis sie die Niemandsstadt ausgelöscht, mit Nullen überschrieben, in ein weites, weißes Feld verwandelt haben.

Plötzlich, dort oben in den knorrigen Ästen der Eiche, kommt mir ein Gedanke: Wenn es die Niemandsstadt gibt, weil es sie in meinem Kopf gibt, gibt es dann meinen Kopf nur, wenn es die Niemandsstadt gibt? Löschen die Drachen, wenn sie die Niemandsstadt auslöschen, auch meine Erinnerungen, mein Bewusstsein, mein Ich? Stirbt mit jedem Angriff auf diese Seite, mit jedem Verschwinden von Magie, ein kleiner Teil von mir?

Ich will nicht länger zusehen. Ich habe keine Zeit zu verlieren. Wie lange habe ich noch? Ein paar Wochen? Oder nur ein paar Tage? Ich klettere vorsichtig wieder herunter, rolle Schlafsack und Isomatte zusammen, packe alles in den Rucksack und führe RE Schritt für Schritt aus dem Wald heraus. Dann schwinge ich mich auf seinen Rücken und wir galoppieren durch die Felder, während der neue Tag im Osten dämmert.

Am frühen Nachmittag

Wir reiten bei Sonne, wir reiten bei Regen, wir reiten so spät in die Nacht, dass wir die Hand nicht mehr vor den Augen sehen. Ab und zu machen wir eine Pause, ich pflücke ein paar Äpfel in Obstplantagen, einmal finde ich einen Baum voller süßer Kirschen, ich habe aber kaum Hunger und RE scheint das Gras, das er in diesen Pausen rupft, ebenfalls zu reichen. Das Land ist leer auf dieser Seite, als wären die einzigen Behausungen die Niemandsstadt und dieses ausgestorbene Dorf, in dem wir waren. Vielleicht ist das Land leer, weil ich hier niemals war, weil keine Erinnerungen oder Vorstellungen es füllen können. Aber mir soll recht sein, dass es hier keine Ortschaften gibt, wir kommen schnell voran, niemand will etwas von uns, niemand hält uns auf.

Es gibt große und schöne Seen auf dem Weg, deren Wasser wir in vollen Zügen trinken, die wir umrunden, um wieder in der richtigen Richtung weiterzukommen. Welches die richtige Richtung ist? Ich vermute, dass es die Richtung ist, die ich für die richtige halte.

Drei Tage reisen wir so, schlafen am Ufer der Seen oder auf dem freien Feld, spüren in jeder Minute jeden Knochen im Leib, RE sicherlich noch mehr als ich, obwohl er sich mit keinem Laut beschwert, bis wir am frühen Nachmittag des dritten Tages die Küste erreichen.

AN MAL

RE und ich reiten am Strand entlang, seine Hufe hinterlassen tiefe Spuren im nassen Sand, das Meer liegt da wie ein blanker Spiegel. Die Wellen kräuseln sich auf den Sand herauf, es sind friedliche, kleine Wellen, jede für sich ein neues, zartes Wesen, das entsteht und gleich wieder vergeht.

Der Strand ist leer bis auf ein paar Möwen. Von den Drachen fehlt jede Spur. Doch nach einer Weile taucht ein Gebäude am Strand auf, es ist einer dieser großen, weißen Pavillons aus Holz mit einem langen Steg auf das Meer hinaus, wie sie vor langer Zeit in den alten Seebädern gebaut wurden. Auf der Spitze jedes der vielen Türmchen ist ein kleines Seepferdchen aus Messing angebracht, auch über dem Eingang gibt es eine Seepferdchenskulptur und in verwitterten Holzbuchstaben der Name dieses Seebads. Einige Buchstaben sind so verblasst, dass ich sie gar nicht mehr lesen kann, nur diese sind übrig:

AN MAL

Stimmt, denke ich, wird Zeit, dass jemand diese Buchstaben neu ANMALt, dann könnte man auch lesen, was da eigentlich steht.

Unter dem weiten Vordach des Pavillons finde ich einen Platz im Schatten für RE, lasse ihn sich dort ausruhen, und betrete das Gebäude durch ein hohes, gewölbtes Portal, an dessen Scheitelpunkt wieder ein Seepferdchen zu sehen ist. In der Mitte des Pavillons verläuft ein breiter Gang mit großen Kacheln im Schachbrettmuster. Auf einer Seite dieses Ganges ist ein Salon oder Café, alle Tische sind mit weißen Tischtüchern bedeckt, Gläser, Teller und Besteck sind ordentlich an allen Plätzen bereitgestellt. Es ist ein Saal wie in Erwartung einer großen Festlichkeit, und doch sehe ich hier niemanden, auch den Eingang zu diesem edlen Strandcafé kann ich nicht entdecken.

Auf der anderen Seite des Ganges befindet sich das, was man früher wohl als Spielhölle bezeichnet hat: Blinkende, summende, schnarrende Automaten, einer neben dem anderen, dicht gedrängt auf einem dunkelroten Linoleumboden.

Ich gehe langsam durch diesen Saal, betrachte die Automaten, die da einsam und tapfer vor sich hin blinken und an denen niemand spielt. Ich frage mich, wie lang es her sein mag, dass hier jemand sein Glück versucht oder sich in einen Wettbewerb gegen den Computer geworfen hat, als ich eine Apparatur entdecke, deren Sinn und Zweck ich nicht verstehe. Es ist eine ziemlich kleine, klobige, graue Kiste auf Rollen, ohne Bildschirm, Hebel oder andere Steuerungselemente. Es gibt bloß ein paar Lämpchen, die an der Seite blinken, eine Kurve, die hoch- und runtergeht, wie ein unmöglich symmetrisches Gebirge, sowie ein regelmäßiges Piepen, das aus dem grauen Kasten dringt. Von irgendwoher kommt mir dieser Apparat bekannt vor. Ich stehe eine Weile davor und erst als ich mich umdrehe, um weiterzugehen, fällt mir auf, dass das Piepen dieses Geräts genau mit dem Piepen, das ich immer im Hintergrund meines Bewusstseins höre, übereinstimmt. In diesem Moment fällt mir der Traum ein, den ich in der ersten Nacht auf dieser Seite geträumt habe, der Nacht unter den sieben Monden, in der die stählernen Drachen kamen. Dieses Gerät habe ich in dem dunklen Raum gesehen, als ich meinen Kopf nicht bewegen konnte. Als ich meine schlafende Mutter gesehen habe. Kein Traum, sondern ein kurzes Aufblitzen der Wirklichkeit. Der Wirklichkeit auf meiner Seite. Ich erinnere mich an Elis Worte: *Du bist im Krankenhaus, Fein. Du liegst im Koma. Neben deinem Bett steht ein Gerät, das deine Herztöne aufzeichnet.*

Dieses Gerät steht jetzt vor mir. In dem Moment, in dem ich das begreife, schlägt mein Herz schneller. Die Kurve schlägt höher aus, die Abstände werden kleiner. Der piepende Ton beschleunigt sich. Das Gerät funktioniert, es misst mein Herz in genau diesem Moment. Aber wieso steht es hier drüben, in einer verlassenen Spielhölle am Strand? Es macht mich nervös, den eigenen Herzschlag zu sehen, also gehe ich ein paar Schritte zurück und versuche, mich zu beruhigen. Ich gehe weiter durch die Spielhalle, ich merke, dass sie so groß ist, dass ich nicht mehr weiß, wo der Eingang war. Schließlich stoße ich auf eine große Röhre mit unverständlichen Signallampen und Anzeigen, ich habe keine Ahnung, welche Art von Spiel das sein soll, ob man sich in dieses Ding legen und dann irgendwie ins Weltall reisen kann? Oder in eine andere Dimension? Ich habe nicht vor, hier irgendetwas auszuprobieren.

Als ich um die Röhre herumgegangen bin, stehe ich vor einer Wand, an der ein großer Timer in Leuchtschrift angebracht ist:

4 Stunden 0 Minuten 0 Sekunden

Während ich noch darüber nachgrübele, was das zu bedeuten hat, läuft der Timer weiter und als ich unter der Stundenangabe endlich eine unscheinbare Tür entdecke, die hoffentlich aus dieser Halle herausführt, steht die Anzeige auf:

3 Stunden 58 Minuten 27 Sekunden

Wessen Zeit läuft hier ab?

Geschlossene Gesellschaft

Die Tür führt aus der Spielhalle heraus wieder auf den Gang mit den Kacheln im Schachbrettmuster. Jetzt sehe ich auch endlich den Eingang zum Strandcafé, eine große Glastür mit einem goldenen Seepferdchen darauf. An der Tür klebt ein handgeschriebener Zettel:

Heute:
Geschlossene Gesellschaft
Trauerfeier Josefine Freund

Ich muss an die frische Luft.

Ich renne den Gang entlang, an der Rückseite aus dem Gebäude heraus und weiter über die lange Seebrücke, meine nackten Füße hämmern auf die Holzplanken, ich laufe, so schnell ich kann, unter mir glucksen die zarten Wellen, über mir kreisen die dunklen Schemen der krächzenden Möwen und vor mir liegt das schimmernde, spiegelblanke, schweigende Meer.

Am Ende der Seebrücke bleibe ich stehen, mein Herz pocht dumpf und schnell, ich atme die salzige Luft gierig ein. Ich entscheide mich, nicht zurückzublicken, mich auf das zu konzentrieren, was vor mir liegt: das endlose Meer. Natürlich weiß ich, dass es nicht endlos ist, dass irgendwo hinter dem Horizont Dänemark liegt, oder von mir aus auch Schweden, und dahinter Norwegen, die Arktis, der Nordpol. Falls es diese Orte auf dieser Seite überhaupt gibt. Vielleicht ist das Meer hier tatsächlich endlos, es würde mich nicht wundern. 3 Stunden 58 Minuten 27 Sekunden bis *was* passiert?

Ich versuche, nicht daran zu denken, versuche, an gar nichts zu denken, meinen Kopf ganz leer zu machen, so wie ich es beim Laufen oft geschafft habe, beim Flanoggen durch die Stadt. Erst mit diesem leeren Kopf bin ich in die Niemandsstadt gelangt und wer weiß, vielleicht muss mein Kopf genauso leer sein, um wieder herauszugelangen. Ich blicke auf das Meer, dieses weite, glänzende Feld, ich denke an nichts.

Ich weiß nicht, wie lange ich dort gestanden und auf das Wasser hinausgestarrt habe, als ich plötzlich bemerke, wie sich die Oberfläche gleich vor mir kräuselt. Etwas muss dort unten sein. Etwas ziemlich Großes.

In einem Sprühen von Schaum

Das Kräuseln wird zu einem Brausen, zu einem Sprudeln und Wirbeln, und dann taucht in einem Sprühen von Schaum und glitzernden Tropfen der größte Drache aus dem dunkelgrauen Meer, den ich jemals gesehen habe. Obwohl: Ganz sicher kann ich mir da nicht sein, denn bis jetzt habe ich Drachen nur aus ziemlicher Entfernung gesehen und dieser hier schwimmt in Kirschkernspuckweite vor mir. Seine Schuppen glitzern silbern und blau, seine Flügel ragen halb aus dem Wasser, der gewaltige Kopf hebt sich hoch über mich, die golden glänzenden Augen blicken zu mir herunter.

Ich habe Glück, dass mein Herz die ganze Zeit sowieso schon pocht wie verrückt, sonst könnte ich vielleicht auf die Idee kommen, dass ich Angst habe. Das Auge des Drachen sieht mich durchdringend an, es erinnert mich an das Auge des Fröschleins, das ich schon lange nicht mehr gesehen habe, das letzte Mal in der Umkleidekabine, als die stählernen Drachen die Niemandsstadt angegriffen haben. Und an ein weiteres Tier erinnert mich dieser Drache, merkwürdigerweise, denn es ist ein sehr kleines Tier und das Wesen hier vor mir ist ausgesprochen groß. Trotzdem hat der Drache, wie er da im Wasser schwimmt, eine gewisse Ähnlichkeit mit einem Seepferdchen.

Seepferdchen? Frosch? Fällt dir vielleicht noch etwas Schmeichelhaftes ein? Blindschleiche? Eidechse? Regenwurm?

Es ist wie eine Stimme in meinem Kopf, obwohl das nicht ganz richtig ist. Es ist *meine* Stimme in meinem Kopf. Trotzdem weiß ich, dass es der Drache ist, der hier mit mir redet. Der Drache, der meine Gedanken liest.

Natürlich kann ich deine Gedanken lesen. Ich bin deine Gedanken. Wenn du verstehst, was ich meine.

Nein, verstehe ich nicht. Kannst du das erklären?

Nein. Aber selbst wenn ich es könnte, wollte ich es nicht. Wir Drachen sind magisch und rätselhaft. Wenn du eine Erklärung suchst, halte Ausschau nach einem Erklärbär. Nun zu deinem Auftrag.

Die Niemandsstadt hat nicht mehr viel Zeit. Number One schickt seine stählernen Drachen aus, um sie auszulöschen.

Etwas weniger als vier Stunden Zeit?

So ungefähr, ja. Können Drachen so schnell fliegen?

Natürlich. Die Frage ist, ob wir das auch wollen.

In der Stadt ist es schrecklich heiß.

Und hier so schön kühl.

Du bist sanft. Nicht, wie man sich einen Drachen vorstellt.

Komm nicht zwischen den Drachen und seinen Zorn.

Der Drache senkt seinen Kopf zu mir hinunter, ganz nah heran, sodass wir fast Stirn an Stirn dort stehen. Ich verliere mich fast in seinem goldenen Auge, ich habe das Gefühl, dort hineinzufallen, ich stelle mir vor, dass in dieser Pupille die Unendlichkeit liegt, das All, die unermessliche Strahlung, die Endlosigkeitkeitkeit.

Er stieg auf
Ein Vogel
Er hielt seinen Flug
Ein flinkes reines Krähen

Ich sehe es aus dem Augenwinkel. Die dunklen Schemen über mir sind keine Möwen. Es sind Krähen. Nein: Crowbots. Eine von ihnen rast im Sturzflug auf das Auge des Drachen zu. Ihr Schnabel glänzt metallisch, es ist kein normaler Schnabel, es ist ein langer, scharfer, gebogener Dolch, der dort aus dem Vogelkopf ragt, der immer weiter hervorragt, länger inzwischen als die Krähe selbst.

Der Crowbot rast auf das Auge zu, das goldene Auge, in dem ich verloren bin, sodass ich den Drachen nicht warnen kann.

Ich fasse mir ein Herz

Ein Schuss kracht hinter meinem Rücken, der Crowbot wird abrupt aus seiner Bahn geschleudert und landet als trudelnder Fetzen aus Federn, Zahnrädern und Platinen im Meer. Ich drehe mich um und sehe James, wenige Schritte hinter mir kniend, die Muskete mit rauchendem Lauf noch im Anschlag.

»James«, rufe ich, »du bist …«

»Vorsicht!«

Ich kann mich gerade noch rechtzeitig bücken, ein weiterer Crowbot schießt über meinen Kopf hinweg. Von überallher stürzen die grauschwarzen Vögel jetzt auf uns herunter, zwei weitere lässt der Drache mit einem kurzen Flammenstoß in der Luft verkohlen. Das Wasser beginnt zu brodeln, Wind kommt auf, weitere Drachen steigen aus dem Meer empor, schwingen sich in die Luft, fegen die Crowbots mit den Flügeln beiseite oder lassen sie mit gezielten Flammen im Flug verglühen. Es sind zwanzig oder mehr dieser Kreaturen, die sich nach und nach in die Luft erheben und bald über uns kreisen. Der Drache, der zuerst aufgetaucht war, senkt den Kopf jetzt so tief, dass ich über das Geländer der Seebrücke problemlos auf ihn klettern könnte.

Lass uns fliegen. Und nenn mich Julyn.

Ich fasse mir ein Herz, stemme mich über die rostige Eisenreling und setze einen Fuß auf die Schnauze des Drachen. Bevor ich den nächsten Schritt mache, muss ich das

Geländer loslassen, ich balanciere, beide Arme nach außen gestreckt, über den Drachenkopf, bis ich mich an einem der lang nach hinten gestreckten Hörner festhalten kann. Jetzt erst drehe ich mich um. James steht dort am Geländer, der Wind zerrt an seinem Haar, die Federn an seinem Cape flattern, er starrt an mir vorbei hinaus aufs Meer. Vielleicht ist James nicht schwindelfrei. Oder möchte er nicht mit mir auf einem Drachen zurück in die Niemandsstadt reiten? Ich strecke die Hand aus, er schüttelt den Kopf und deutet auf eine Stelle im Wasser. Dort, wo sein Finger hinzeigt, wächst ein Felsen aus dem Meer. Ein paar Meter weiter noch einer, und ein weiterer dahinter, eine ganze Reihe von hohen, scharfkantigen, steilen Steinblöcken, die sich bis zum Horizont zieht. James nimmt Anlauf und springt. Mit Mühe landet er auf dem ersten Felsen, denn während er noch in der Luft ist, schiebt sich der Stein in eine Richtung davon. Ich begreife, was das ist: Irrfelsen. James schickt mir noch einen kurzen Blick zu, dann springt er zum nächsten Felsen, von dem er fast ins Wasser stürzt. Beim nächsten Sprung sind seine Füße schon fast zu Hufen geworden. Ein glänzendes Fell bedeckt seine Haut. Seine Beine und Arme sind dünn geworden. Ein paar Felsen weiter schaut er ein letztes Mal zu mir, aus den Augen des Rehkälbchens.

James ist auf dem Weg auf die andere Seite.

Bist du bereit?

Ja, ich bin bereit. Ich halte mich an den Hörnern des Drachen fest.

Und dann fliegen wir.

Es ist an der Zeit

Unter uns das graue, ruhige Meer. Die Irrfelsen wie eine Perlenkette und das winzige Rehkälbchen, das auf ihnen herumspringt. Ich sehe den weißen Pavillon am Strand, ich sehe RE, das tapfere graue Pferd, wie es am Wasser entlanggaloppiert, den Kopf wiehernd nach oben wirft, als ob es mir folgen wollte. Mit ein paar Flügelschlägen hebt sich der Drache höher und höher, die Wälder unter uns sind dichte, grüne Teppiche, in denen ab und zu die Seen blau blitzen.

Neben uns fliegen die anderen Drachen, es sind wundersame Wesen in allen Farben, dunkelblau, silbern und violett, schimmernd wie Bronze oder mit feinem, weißen Fell bedeckt. Auch die Form ihrer Körper, Flügel und Köpfe ist ganz unterschiedlich, aber allen gemeinsam ist der große Ernst, mit dem sie ihre Flügel schlagen, ihre Hälse nach vorne recken, den Weg vor sich im Blick haben. Doch es ist ein heiterer Ernst, ein Ernst, hinter dem immer ein Augenzwinkern liegt.

Die sieben Monde stehen blass am Himmel, die Strahlen der drei Sonnen fallen schräg auf das Land, wie lange fliegen wir schon? Wie viel Zeit bleibt uns?

Siehst du die Stadt, Josefine?

Am Horizont erkenne ich die Silhouette der Niemandsstadt. Es wird nicht mehr lange dauern, bis wir da sind. Ich werde dem Drachenmeister erklären, dass die Drachen da sind, um die Stadt zu beschützen und …

Ha! Drachenmeister!

… und ich werde der Monsterreglementierungsbehörde versichern …

Puh! Monster reglementieren!

Ich werde den Bewohnern der Niemandsstadt, vom Babydämon bis zum verschlafensten Troll, versichern …

Ich komme nicht dazu, meine Gedanken zu Ende zu führen, denn in diesem Augenblick ertönt ein Geräusch hinter uns, das ein Pfeifen, Kreischen und Donnern zugleich ist. Die stählernen Drachen, Number Ones Drachen, sind wie aus dem Nichts aufgetaucht, sie pflügen durch unsere Formation, sie schlagen mit den metallischen Flügeln, einer von unseren, ein kleinerer, kupferfarbener Drache, wird getroffen und trudelt verletzt dem Boden entgegen. Es müssen an die fünfundzwanzig Maschinendrachen sein, die durch uns hindurchwirbeln, uns an allen Seiten überholen, die einen bestialischen Kriegsschrei ausstoßen, als sie uns hinter sich gelassen haben und ihren Angriff auf die Niemandsstadt starten.

Plötzlich höre ich nicht nur die Stimme des einen Drachen in meinem Kopf, sondern auch die Stimmen all der anderen, und alle sind sie meine eigene Stimme. Und so, wie ich meinen Kopf leer gemacht habe, als ich allein unten am Meer stand, so bringe ich diese Stimmen in meinem Kopf zum Schweigen. Dann spreche ich zu ihnen allen zugleich:

Es ist an der Zeit, meine Freunde.

Dieser Tag soll nicht den Maschinen gehören. Dieser Tag soll

den Träumen gehören. Dieser Tag soll uns gehören. Fliegt, Drachen, fliegt, so schnell ihr könnt. Und dann kämpft. Kämpft um jeden Funken Hoffnung. Kämpft um das Leben.
Fliegt.
Und träumt.
Die Schlacht um die Niemandsstadt hat begonnen.

Teil 12

Elisabeth

Tu es

Ich zucke zusammen, als Korvusz hinter mir die Bürotür öffnet. Meine Hand, die die Glaskugel auf seinem Schreibtisch fast schon berührt hatte, verschwindet unauffällig hinter meinem Rücken. Zumindest hoffe ich, dass es unauffällig aussieht. Doch Korvusz scheint sich nicht besonders für das zu interessieren, was ich tue. Er wirkt gleichzeitig besorgt und abenteuerlustig, wie ein kleines Kind vor dem ersten Kindergartenausflug. Er stellt sich vor die holografische Wand und aktiviert sie mit einem Fingerschnippen.

»Schau dir das an, Elisabeth. Das ist gerade eben geschehen, auf diesem Gelände, während wir hier gesprochen haben.«

In der Projektion erscheint die Aufnahme einer Sicherheitskamera, Datum, Uhrzeit und Position der Kamera werden auf dem Bildschirm angezeigt: Lieferanteneingang, vor ungefähr fünf Minuten. Ein Tor schiebt sich automatisch auf, dahinter wird ein Müllwagen sichtbar, eines dieser typischen, orangefarbenen Fahrzeuge der Stadtreinigung. Der Wagen fährt langsam auf das Gelände, die Beschriftung auf der Seite ist jetzt gut lesbar: *Leer Force One*. Jeder dieser Wagen von der Stadtreinigung trägt einen dieser lustig gemeinten Sprüche, ich weiß, dass Fein merkwürdigerweise ein großer Fan ist und sie alle auswendig kennt. Korvusz zoomt in die Fahrerkabine hinein. Die Qualität dieses Überwachungsvideos ist hervorragend, aber das überrascht mich bei einer Firma wie Magick überhaupt nicht. Ich kann sehr gut erkennen, wer sich in der Fahrerkabine der Leer

Force One befindet. Hinter dem Steuer sitzt ein etwa elfjähriges, zierliches Mädchen mit Augen wie Kohlen. Es ist Yai. Auf dem Platz neben ihr: ein Rehkitz.

»Ist das zu glauben?«, murmelt Korvusz und zoomt noch näher heran. Die Tür des Müllwagens öffnet sich, das Rehkitz springt auf seinen stöckeligen Beinen heraus, Yai folgt ihm mit einem energischen Sprung. Sie zieht die Kapuze ihres Hoodies über den Kopf, ihr Gesicht verschwindet im Schatten. Korvusz setzt die Aufnahme zurück, er vergrößert das Gesicht von Yai, bis es die ganze Wand bedeckt.

»Wer ist dieses Mädchen? Wie macht sie das?« Er kneift die tief in ihren Höhlen liegenden Augen zusammen. Beugt sich nach vorn. Achtet überhaupt nicht auf mich. Ich stehe nur einen Schritt schräg hinter ihm. Vom Bildschirm aus schaut Yai direkt in meine Augen. Es beruhigt mich, dass sie hier ist. Das bedeutet, dass sie mich nicht im Stich lässt. Dass sie an mich glaubt. Dass sie darauf vertraut, dass ich ihren Auftrag ausführe. *Tu es!* scheinen mir diese Augen zuzuflüstern. *Tu es jetzt!*

Diesmal zittert meine Hand nicht, als ich den Verschluss der Tasche öffne. Meine Finger sind nicht feucht, als ich sie um den Griff von Yais Dolch schließe. Ich ziehe die Waffe in einer einzigen, schnellen Bewegung heraus. Ich hebe den Dolch hoch über meinen Kopf. Jetzt muss ich meine Hand nur noch herunterfallen lassen, und die lange, dünne Klinge wird in seinem Nacken verschwinden. Ich weiß nicht allzu viel über Biologie oder Medizin. Aber ich weiß, dass István Korvusz das nicht überleben wird. Wahrscheinlich wird es blutig, laut und furchtbar. Wahrscheinlich ließe sich das eleganter lösen. Aber die Zeit habe ich nicht. Ich stoße zu.

Niemand muss

Ein Vogel flattert mir mitten ins Gesicht, seine Federn schlagen mir in die Augen, die Krallen zerkratzen meine Haut, ich verliere die Balance, stolpere zur Seite, der Dolch verfehlt sein Ziel und bohrt sich in das Holz des Schreibtischs, anstatt Fleisch, Sehnen, eine Luftröhre zu zerschneiden.

Korvusz dreht sich um, schaut mich fassungslos an, dann wandert sein Blick zu dem Vogel, dann zu dem Dolch, der mit zitterndem Griff in der Schreibtischplatte steckt. Der Vogel ist ein winziges Rotkehlchen, das sich mittlerweile auf eine Stuhllehne gesetzt hat und sich mit dem Schnabel einige seiner zerzausten Federn zurechtzupft.

»Glaubst du nicht, dass du Herrn Korvusz eine Entschuldigung schuldest?«, fragt das Rotkehlchen beiläufig. »Du hättest ihm fast mit deinem Zahnstocher dort gepikst. Wer weiß, wie das ausgegangen wäre?«

Korvusz setzt sich langsam auf einen Stuhl. Yais Augen blicken immer noch von der holografischen Wand herunter. Korvusz schaut mich mit einem Ausdruck von Sorge, Traurigkeit und Enttäuschung an. »Elisabeth, was ist denn los? Ich dachte, wir wären irgendwie verbunden. Ich hatte solchen Respekt vor dir. Und jetzt? Was tust du denn da? Soll ich einen Arzt rufen?«

Es fällt mir schwer zu sprechen. Das Blut rauscht in meinen Ohren. Das Rotkehlchen sieht mich fast belustigt an, falls so etwas für ein Rotkehlchen möglich ist.

»Keine Zeit«, kann ich gerade noch hervorbringen, »die

Operation, die Drachen, die Niemandsstadt. Ich habe keine Zeit.«

Ich mache einen Ausfallschritt, ich greife nach dem Dolch, ich muss zu Ende bringen, was ich angefangen habe.

Da packt jemand mein Handgelenk. »Das würde ich nicht tun.«

Es ist nicht mehr das Rotkehlchen, das dort auf dem Stuhl sitzt. Es ist Biorn. Sie hält mein Handgelenk fest umklammert und lächelt mich gutmütig an.

»Wer sind Sie?«, fragt Korvusz, jetzt offenbar vollständig verwirrt.

»Ich heiße Biorn, nicht Björn, nicht Björk, sondern: B-I-O-R-N. Oder auch *Robin,* wenn man die Buchstaben ein wenig tanzen lässt. Robin Gutfreund, auch als Robin Goodfellow bekannt, Robin Bonenfant, Hobgoblin, Hipgoblin und Hip-Hop-Goblin, Puck und schmuck und ruckzuck ist ein ganzer Mond ist nach mir benannt, und zwar einer von siebenundzwanzig und in vier mal zehn Minuten kann ich einen Gürdel um die Erde ziehen.«

Sie macht eine tiefe Verbeugung und als sie sich aus dieser wieder aufrichtet, steht nicht mehr Biorn vor uns, sondern mein Geschichtslehrer Borgesius.

»So ein simpler Trick, aber ihr beide guckt wie von einem Pferd geküsst, oder von einem Regionalexpress, oder auch von einem Pferd, das Regionalexpress heißt. Ich bin Gestaltwandler sowie Wandler zwischen den Welten, und normalerweise mische ich mich nicht in die Angelegenheiten von Sterblichen ein. Aber ihr Sterblichen sollt gehen, wenn eure Zeit gekommen ist, und nicht viel zu früh.«

Borgesius, oder vielmehr Robin Gutfreund in Gestalt von

Borgesius, zieht eine blaue Blume aus einem seiner Jackettärmel, riecht daran, lächelt, und lässt sie im anderen Ärmel verschwinden, bevor er weiterredet.

»Josefine liegt mir am Herzen, genau wie dir, Elisabeth. Wir alle in der Niemandsstadt, wir Kobolde, Feen, Drachen, Trolle, Vampire, Dämonen, sogar die Langweiler von den Behörden: Wir brauchen Träumer wie sie. Aber es gibt nicht mehr viele. Wenn sie aufhören zu träumen, hören wir auf zu existieren. Das wäre doch jammerschade. Und warum hören sie auf zu träumen? Weil die Menschen zu sehr damit beschäftigt sind, in Maschinen zu glotzen. Weil ihre kleinen Gehirne das nicht gleichzeitig können: Auf Magick posten und in den Tag hinein träumen. Weil sie nicht mehr nach oben in die Wolken gucken, sondern nur noch nach unten in ihr Smartphone. Weil das, was auf ihren Bildschirmen passiert, ihnen ihre Vorstellungskraft raubt. Die Fantasie ist wie ein Muskel, der verkümmert, wenn man ihn nicht benutzt. Welches Kind hat mehr Fantasie? Das, das irgendeinen Holzklotz in seinem Kopf zu einem Drachen macht? Oder das, das einen perfekt aussehenden Drachen auf seinem Bildschirm steuert? Man kann unserem István hier nicht vorwerfen, keine Träume gehabt zu haben, aber inzwischen bedeuten sie nichts mehr. Er hat hier nichts mehr zu sagen. Yais scharfe Klinge soll nicht in sein Herz gestoßen werden. Sondern in das Herz von Number One. Niemand muss gestoppt werden, sonst stoppt ihn niemand mehr.«

Gier der Maschine

István Korvusz steht ziemlich mühsam von seinem Stuhl auf, muss sich aber gleich wieder hinsetzen. »Moment«, sagt er, »das Herz von Number One?«

Das ist also seine größte Sorge?

»Er weiß es nicht«, sagt Robin Gutfreund, »er weiß tatsächlich nicht, was seine verrückt gewordene Spielkonsole in der Niemandsstadt anrichtet. Sieh einmal gut hin, István ...« Er schnappt sich die Glaskugel und wirft sie mit aller Kraft mitten in den Raum. Korvusz zuckt zusammen, aber als Robin mit den Fingern schnippt, schwebt sie ansatzlos auf der Stelle. Yais Augen verschwinden von der holografischen Wand, an ihre Stelle tritt eine schwarz-weiße, körnige Projektion, eine Übertragung von der anderen Seite. Wir sehen die Niemandsstadt von oben, es ruckelt und die Perspektive ändert sich andauernd, offenbar sehen wir durch die Augen eines fliegenden Wesens.

Robin bestätigt meine Vermutung. »Die Übertragung von einem Crowbot.«

»Live?«, fragt Korvusz. »Aber das ist nicht möglich ...«

»In diesem Fall schon«, sagt Robin, »wir haben ihn gehackt. Gewissermaßen. Zumindest klammert sich gerade eine Fee um seinen Hals und bangt um ihr Leben.«

In diesem Augenblick kommen die stählernen Drachen ins Bild. Sie fliegen in einer pfeilförmigen Formation, es müssen zwanzig oder mehr von ihnen sein. Sie stürzen vom Himmel, die Formation fächert sich auf, kaltes Feuer regnet auf die Stadt herunter,

Häuser, Straßen, ganze Blocks verschwinden, werden ausradiert wie weicher Bleistift auf Papier.

»Wie kann das sein?«, murmelt Korvusz. »Es gibt nur drei von ihnen. Dort sind so viele, wo kommen sie her?«

Robin schüttelt den Kopf. »Number One hat gelernt, die Drachen zu duplizieren. Was du dort siehst, sind Klone. Sie werden hier, auf diesem Gelände, hergestellt, komplett automatisiert. Jeder Handgriff wird von einem Roboter ausgeführt, der wiederum von einem weiteren Roboter gebaut wurde, der von einem anderen Roboter gebaut wurde, und so weiter. Kein Mensch weiß darüber Bescheid. Number One lässt alles so aussehen, wie du es sehen willst. Vergiss nicht, dass er jede Kamera kontrolliert, jede Tür, jeden Sensor. Das, was wir hier sehen, ist die unkontrollierte Gier der Maschine.«

Korvusz und ich starren auf die Projektion, können die Augen nicht abwenden. Die stählernen Drachen sind ihre erste Angriffswelle geflogen, sammeln sich wieder, kreisen über der Stadt, suchen sich die nächsten Ziele.

»Erinnert euch das an etwas?«, fragt Robin. »So ähnlich sah es einmal in dieser Stadt, auf dieser Seite aus. Wir alle wissen, wie es ausgeht, wenn sich die Menschen ihre eigenen Drachen bauen. Aber noch weiß niemand, wie es ausgeht, wenn sich Maschinen ihre eigenen Maschinen bauen.«

Das Blut klopft in meinen Schläfen, während Number Ones Drachen ihren nächsten Angriff starten. »Fein ist irgendwo dort unten«, schreie ich fast, »sie ist in Gefahr!«

Robin schüttelt den Kopf, ganz genau wie Borgesius, wenn man im Unterricht eine falsche Antwort gegeben hat. »Fein ist nicht dort unten.«

Mit ein paar Handbewegungen steuert er den Fokus der Übertragung hin zu einer Wolke am Horizont, vor der so etwas wie Fliegendreck zu sehen ist. Er zoomt das Bild näher heran. Was soll das sein? Ein Möwenschwarm?

»Das sind die *echten* Drachen. Sie sind unterwegs. Sie sind schnell. In ein paar Herzschlägen werden sie da sein. Mit Josefine. Sie ist in noch viel größerer Gefahr, als du vermutet hast, Elisabeth.«

Ich war dort

Plötzlich reißt die Übertragung ab, das Bild flackert, nur ein graues Grisseln bleibt übrig. Kosmisches Rauschen. Ich bin fast froh darüber. Ich kann mir vorstellen, wie es dort weitergehen wird, ich muss es nicht auch noch sehen. Ich ziehe mein Smartphone aus der Tasche und schaue auf den Timer: 03:36:42.

Ich muss mich beeilen. Ich muss hier raus, wenn ich Fein noch sehen will.

»Ich war dort«, flüstert Korvusz und unterbricht damit meine Gedanken. »Als ich ein Kind war, war ich dort, in dieser Stadt. Ich bin über die Gehwegplatten spaziert, die auf glühender Lava schwammen, ab und zu hat mich ein Kobold gekratzt oder ein kleiner Dämon gebissen. In meiner Sockenschublade hatte ich einen geheimen Vorrat an Pflastern, mit denen ich diese Wunden am Morgen, vor dem Frühstück mit meinen Eltern, verborgen habe. Ich weiß gar nicht, wie es passiert ist, aber irgendwann konnte ich nicht mehr dorthin. Ich habe immer davon geträumt, noch einmal in diese Stadt zu gelangen. Alles würde ich dafür geben.«

»Dann müssen wir uns beeilen«, sagt Robin, »sonst ist davon nichts mehr übrig.« Er zeigt auf das Ölgemälde, auf dem die Spielkonsole verewigt ist, die István Korvusz zu seinem zehnten Geburtstag geschenkt bekommen hatte. »Wo befindet sich Number One? Wo genau ist die allererste Platine? Wo schlägt das Herz der Finsternis, István Korvusz?«

Korvusz senkt die Augen. Er ist im Begriff, sein Lebenswerk, seinen besten Freund, sein gesamtes Vermögen zu verraten und zu vernichten. Ich weiß nicht, ob er dazu in der Lage ist. Wer wird er sein, wenn es Number One, wenn es Magick nicht mehr gibt?

Ich mache einen Schritt auf den Schreibtisch zu, ziehe den Dolch aus der Holzplatte und halte ihn mit dem Griff voran Korvusz entgegen. »Ein Geschenk. Ich weiß, dass das keine Wiedergutmachung sein kann. Aber es ist ein Geschenk, das von Herzen kommt. Mach damit, was du willst.«

Korvusz nickt mir zu, sehr freundlich, wie mir scheint, zumindest für jemanden, der gerade eben fast von mir ermordet wurde. Er packt den Griff und hebt die Klinge vor die Augen, um die feinen Verzierungen darin genau betrachten zu können.

Die Tür zum Büro öffnet sich. Der Sicherheitsmann, der eben schon einmal hereingekommen war, tritt in den Raum. Aber er kommt nicht weit, denn Korvusz schleudert den Dolch mit aller Kraft in seine Richtung. Die Klinge bleibt in seinem linken Auge stecken.

Ältere Baureihe

Kein Blut. Kein Schrei. Nur ein kleines Wanken des Körpers, während der Kopf des Sicherheitsmannes sich langsam um die eigene Achse dreht und kleine blaue Funken aus dem rechten Ohr sprühen. István Korvusz nimmt Anlauf und rammt den Sicherheitsmann mit der vollen Kraft seines gedrungenen Körpers, stemmt ihn gegen den Schreibtisch, greift in seinen Nacken, findet offenbar einen neuralgischen Punkt, denn plötzlich sackt der Mann zusammen, wobei sein verbliebenes Auge aber weiter unruhig den Raum absucht.

»Sie sind Bots«, sagt Korvusz und versucht, wieder zu Atem zu kommen. »Ältere Baureihe, trotzdem sehr gefährlich. Es gibt ziemlich viele von ihnen, wir müssen uns beeilen.«

»Könnte zu spät sein«, sagt Robin und deutet auf die Tür, durch die sich in diesem Moment sieben oder acht weitere Sicherheits-Bots drängeln.

Ich sehe schwarz, und das betrifft nicht nur die Anzüge dieser Killer-Cyborgs. Ich mache einen Ausfallschritt und ziehe Yais Dolch mit einem Ruck aus dem Auge des Bots, der reglos auf der Schreibtischplatte liegt. Es gibt einen Kurzschluss, einen schmerzhaften elektrischen Stoß, ich lasse den Griff fast los, aber dann packe ich umso fester zu. Ich bin die Kriegerin. Mich erwartet ein Kampf, den ich nicht gewinnen kann. Aber ich habe nicht vor, aufzugeben.

»Können wir sie abschalten?«, rufe ich Korvusz zu.

Korvusz hockt mittlerweile unter dem Schreibtisch, einen

Laptop, den ich hier zum ersten Mal sehe, auf seinem Schoß. Er haut hektisch in die Tasten, während sich die Sicherheits-Bots im Halbkreis um uns aufstellen, einige von ihnen machen merkwürdige Bewegungen mit Händen und Füßen, es erinnert mich an den Ententanz, den das Lehrerkollegium einmal als Teil einer albernen Abifeier vortanzen musste.

»Ich versuche es gerade, aber Number One ist dabei, mich aus dem Sicherheitssystem zu werfen. Einen Moment noch … oh Shit!«

Der Bildschirm des Laptops wird schwarz, der Ententanz hört auf, die Bots stehen militärisch stramm. Dann setzen sie alle gleichzeitig den linken Fuß nach vorn. Alle zugleich gehen sie in die Hocke, setzen zum Sprung an. Jetzt erst bemerke ich, dass an die Stelle ihrer Nasen eine Art metallischer Krähenschnabel getreten ist, eine dunkel glänzende, gebogene, messerscharfe Klinge. Ich stelle mich vor Korvusz, der noch unter dem Schreibtisch kauert. Ich mache mich bereit, den Dolch nach vorne gestreckt. Doch bevor wir die Klingen kreuzen können, rast ein Rugbyspieler in einem knallgrünen Trikot mit der Aufschrift *1. FC Goodfellow* wie ein Derwisch von der Seite in die Reihe der Sicherheits-Bots. Er schiebt sie zusammen wie Dominosteine, aber sie brauchen nur Sekundenbruchteile, um zu reagieren. Robin kann sich gerade noch unter einem Schnabelhieb hinwegducken, der ihn fast den Kopf gekostet hätte.

»Lauft!«, ruft Robin Gutfreund. »Lauft, so schnell ihr könnt!«

Ich schnappe mir Korvusz, ziehe ihn unter dem Schreibtisch hervor, schleppe ihn mit mir hinaus aus dem Büro, durch den Notausgang in das Treppenhaus, und wir laufen um unser Leben.

Erst, als wir drei oder vier Stockwerke nach unten gestolpert sind, bemerke ich, dass ich statt des Dolches jetzt Robins blaue Blume in der Hand halte.

Nachtblau

Während wir die Treppe hinunterrasen, denke ich darüber nach, wie lange Robin die Sicherheits-Bots wohl in Schach halten kann.

Wo ist das Herz der Finsternis?

»Es gibt nur einen Weg, an Number Ones Hauptplatine zu kommen«, sagt Korvusz, als hätte er meine Gedanken gelesen. »Sie befindet sich ganz unten, im siebten Stockwerk unter der Erde. Es gibt keinen Zugang, den Number One nicht selbst kontrollieren könnte. Außer der Notkühlung. Wir haben neben der Kühlung durch Klimaanlagen und Lüfter eine Wasserkühlung installiert, ganz simple Rohre, die auch bei einem kompletten Stromausfall weiterfunktionieren. Die sind unsere einzige Chance.«

Ich denke an den verhassten Schwimmunterricht, dessen einziger Vorteil ist, verschiedene Badeanzüge in freier Wildbahn ausführen zu können. Aber Rohre voller Wasser sieben Stockwerke tief unter der Erde? Mich schüttelt es jetzt schon. Aber ich habe nicht viel Zeit, mich zu gruseln, denn wir sind am Notausgang im Erdgeschoss angekommen. Korvusz atmet schwer, ich kann mir vorstellen, dass er jahrelang keine Treppen mehr benutzt hat.

»Wir müssen zum Teich, der dient gleichzeitig als Speicher für das Kühlwasser.«

»Die schwarzen Schwäne?«, frage ich. »Sind das eigentlich auch Bots?«

»Nein. Die sind echt. Beißen aber trotzdem.«

Gemeinsam stemmen wir uns gegen die Tür des Notausgangs. Sie bewegt sich knirschend ein paar Millimeter.

»Wird die Tür von Number One kontrolliert?«, frage ich.

»Nein«, antwortet Korvusz, »die klemmt bloß. Wurde noch nie benutzt, soviel ich weiß.«

Wir versuchen es noch einmal, nichts bewegt sich, dann nehmen wir Anlauf und werfen uns mit aller Kraft gegen die Tür, die sich im selben Moment öffnet. Wir stolpern auf die Wiese, kneifen die Augen im plötzlichen Sonnenschein zusammen. Ich erkenne einen Schemen vor mir, eine zierliche Gestalt, den Arm erhoben, in der Hand eine Eisenstange, bereit zum Schlag. Es dauert eine Sekunde, bis ich erkenne, wer das ist.

»Yai!«

Yai sieht mich an wie eine Verräterin, dann erst fällt mir ein, dass ich mit demjenigen aus der Tür gestolpert bin, dem ich eigentlich einen Dolch ins Herz stoßen sollte.

»Yai«, sage ich, »es ist alles etwas komplizierter ...«

Doch István Korvusz ist schneller als ich, er springt auf Yai zu, reißt ihr die Eisenstange aus der Hand und lässt sie wie einen Baseballschläger durch die Luft sausen. Er trifft einen Crowbot, der im Sturzflug auf sie zurast, mit voller Wucht. Das Bündel aus Federn und Drähten fliegt weit über das Gelände und versinkt im Teich gleich neben einem der schwarzen Schwäne, der empört faucht und die Flügel spreizt.

»Achtung!«, ruft Korvusz, aber Yai hat die Gefahr schon bemerkt. Plötzlich hat sie die kleine Dose mit Reizgas, die ich ihr gegeben hatte, in der Hand und sprüht damit direkt in die Augen eines zweiten angreifenden Crowbot, der daraufhin orientierungslos flatternd gegen die Backsteinwand des KOMA-Turms prallt.

»Er ist auf unserer Seite, Yai«, sage ich, »ich erkläre es dir später. Jetzt müssen wir Number One abschalten.«

Erst in diesem Augenblick bemerke ich das Rehkitz, das mich unsicher auf dünnen Beinen stehend aus nachtblauen Augen ansieht, von denen ich mich kaum losreißen kann. Ich weiß, wer das ist: Yais Bruder James. Feins Indianer. Der Junge aus dem kosmischen Rauschen. Sein Blick ist nicht wahnsinnig, wie ich immer gedacht habe. Sein Blick geht bis hinein in meine Seele.

»Elisabeth!«

Die Stimme von Korvusz holt mich zurück in die Wirklichkeit. Wir sprinten los. Der Teich mit den schwarzen Schwänen ist nicht weit entfernt, aber wir müssen an der großen Lagerhalle vorbei. Als wir auf sie zustolpern, hebt sich rasselnd ein schweres Eisentor. Unerwartet flink kriecht einer der stählernen Drachen daraus hervor und stellt sich uns in den Weg. Seine digitalen Augen haben uns sofort fokussiert.

Sein Maul öffnet sich.

Das Feuer schießt auf uns zu.

Das kalte Feuer, das uns auslöschen wird.

Teil 13

Josefine

Ich bin bereit

Die stählernen Drachen sind schnell, viel schneller als wir. Als wir die Niemandsstadt erreichen, ist ihr Zerstörungswerk schon in vollem Gang. Der Himmel ist wolkenverhangen, die Strahlen der niedrig stehenden Sonnen lassen die Fenster und Fassaden der Stadt in einem sanften, friedfertigen Licht glänzen, das genaue Gegenteil des kalt blitzenden Stahls und blauen Feuers unserer Gegner. Die Stimme meines Drachen in meinem Kopf, meine Stimme, ist klar und ruhig.

Die Wolken dort. Sie sind unsere Chance.

Eine schwere, dunkelgraue Wolkenschicht liegt im Osten über der Stadt. Die Drachen fliegen in einem eleganten Bogen mitten in sie hinein. In den Wolken ist es plötzlich viel kühler, ich spüre die Feuchtigkeit auf meinem Gesicht, sie erfrischt mich, sie ist wie ein Sprung in kaltes, klares Wasser.

Jetzt ist die Zeit, die zählt.

Wir fliegen bis in den letzten Zipfel der Wolkenschicht, sind plötzlich in der klaren Luft, direkt über der Stadt, mitten in den wütenden Bestien aus Stahl. Der Kampf beginnt sofort, unsere Drachen stürzen sich auf die mechanischen Bestien. Feuer lässt Metallplatten glühen, Klauen bohren sich in Schuppen aus Stahl. Doch die Ungetüme schlagen erbarmungslos zurück. In ihren Mäulern sind messerscharfe Reißzähne, die sich in Hälse, Flügel, Rümpfe bohren. Ihr kaltes Feuer hinterlässt klaffende Wunden. Die mechanischen Drachen sind schneller und stärker als die magischen Drachen. Aber unsere sind wendiger und erfindungsreicher. Ich halte mich an Julyns Hörnern fest und versuche, nicht herunterzufallen. Alles, was ich tun kann, ist, den Drachen in meinen Gedanken, die auch ihre Gedanken sind, Mut zuzusprechen.

Wir sind nicht allein. Auf der anderen Seite wird für uns gekämpft. Wir sind nicht allein.

Trotzdem ist der Kampf aussichtslos. Drei von unseren sind schon blutend in die Häuserschluchten gestürzt und nicht wieder aufgetaucht. Zwei weitere haben sich an einen der Stahldrachen geklammert, der seinen Flug nicht mehr kontrollieren kann und im Tiefflug gegen die Wand eines hohen Gebäudes kracht. Es ist das Einkaufszentrum, das beim ersten Angriff zerstört wurde. Ausgerechnet dieses Gebäude ist wieder da.

Während die anderen kämpfen, steigt Julyn wieder hoch in die Luft, fliegt den Sonnen entgegen. Will er mich aus der Gefahr bringen?

Willst du denn aus der Gefahr gebracht werden?

Nein. Ich will dort sein, wo ich gebraucht werde. Wenn der Timer im Strandpavillon AN MAL auf 00:00:00 springt, dann möchte ich nicht irgendwo in Sicherheit sein und zuschauen, wie die Niemandsstadt vergeht.

Wie du willst. Wie wir wollen.

Julyn breitet die Flügel aus, kreist wie ein Falke über der Stadt. In diesem Moment begreife ich, welche Buchstaben in dem großen, weißen Haus am Strand gefehlt haben:

Ich höre das Piepen, den Schlag meines Herzens, wie den dumpfen Rhythmus einer Stundenglastrommel über der ganzen Stadt.

Unter uns ziehen vereinzelte Wolken, plötzlich schießt einer der Stahldrachen aus einer von ihnen hervor.

Der hat uns nicht gesehen. Mach dich bereit, Josefine.

Ich bin bereit. Ich packe die Hörner so fest, dass meine Knöchel weiß werden. Mein Drache legt die Flügel an, lässt sich wie ein Stein vom Himmel fallen, für einen kurzen Moment fühle ich mich schwerelos. Er streckt die Klauen aus, mit einem hässlichen Geräusch fahren sie in die stählernen Schuppen. Der mechanische Drache wirft sich sofort herum, wir werden zur Seite geschleudert, ich kann mich kaum halten. Ineinander verkeilt taumeln beide Drachen dem Boden entgegen.

Bestien

Alles dreht sich, die Drachen, mein Magen, die ganze Welt. Ich bin mittendrin in diesem Kampf der beiden Bestien und kann doch nichts tun, als mich mit aller Kraft festzuhalten. Julyn bekommt eine messerscharfe Klaue seines Gegners ab, heißes Blut spritzt mir ins Gesicht, wir stürzen immer noch auf die Erde zu. Plötzlich gibt es einen Ruck, der Drache aus Stahl hat sich losgerissen, an beiden Seiten seines Körpers bemerke ich Düsen, die ich vorher nicht gesehen hatte. Feuer und sengend heiße Luft schießen aus diesen röhrenden Turbinen und katapultieren das Ungetüm in die Höhe. Julyn schlägt mit den Flügeln, kann seinen Fall bremsen, schafft es gerade noch, sich vor dem Aufprall wieder in die Luft zu schwingen.

Das ist noch nicht alles. Er kommt gleich zurück.

Julyn ist schwer verletzt. Ich weiß nicht, wie er einen weiteren Angriff überleben soll.

Das werde ich auch nicht. Ich setze dich ab. Vielleicht kannst du dich verstecken.

Was soll das bringen, ein Versteck in einer Stadt, die es nicht mehr gibt? Ich sehe nach unten. Zwischen den weißen Flecken, an denen die Stadt schon verschwunden ist, sehe ich Straßen, Parks, die Dächer der Häuser, auf einigen stehen Pflanzen und Sonnenliegen, es sind sogar ein paar Planschbecken dazwischen. Was ich nicht sehe, sind die Bewohner der Niemandsstadt. Sie müssen in den Kellern oder den Schächten der U-Bahn sein, sie warten dort und hoffen, so wie wir im Keller des Einkaufzentrums gewartet und gehofft haben. Eine Kuppel fällt mir auf, die aus dem Häusermeer ragt. Ich erkenne sie sofort, denn es ist nicht lange her, dass ich selbst unter dieser Kuppel gestanden habe. Es ist die Kuppel des Stanislaus, der dunklen, mit meterhohen Buchregalen aus edlem, dunklen Holz gefüllten Niemandsstadt-Variante des Stanislaus, dem Ort, von dem aus ich die Stadt verlassen habe. Ist das wirklich vor nur drei Tagen gewesen?

Obwohl die Gefahr von oben droht, obwohl der stählerne Drache in jedem Augenblick aus den Wolken stürzen und seinen nächsten, seinen mit Sicherheit tödlichen, Angriff starten wird, zieht das Stanislaus meinen Blick magisch an. Jetzt bemerke ich eine Bewegung an der Kuppel. Ein paar Gestalten kraxeln darauf herum, trotz der Entfernung erkenne ich die füllige Figur des Zyklopen Brontes, den breiten Kopf von Dr. Baumsteiger, den hageren Drachenmeister, mehrere der Kobolde, die bei der Versammlung dabei waren, und sogar Henriette, den schwarzen Engel, der kein Engel ist. Sie scheinen in Eile zu sein, in den Händen halten sie schwere steinerne Buchstützen aus den Regalen. Sie verteilen sich in regelmäßigem Abstand um die gläserne Haube der Kuppel herum und auf ein Zeichen des Zyklopen hin schlagen sie alle gleichzeitig zu. Das Glas zerbirst in tausend Scherben, die in das dunkle Loch fallen, das nun auf dem Dach des Stanislaus gähnt. Warum tun sie das? Warum diese Zerstörung inmitten der Zerstörung?

Ein pfeifendes Donnern, das rasend näher kommt, unterbricht meine Gedanken. Der stählerne Drache stürzt auf uns zu, stößt einen bestialischen Schrei aus, tief in seinem Rachen sehe ich ein unheilvolles, dunkelrotes Glimmen. Julyn rollt sich zur Seite, ich hänge an den Hörnern, meine Beine baumeln in der Luft. Der mechanische Drache hat uns verfehlt, er macht kehrt, setzt zur nächsten Attacke an. Da bemerke ich eine Bewegung im Augenwinkel. Etwas kommt aus der zerborstenen Kuppel des Stanislaus, eine Wolke kleiner, dunkler Dinge. Zuerst halte ich sie für Vögel, aber dann erkenne ich, dass es Bücher sind. Hunderte, Tausende, Hunderttausende von Büchern, die sich mit flatternden Buchdeckeln und Seiten in die Luft schwingen, für eine kurze Weile wie Mücken in einer Sommernacht über dem Stanislaus tanzen, dann wie ein Schwarm zorniger Hornissen auf uns zurasen.

Halt dich fest!

Das tue ich schon die ganze Zeit, sonst wäre ich längst heruntergefallen. Der Drache rollt zurück, schlägt eine Art Purzelbaum in der Luft, ich werde herumgeschleudert wie eine Puppe, bis wir wieder eine stabile Fluglage haben. Wir sind jetzt inmitten der fliegenden Bücher, die Luft ist erfüllt von ihrem raschelnden Papier, vom Zischen des Windes durch ihre Seiten. Einige flattern so dicht an mir vorbei, dass sie mein Gesicht streifen, ein Buch klatscht mir gegen die Stirn, bevor es weiterflattert, zum Glück nur ein dünnes Lyrikbändchen: *Unterhund*.

Die Bücher werfen sich dem angreifenden Stahldrachen entgegen, die dünnen Bände schieben sich in die Ritzen zwischen den Schuppen und Gliedern, die dicken Wälzer verschwinden in seinem Rachen, verstopfen die Düsen, Anthologien verkleben die Augen, ganze Werkausgaben lassen sich auf den Flügeln nieder, die bald kaum noch schlagen können, vor unseren Augen taumelt der mechanische Drache, ändert seine Flugbahn, trudelt jetzt genau auf die geborstene Kuppel des Stanislaus zu. Dort stehen sie alle noch und beobachten das Schauspiel: der Zyklop, die Kobolde, der Froschmann, der Drachenmeister. Und der schwarze Engel, der kein Engel ist, der so dasteht, wie er immer im Friedhofspark stand, als Eli und ich auf einer Parkbank saßen und mit den Beinen baumelten, eine Hand mit der Schreibfeder erhoben. Diese Hand bewegt sich jetzt, wie ein Dartpfeil fliegt die Schreibfeder los, trifft den trudelnden Drachen aus Stahl genau zwischen seine digitalen Augen, löst dort irgendetwas aus, einen Kurzschluss, eine fatale Unterbrechung der Schaltkreise, der Drache explodiert in der Luft, brennende Bücher und glühende Metallteile fallen in die Straßen der Stadt.

Sieben und Null

Wir haben es überlebt.

Ja, wir leben noch.

Die Gestalten auf der Kuppel winken mir mit rudernden Armen zu, der schwarze Engel verschwindet fast unter den begeisterten Kobolden, der Drachenmeister und Dr. Baumsteiger geben sich feierlich die Hand. Wir sind noch einmal davongekommen.

Ich winke zurück, ich werfe den jubelnden Wesen dort unten sogar eine Kusshand zu, etwas, was ich normalerweise nie tun würde, aber irgendetwas muss ich machen mit meinen Gefühlen. Jetzt ist alles möglich.

Mit kräftigen Schlägen seiner Schwingen hebt sich Julyn wieder hoch in die Luft, die Häuser unter mir werden kleiner, die Gestalten auf der Kuppel zu winzigen Punkten. Ich schaue mich um, einige der stählernen Drachen sind noch da, aber sie kämpfen nicht mehr, sie rotten sich zusammen, sie finden in die Formation zurück, in der sie gekommen waren, viele von ihnen fehlen. Sie steigen hinauf in den Himmel, ein kleinerer, kupferfarbener Drache, einer der unseren, jagt ihnen noch hinterher und schickt ihnen einen Feuerstoß nach. Ich höre den pfeifenden, kreischenden Donner, das Geräusch ihrer Düsen, mit dem sie in den Wolken verschwinden. Wir segeln reglos, bis von dem Geräusch nichts mehr zu hören ist. Die magischen Drachen, die noch in der Lage sind zu fliegen, scharen sich um uns, kreisen mit uns über der Niemandsstadt, über der schon die Monde aufgegangen sind. Sieben von uns sind übrig geblieben. Wir haben einen großen Preis gezahlt, aber wir haben die Ungetüme in die Flucht geschlagen. Sie sind weg.

Sie sind weg, Josefine. Aber sie werden wiederkommen.

Sollen sie doch! Bis dahin haben wir unsere Wunden geleckt, unsere Verletzungen geheilt. Wir werden Drachen aus der ganzen Welt in die Niemandsstadt holen, wir werden Bücher über Bücher hierhin schaffen, wir werden die Dächer der Bibliotheken öffnen, und wenn Eli auf der anderen Seite Number One das Leben schwer macht, dann werden sie irgendwann aufgeben. Denn wir werden mit Sicherheit nicht aufgeben. Nicht die Königin. Nicht die Kriegerin. Niemand von uns. *Eli, wenn du das hier sehen könntest. Bald wirst du es sehen können.* Ich blicke hinunter auf die Stadt, in der sich die ausgelöschten Bereiche an den Rändern langsam bereits wieder mit Leben füllen. Die Magie kriecht in die weißen Flecken, Parks breiten sich aus, Straßen schlängeln sich wie neugeborene Blindschleichen in diese weiten, weißen Felder. Ich breite die Arme aus, wie damals, als ich auf REs Rücken aus der Stadt hinausgeritten bin. Ich spüre den Wind im Gesicht, die Sonnenstrahlen auf der Haut. Ich höre das entfernte Piepen meines Herzschlags, ruhig und regelmäßig. Diesen Moment möchte ich festhalten, bis in alle Ewigkeit.

Ich habe ihn nicht kommen sehen. Niemand hat ihn kommen sehen. Er ist aus dem Nichts aufgetaucht, aus dem Himmel gefallen wie die Faust eines zornigen Gottes.

Und siehe,
ein großer, roter Drache,
der hatte sieben Häupter
und zehn Hörner
und auf seinen Häuptern
sieben Kronen,
und sein Schwanz fegte
den dritten Teil der Sterne
des Himmels hinweg
und warf sie auf die Erde.

Dieser Drache aus rotem Stahl hat sieben Köpfe auf langen, schlangenartigen Hälsen, jeder dieser Köpfe sucht sich sein Ziel, spießt einen unserer Drachen mit einem langen Horn auf oder verbeißt sich in seinem Hals, lässt nicht mehr ab. Unsere Drachen antworten mit Feuer, der Stahl beginnt zu glühen, sich zu verformen, Schuppen springen ab, Platinen schmelzen. In einem großen Feuerball sinken die kämpfenden Drachen auf die Erde zu, ich werde schon beim ersten Stoß eines stählernen Horns von Julyns Rücken geschleudert, fliege weit in die Luft, sehe den Feuerball über mir sinken, sinke selbst, falle rückwärts ungebremst der Erde entgegen.

Ich will mit den Armen rudern, schreien, irgendetwas tun, aber ich kann mich nicht bewegen, nicht meine Beine, nicht meine Arme, nicht meinen Kopf. Nur meine Augen funktionieren noch, und so blicke ich in den letzten Momenten, die mir bleiben, in den Himmel mit den sieben Monden und den wenigen Sternen, die schon zwischen ihnen funkeln, und sehe dort, inmitten der Monde, Sterne, Sonnen und Wolken, die Zahlen, riesige Zahlen mitten im Himmel, und ich sehe, dass es noch drei Sekunden dauern wird, bis der Zähler auf Null springt, drei Sekunden, bevor ich auf den Asphalt irgendeiner Straße in dieser Niemandsstadt pralle und für immer dort liegen bleibe.

Teil 14

Elisabeth

Spiel mit mir

Das kalte Feuer aus dem Maul des Drachen rast auf uns zu, wird uns in weniger als einem Wimpernschlag umhüllen, verschlingen, ausradieren. Eigentlich wäre mein Reflex, mich auf den Boden zu werfen, oder wegzulaufen, oder auch einfach nur dazustehen und alles geschehen zu lassen. Ich habe keine Ahnung, woher der Reflex kommt, Robins blaue Blume an meine Lippen zu heben und aus vollen Lungen zu pusten. Leichte, schwebende Pollen wehen aus der blauen Blume heraus, sie funkeln golden und zart, sie tänzeln dem kalten Feuer entgegen. Dort, wo tanzende Pollen und eisblauer Feuerstrahl aufeinandertreffen, blitzt ein gleißendes Licht auf, so hell, dass wir die Augen schließen müssen, um nicht geblendet zu werden. Als wir sie wieder öffnen, sind die kalten Flammen von einer durchsichtig glänzenden Haut umhüllt, einer goldenen Seifenblase, die schließlich platzt und nichts außer einem kaum wahrnehmbaren Funkeln hinterlässt.

Der stählerne Drache zögert einen Moment, diese Variante hat der Algorithmus nicht vorgesehen. Doch hinter ihm schiebt sich schon das zweite dieser Ungetüme aus der Maschinenhalle, und mit der stumpfen Hartnäckigkeit, die Maschinen eigen ist, öffnet es das Maul, und macht sich bereit, uns vom Angesicht der Erde zu wischen. Wie oft funktioniert so eine magische Blume? Mehr als einmal? Wenn es wie bei den Pusteblumen läuft, habe ich mein Pulver schon verschossen.

Aber ich komme nicht dazu, es ausprobieren zu müssen.

István Korvusz macht einen entschlossenen Schritt nach vorn

und reckt den Drachen seinen zylindrischen Kopf entgegen. »Number One. Spiel mit mir!«

Die Drachen halten inne, schleichen näher heran, senken ihre Köpfe und schauen Korvusz direkt in die Augen.

Korvusz legt einem von ihnen zärtlich die Hand auf die metallisch schimmernde Schnauze. »Damals, als ich dich geschenkt bekommen habe, habe ich nächtelang gegen dich gespielt. Mensch gegen Computer. Und am Ende habe ich immer gewonnen. Natürlich habe ich einen Cheat verwendet: unendlich viele Leben. Diesmal habe ich nur eins. Das ist deine Chance für eine Revanche. Ich fordere dich heraus, Number One.«

Unter den fassungslosen Blicken von Yai und mir senkt einer der Drachen, und zwar derjenige, der uns eben fast in einen Hauch von Nichts verwandelt hätte, den Kopf bis auf den Boden. Schwerfällig klettert Korvusz auf den breiten Schädel der Bestie, öffnet dort eine verborgene Klappe und übernimmt offenbar die manuelle Steuerung der Maschine. Der Drache richtet sich zu seiner ganzen Größe auf, faucht, und breitet die Flügel aus. Beide Bestien drehen sich um und stapfen in entgegengesetzte Richtungen über den Hof des KOMA-Geländes, wie Cowboys, die sich zum Duell aufstellen. Und so etwas Ähnliches wird jetzt auch folgen. Die Drachen drehen sich zueinander um, richten sich auf und schicken zum Auftakt des Kampfes einen Feuerstrahl in die schwüle Nachmittagsluft.

»Wünschen wir ihm Glück«, flüstere ich Yai zu.

»Und jetzt?«

»Jetzt schalten wir Number One ab.«

»Weißt du wie?«

»Nein.«

»Überhaupt nicht?«

»Ich habe eine klitzekleine Ahnung.«

»Dann los.«

Während hinter uns die beiden Ungetüme ihren Kampf beginnen, während Metall auf Metall schlägt und das Fauchen von Düsen, das Heulen von Turbinen und das Schnaufen von hydraulischen Gelenken durch das leere Fabrikgelände hallen, rennen wir zum Ufer des künstlichen Sees mit den schwarzen Schwänen. Aus dem Augenwinkel sehe ich noch, wie der dritte Drache, der rote mit den sieben Köpfen, die Halle verlässt und seine Flügel reckt. Aber um ihn können wir uns jetzt nicht kümmern. Das Wasser wartet auf uns, das Wasser, das die Prozessoren von Number One kühlt, seine einzige Schwachstelle, die einzige Möglichkeit, an ihn heranzukommen. Es schüttelt mich noch beim Laufen. Wasser, das weder schön warm aus der Dusche kommt, noch in Form von Eiswürfeln im Glas klimpert, war mir schon immer unheimlich.

»Yai«, frage ich im Laufen, »kannst du eigentlich schwimmen?«

»Schwimmen? Noch nie ausprobiert. Wie geht das?«

Perfekt

Wir kauern am Rand des künstlichen Teichs, auf dem die schwarzen Schwäne ihre Kreise ziehen. Mit zusammengekniffenen Augen suche ich die Wasseroberfläche ab, aber ich entdecke nichts Auffälliges, nichts, was aussieht, als würde es zu einem Kühlsystem gehören, kein Rohr, das aus dem Teich ragt, kein verdächtiges Blubbern, keine Strömung. Wenn es einen Zugang zum Kühlsystem gibt, muss er unter Wasser liegen. *Unter Wasser.* Ich blicke mich Hilfe suchend nach Yai und dem Rehkälbchen um, aber die beiden gucken ebenso ratlos zurück. James stößt Yai mit dem Schnäuzchen ans Bein.

»Er hat recht«, sagt Yai, »wir haben nicht mehr viel Zeit. Wir sind schon viel zu lange auf deiner Seite. Wir werden langsam instabil.«

Jetzt bemerke ich auch, dass Yai an einigen Stellen schon halb durchsichtig wird. Das Gebüsch hinter ihrer linken Schulter schimmert bereits durch ihr Gewebe, durch halb transparente Muskeln, Sehnen und Knochen. So ähnlich muss ich an Feins Seite im Stanislaus ausgesehen haben. Ich stehe da und beobachte fasziniert, wie sich kleine Zweige und Blätter durch Yai hindurchbewegen, bis sie mich harsch in die Wirklichkeit zurückholt.

»Eli, tu etwas!«

Gut, in Ordnung, aber was? Ich bemerke, dass James seine Rehaugen auf eine Stelle am Ufer gerichtet hat. Ich folge seinem Blick und entdecke einen Frosch. Es ist Josefines Frosch, ich bin mir ganz sicher. Es ist derselbe, der in Reinholds Auto unter der Windschutzscheibe saß, der in Feins Badezimmer gefunden wurde, als sie bewusstlos dalag. Langsam, so behutsam und vorsichtig wie möglich, gehe ich zu ihm, beuge mich hinunter und nehme ihn in die Hand. Er macht keine Bewegung, sitzt nur da, schaut mich mit seinen goldgesprenkelten Froschaugen neugierig und irgendwie herausfordernd an. Zumindest kommt es mir neugierig und herausfordernd vor, aber vielleicht gucken Frösche immer so. Ich weiß nicht besonders viel über Frösche. Aber ich weiß ganz genau, was ich jetzt tun muss. Meine freie Hand tastet nach dem Verschluss der grünen Tasche und öffnet sie. Ich hole den Lippenstift heraus, den Biorn mir während der Vorstellung im Amphitheater gegeben hat. Ich weiß jetzt, warum er mir bekannt vorgekommen war. Es ist der Lippenstift, der auf dem Garderobentisch mitten in der verwilderten Wiese lag. Der Lippenstift, der mich in die Kriegerin verwandelt hat. Ich trage ihn auf. Auch wenn mich Yai und ihr Bruder ansehen, als hätte ich den Verstand verloren, lasse ich mir Zeit, denn es muss perfekt werden. Und es wird perfekt.

Und dann küsse ich den Frosch.

Wir spüren den Sog

Ich bin der Frosch und der Frosch bin ich.

Ich spüre noch, wie meine Knie weich werden, wie ich in das Gebüsch am Ufer sinke, wie mich Yai auffängt, damit mein Kopf nicht auf einen Stein schlägt.

Da sind wir aber schon von meiner Hand gehüpft, mit einem weiten, gewagten Sprung, dann weiter durch das Gras, mit dem dritten Sprung hinein in das Wasser, das unserer Haut guttut, das uns kühlt und entspannt. Wir schwimmen auf den offenen Teich hinaus, mit kräftigen Bewegungen, nur die Augen über der Oberfläche.

Wir sehen den Schwan erst, als es fast zu spät ist. Sein Schnabel schießt gierig ins Wasser, erwischt uns am Rücken, eine wilde Bewegung, ein Kratzen von Federn, dann tauchen, tauchen, tauchen. Vielleicht sind wir verletzt. Noch einmal stößt der Schnabel in unsere Richtung, aber mit einem beherzten Schwimmstoß gelangen wir außer Reichweite des langen, schwarzen Halses. Wir gleiten am modrigen Boden des Tümpels entlang, die Luft wird knapp. Wir können über die Haut atmen, das ist ein unglaubliches Gefühl, dieses Atmen durch die Haut, aber wir haben auf der Flucht vor dem Schwan zu viel Sauerstoff verloren. Wir schauen durch das trübe Wasser nach oben, wir schauen eigentlich die ganze Zeit nach oben, mit diesen Froschaugen blicken wir immer und überall gleichzeitig hin, aber alles ist verschwommen, nur ein Schemen. Ein schnelles Auftauchen, als wir die Stelle frei von Schwänen wähnen. Ein kurzes Luftholen, ein langsames Abtauchen. So, wie wir jetzt schwimmen, ruhig und fokussiert, wird uns die Luft so schnell nicht ausgehen. Wir suchen den Seeboden systematisch ab. Dort, ein pulsierendes Licht, eine Fläche aus Beton, darin ein großes, rundes Gitter, irgendein Kontrollkasten, darauf das blinkende Licht. Wir lassen uns am Rand des Gitters nieder. Die Abstände zwischen den Stäben sind so groß, dass unser Froschkörper hindurchpassen könnte. Gerade eben.

Wir warten, bis unser Herz ganz langsam, ganz ruhig schlägt. Wir atmen nur durch die Haut. Wir spüren den Sog, der uns in die tiefe, dunkle Röhre zieht. Wir stoßen uns vom Rand ab, lassen uns fallen und werden hineingesogen in das Herz der Finsternis.

Der Sog wird stärker, je weiter wir in das Rohr hinuntersinken. Es ist völlig schwarz um uns herum, nur die Strömung sagt uns, in welche Richtung es geht. Es wird immer wärmer, also sind wir sicherlich schon in der Nähe der Prozessoren von Number One. Ich denke an meinen Laptop, der so heiß wird, dass ich fast ein Spiegelei darauf braten kann, wenn ich nur ein paar anspruchsvollere Bildbearbeitungen für einen Post auf Magick darauf mache. Und ich denke an die Prozessoren von Number One, die das gesamte Magick-Netzwerk steuern, protokollieren, analysieren. Die Crowbots in eine andere Dimension schicken. Die stählernen Drachen entwickeln, bauen und steuern. Die gerade jetzt, in diesem Augenblick, mit höchster Rechenleistung gegen ihren Erfinder, ihren Meister im Duell sind. Und wir sind unterwegs zum glühenden Kern dieser wahnsinnig gewordenen Maschine. Das Wasser ist unangenehm heiß. Kein Frosch sollte in so heißes Wasser geraten. Und es geht weiter in die Tiefe. Wir driften schweigend, reglos, dem Schicksal entgegen.

Plötzlich ein Schlag. Wir haben es nicht kommen sehen, weil wir hier gar nichts sehen. Aber es ist logisch, dass sich dieses breite Rohr irgendwann verzweigen muss. Wieder und wieder geraten wir an eine dieser Weichen, die Röhren, durch die wir gespült werden, werden immer enger und immer heißer. Heiß, so heiß ist das Wasser, dass es schreit.

In das Herz

Jetzt ist es zu Ende, jetzt kocht bald unser Blut.

In ein paar Stunden oder Tagen wird in irgendeiner Kläranlage ein kleiner, gekochter Frosch in einem Filter hängen bleiben. Dort wird er von Bakterien, Pilzen, Säuren oder was auch immer den giftigen Schlamm der Kanalisation in Trinkwasser verwandelt, zersetzt. So sieht es dann aus, das Ende.

Aber wir spüren einen weiteren Sog. Es ist der Sog der anderen Seite. Sie ruft uns, laut und unmissverständlich.

Vor uns plötzlich Licht in der Röhre, ein feiner Riss. Wir strecken die Beine aus, die langen Froschbeine mit den kräftigen Muskeln, wir stemmen sie mit aller Kraft gegen die fast glühende Innenseite der Röhre. Wir haken uns mit einer Zehe im Riss fest, das heiße Wasser strömt an uns vorbei, wir sind wie ein Korken in diesem engen Rohr, ein Froschkorken, der den Druck erhöht. Der Riss wird größer. Jenseits des Risses: blinkende LEDs, Platinen, Kabel, Transistoren. Ein weißer Schimmer, ein Nebel: die andere Seite.

Das Rohr platzt, heißes Wasser ergießt sich auf Silikon und Kupfer, in Strömen fließt das Wasser in die arbeitenden Kerne der Prozessoren, weitere Rohre bersten, wir stürzen in den Dampf und in die Flammen, in das Herz der sterbenden Maschine, und alles löst sich auf.

Schienenersatzverkehr

Ich öffne die Augen, sehe den Mond blass am Himmel stehen, sehe eine dunkle Wolkenfront, die sich unter die Sonne schiebt. Mein Kopf liegt im Gras, dort wo Yai mich abgelegt hat. Das Wasser des Sees neben mir dampft, die Schwäne erheben sich mit mühsam schlagenden Schwingen und gleiten über die Mauer des Fabrikgeländes davon.

Ich richte mich auf, bin unsicher auf den Beinen wie ein gerade erst geborenes Rehkitz. Ich stolpere los, weg von dem dampfenden Tümpel, durch das Fabrikgelände, auf dem ich die Überreste eines der stählernen Drachen finde, die Flügel zerschnitten, der Körper zermalmt, der Kopf verdreht, die digitalen Augen erloschen. Von dem zweiten Drachen entdecke ich keine Spur, ebenso wenig von István Korvusz. Ich weiß nicht, wer den Sieg davongetragen hat. Ich weiß nicht, ob der leblose Körper von Korvusz irgendwo dort unter den Trümmern verborgen liegt. Ich schleppe mich weiter, am KOMA-Turm vorbei, aus dessen unteren Fenstern Rauch aufsteigt, ich habe keine Zeit zu verlieren. Die ganze Fabrik ist leer, ich bin der einzige Mensch hier, das einzige Lebewesen. Ich gelange an das schwere, eiserne Fabriktor, habe keine Ahnung, wie ich es öffnen soll, stemme mich einfach dagegen und fast mühelos gleitet es auf. Ich stolpere hinaus auf die Straße, gelange wie in Trance bis zur S-Bahnstation, stehe zwischen wartenden, redenden, in ihre Smartphones starrenden Leuten, erinnere mich an den Timer, ziehe das Handy aus der Tasche: 00:34:52.

Eine automatisierte Durchsage: *Aufgrund einer technischen Störung wird der S-Bahnverkehr bis auf Weiteres eingestellt. Schienenersatzverkehr wird in Kürze bereitgestellt.*

Ein kollektives Murmeln, Stöhnen oder Fluchen, viele, die vom Bahnsteig strömen, um sich ein Taxi oder eine andere Transportmöglichkeit zu organisieren, andere, die sich entscheiden zu warten. Fast alle sind mit ihren Smartphones beschäftigt, um alternative Routen herauszufinden, Termine zu verschieben, über die Bahn zu schimpfen. Ich mittendrin, ratlos, wie gelähmt, mir ist immer noch viel zu heiß, meine Haut rot, meine Finger verschrumpelt, wie nach Stunden in einer viel zu heißen Badewanne. Ich habe nicht die geringste Ahnung, was ich tun soll. Ich muss zu Fein, bevor man sie in den Operationssaal schiebt. Die Wörter *Schienenersatzverkehr* und *in Kürze* lassen sich nahtlos übersetzen in: Wo du auch hinwillst, es wird zwei Stunden dauern. Der Bahnsteig leert sich, ich habe zu lange gewartet. Draußen wird es keine Taxis mehr geben, keine Leihfahrräder, keine Elektroroller, nichts mehr. Ich lehne mich gegen einen der alten Stahlpfosten in diesem S-Bahnhof, die großen, runden Nieten drücken sich in meine heiße Haut, ich schließe einfach die Augen und lasse die Minuten davonrinnen.

Dann höre ich ein Geräusch, ein klapperndes Geräusch, das mir sehr vertraut ist, etwas kommt da näher, die Leute, die noch auf dem Bahnsteig sind, lachen, rufen, Handykameras werden gezückt, auf meinem Gesicht breitet sich ein Lächeln aus, noch bevor ich die Augen öffne.

»RE!«

Das brave, graue Pferdchen geht genau zwischen den Gleisen, vorsichtig setzt er seine Hufe auf die Schwellen, er lässt sich von den Leuten, die ihn fotografieren, filmen, sich vom Bahnsteig lehnen, um ihn zu berühren, nicht im Mindesten stören. Er bleibt stehen, als er auf meiner Höhe ist, ich nehme Anlauf, springe von der Bahnsteigkante, lande auf seinem Rücken, halte mich im drahtigen, grauen Haar seiner Mähne fest, atme den würzigen, lakritzartigen Geruch tief ein. Hier ist er, mein Schienenersatzverkehr.

Drei

RE galoppiert durch die Straßen, Autos hupen, Bremsen quietschen, über uns hören wir Helikopter, aber RE galoppiert, wieder regnet es in dicken, schweren Tropfen, der Regen kühlt meine Haut, sickert in REs Fell, mein Haar klebt nass und strähnig an meiner Stirn, meinem Gesicht, das grüne Kleid ist vollgesogen, die tiefen Pfützen an den Kreuzungen spritzen unter REs Hufen auf. RE kennt den Weg genau, kennt ihn besser als ich, er galoppiert durch Parks und Einbahnstraßen, springt über Hecken und Blumenbeete, galoppiert über Fahrradwege und klimmt über Böschungen. Mein Schienenersatzverkehr hält genau vor dem Eingang der neurologischen Abteilung, ich schwinge mich von REs Rücken, wuschele ihm durch das Fell, drücke mich an seinen Hals und bin in der Eingangstür verschwunden, bevor Streifenwagen mit Martinshorn und Blaulicht auf dem Krankenhausgelände auftauchen.

Ich kenne den Weg zu Feins Krankenzimmer genau, mit quietschenden, nassen Sneakern renne ich an protestierenden Pflegern, kopfschüttelnden Patienten, amüsierten Ärzten vorbei, nehme im Treppenhaus immer zwei Stufen auf einmal, biege in den richtigen Gang ein, zähle die Türen, stehe endlich vor der richtigen. Ich halte kurz an, um zu Atem zu kommen, ich hole noch einmal das Handy aus der Tasche: 00:00:03. Drei Sekunden. Ich öffne die Tür.

Nein

Ich stürme in das Zimmer, sehe, dass schon Pfleger da sind, um die Rollen an Feins Krankenbett zu lösen, sehe eine Ärztin, die irgendeine Flüssigkeit mit einer Kanüle aufzieht, einen Arzt, der etwas in sein Tablet tippt, sehe Feins Eltern, die mit verweinten Gesichtern auf den Besucherstühlen sitzen, sich an den Händen halten, vor allem aber sehe ich Fein, die dort noch immer liegt wie Schneewittchen, mit der blassen Stirn unter dem kurzen Haar, wie die Königin, die sie ist.

Irgendjemand schreit mich an, ich weiß nicht, wer es ist, ich wehre Hände ab, die nach mir greifen, ich stehe nun genau vor Feins Bett und lege meine Hand auf ihre Stirn, aus meiner Tasche scheppert das schrille Signal des abgelaufenen Timers, irgendwo krächzt eine Krähe.

»Nein!«, schreie ich, als mich mehrere Hände wegzerren wollen und ich hebe den Arm, deute auf das Fenster hinter Feins Bett und die Blicke folgen meinem ausgestreckten Finger. Wir alle sehen die dunkle Wolke, die plötzlich am Rand der Stadt aufsteigt, dort, wo sich die Korvusz-Maschinenwerke befinden, die Wolke, die sich hebt wie ein Pilz, wir sehen die kleinen Punkte, Helikopter in der Luft, wir sehen das helle Blitzen der Blaulichter, die aus der ganzen Stadt auf den Ort der Explosion zurasen. In diesem Augenblick flackert das Licht im Krankenzimmer auf und verlischt, der Apparat neben Feins Bett piept ein letztes Mal und verstummt, ein Rotkehlchen landet auf dem Sims vor dem Fenster und blickt uns mit seinen kreisrunden, schwarzen Augen an.

EPILOG

Zurück

Ich schlage die Augen auf.

Sie schlägt die Augen auf.

Über mir die Gesichter von Eli, meinen Eltern, ein paar anderen, die ich noch nie gesehen habe.

Sie schaut uns an, als kämen wir aus einer anderen Welt, und das stimmt natürlich auch.

Ich bewege den Kopf, die Hände, die Beine. Ich kann mich bewegen. Ich kann lächeln. Ich kann weinen.

Sie bewegt den Kopf, die Hände, die Beine, sie lächelt und gleichzeitig strömen ihr die Tränen über die Wangen.

Ich richte mich im Bett auf, ich spüre die Umarmungen von Mama, von Papa, spüre ihre Tränen auf meiner Haut, ich spüre den Daumen der Ärztin an meinem Handgelenk, ich höre, dass alle etwas sagen, aber ich höre nicht zu. Ich sehe Eli, sehe die Kriegerin, die mir zuzwinkert.

Sie richtet sich im Bett auf, ihre Eltern umarmen sie weinend, alle reden plötzlich durcheinander, die Ärzte können sich nicht erklären, was passiert ist, aber sie haben natürlich auch keine Ahnung, haben keine Ahnung, dass dort die Königin liegt. Nur wir beide wissen es, und ich zwinkere ihr zu.

Jemand reicht mir ein Wasserglas, ich trinke in langen Zügen. Ich schaue aus dem Fenster, sehe am Horizont Rauch aufsteigen, beuge mich ein wenig vor, sehe einen Teil des Fernsehturms und für einen kleinen Augenblick ist mir so, als hätte ich dort einen Drachen vorbeifliegen sehen.

Die Ärztin reicht ihr ein Wasserglas, sie trinkt, das Rot kehrt in ihre blassen Schneewittchenwangen zurück, genau wie das Funkeln in ihren Augen. Sie schaut aus dem Fenster, ich folge ihrem Blick, aber das Rotkehlchen ist verschwunden. Vielleicht war es auch nie da.

Wahrscheinlich sollte ich etwas sagen, ich betrachte meine Eltern, die mich so hoffnungsvoll anschauen, und Eli, die wissend lächelt. Mit Eli werde ich alles besprechen können, auf einer Bank im Friedhofspark, mit einer Limo und baumelnden Beinen.

Ich sehe, dass es Fein gut geht, ich weiß gar nicht, wieso die Ärztin das so oft fragen muss. Fein geht es so gut, dass ich sicher bin, dass wir in ein paar Tagen schon auf einer Bank im Friedhofspark sitzen, Limo trinken und mit den Beinen baumeln werden.

Ich lächele meine Eltern an, so gut ich kann. »Ich hätte da ein paar Ideen für den Stanislaus, und zwar könntet ihr doch …«

Plötzlich lächelt Fein dieses hinterlistige Lächeln und fängt ansatzlos an zu plappern: »Ich hätte da ein paar Ideen für den Stanislaus, und zwar könntet ihr doch …«

Ich komme nicht dazu, weiter auszuholen, denn in diesem Moment geht die Tür auf.

Sie kommt aber nicht dazu, weiter auszuholen, denn in diesem Moment geht die Tür auf.

Es ist Borgesius, der da in einem etwas zu groß geratenen Jackett im Türrahmen steht, darunter trägt er einen Pullover mit einem Rehkitz-Print, in der Hand hält er eine blaue Blume.

»Bin ich zu spät?«, fragt er. »Ich hatte nicht mal vier mal zehn Minuten.«

»Sie kommen genau richtig«, sage ich und schwinge die Beine vom Bett. Ich bemerke, wie die Ärztin protestieren möchte, aber ich lege einen Finger an die Lippen. »Lassen wir ihn schlafen.«

Ich deute auf den Frosch, der mit geschlossenen Augen auf dem Apparat sitzt, der eben noch die Schläge meines Herzens gemessen hatte. Barfuß gehe ich bis ans Fenster und sehe hinunter auf die Stadt. Der Regen hat aufgehört, die Häuser schimmern im Nachmittagslicht, der Wind streicht durch die Bäume in den Parks. Ein paar Tropfen kleben an der Fensterscheibe. Einer von ihnen löst sich zitternd vom Glas und fällt zurück in den Himmel.

ENDE

IM ROMAN WURDE ZITIERT AUS:

Brüder Grimm, Brüderchen und Schwesterchen

James Joyce, Ulysses, Zeilen 745 bis 750, The Bodley Head, Random House, London 1986, übersetzt vom Autor

Offenbarung 12,3b-4a; Lutherbibel, revidiert 2017, © 2016 Deutsche Bibelgesellschaft, Stuttgart

William Shakespeare, Ein Sommernachtstraum, Zweiter Aufzug, erste Szene, übersetzt von August Wilhelm von Schlegel

Goldfarb, Tobias:
Niemandsstadt
ISBN 978 3 522 20267 1

Umschlaggestaltung: buxdesign
Innentypografie: Kadja Gericke
Reproduktion: DIGIZWO GbR, Stuttgart
Druck und Bindung: GGP Media GmbH, Pößneck

MIX
Papier aus verantwortungsvollen Quellen
FSC® C014496